A OUTRA IRMÃ

Tradução Regiane Winarski

A OUTRA

Claire Douglas

IRMÃ

TRAMA

Título original: *The Wrong Sister*

Copyright © Little Bear Artists Ltd., 2024

Direitos de edição da obra em língua portuguesa no Brasil adquiridos pela Trama, selo da Editora Nova Fronteira Participações S.A. Todos os direitos reservados. Nenhuma parte desta obra pode ser apropriada e estocada em sistema de banco de dados ou processo similar, em qualquer forma ou meio, seja eletrônico, de fotocópia, gravação etc., sem a permissão do detentor do copirraite.

Editora Nova Fronteira Participações S.A.
Av. Rio Branco, 115 — Salas 1201 a 1205 — Centro — 20040-004
Rio de Janeiro — RJ — Brasil
Tel.: (21) 3882-8200

Dados Internacionais de Catalogação na Publicação (CIP)

D733o   Douglas, Claire
            A outra irmã/ Claire Douglas; tradução de Regiane Winarski. – 1. ed. – Rio de Janeiro: Trama, 2025.
            304 p.; 15,5 x 23 cm

            Título original: *The Wrong Sister*

            ISBN: 978-65-81339-34-0

            1. Literatura inglesa. I. Winarski, Regiane. II. Título.

                                                        CDD: 820
                                                        CDU: 820

André Felipe de Moraes Queiroz – Bibliotecário – CRB-4/2242

Visite nossa loja virtual em:

www.editoratrama.com.br
f X 🅾 /editoratrama

Para a minha família

Eu estou te observando há um tempo. Vejo você entrar e sair da casa de tijolos cinzentos com a antena quebrada no telhado e os ladrilhos cheios de musgo. Você está sempre com tanta pressa, sempre correndo, correndo, correndo no seu mundinho. Você chama atenção com seu cabelo ruivo, que às vezes brilha como cobre polido, mas que em geral parece sem vida e desinteressante, como você. Aposto que você não valoriza a vida, valoriza? Ou seu marido bonito, ou a sua casa com a roseira no jardim da frente, que eu já vi florescer e morrer? Aposto que está ocupada demais pensando no que não tem, e nem repara no que tem.

É aí que eu entro. Ah, vou fazer você desejar ter valorizado tudo na sua vida. Cada coisinha.

Pois estou prestes a tirar tudo de você.

PARTE UM

1

Tasha

Sábado, 12 de outubro de 2019

Ao ouvir o som de um carro, corro até o janelão que dá para a rua, mas não são eles. Olho consternada para o céu carregado. Tudo sempre fica mais bonito com sol, mas hoje os chalés modestos em frente a nossa casa estão na sombra, o que os faz parecer velhos. Penso no que Kyle vai achar do vilarejo. Tem um grafite no muro depois da esquina, definitivamente não um Bansky, e o homem que gosta de acampar na entrada do parque está gritando obscenidades. Tem lagos, óbvio, nos limites do vilarejo, que são atração turística no verão. E o centro de Chew Norton é cheio de prédios tombados lindos, ruas de paralelepípedo, butiques caras e um gastro pub, mas as ruas ao redor, onde nós moramos, no passado foram chalés de operários. Temos uma vista linda de uma lagoa grande e das colinas Mendip nos fundos, mesmo elas estando escondidas pela névoa nesta época do ano.

Resisto à vontade de tirar o pó do parapeito da janela de novo. Tiro apenas os pelos de gato da almofada da poltrona.

— Tasha? — Ouço Aaron atrás de mim e me viro. Vejo-o parado no meio da sala com uma caneca em cada mão, ainda usando o macacão de trabalho que tem cheiro de terebintina. — Relaxa. Parece até que é a família real vindo ficar aqui.

— Que nada.

Eu pego uma das canecas. É café forte demais. Era de se pensar que, depois de estarmos juntos há quase 18 anos, ele lembraria que eu gosto de café fraco e com leite.

— Alice já veio aqui um monte de vezes — diz ele.

Sim, mas Kyle não, penso, porém não digo. Aaron só vai pegar no meu pé por querer impressionar o marido relativamente novo da Alice. Não tem nada de pretensioso no Aaron. Ele nunca tenta ser algo que não é, o que é admirável, mas também, de vez em quando, frustrante.

— Mesmo que não more mais em Chew Norton há quase vinte anos, ela cresceu aqui — diz ele, como se eu tivesse esquecido. — A casa onde você morou quando criança nem era maior do que esta. — Ele se senta no sofá, e tento não fazer uma careta diante das marcas que está deixando nas minhas almofadas afofadas. A casa onde moramos na infância era o antigo vicariato, ao lado do cemitério gótico que sempre amei e onde Alice e eu brincávamos, entre as lápides velhas, decrépitas. Tinha o dobro do tamanho desta, mas eu não falo nada, nem que a casa impressionante da Alice e do Kyle em Londres é pelo menos três vezes maior do que a nossa. — Não entendo por que você está tão nervosa. Foi ideia sua.

— Foi da Alice, na verdade.

— Você não precisava ter concordado. — Ele toma um gole de café. Não consigo encarar o meu e boto a caneca na mesa de centro. Meus sentimentos oscilam entre o medo de eles chegarem e a expectativa de vê-los. — Você não quer passar um fim de semana no apartamento chique deles em Veneza com vista para o Grande Canal? — provoco-o.

— Ah, bom… eu não falei isso, falei? — Ele cruza os tornozelos como se tivesse se acomodado para passar a tarde. Ele não tem noção de tempo, a mãe dele, Viv, sempre diz rindo, como se fosse algo de que se orgulhar. Mas quanto mais tempo passamos juntos, menos engraçado fica. — Quem não ia querer um pouco do estilo de vida da sua irmã? E nós nunca fomos à Itália.

Alguns meses antes, eu estava desabafando com Alice no telefone sobre Aaron e eu nunca termos tempo para nós desde que nossas gêmeas, Elsie e Flossie, nasceram, e que nosso aniversário de casamento estava chegando e, como sempre, não tínhamos nada planejado, e ela sugeriu que ficássemos por uma semana no apartamento dela e do Kyle em Veneza. Aaron agarrou essa oportunidade, principalmente porque só precisaríamos pagar pelos voos, e meu marido gosta de uma barganha.

E me vi pensando que sim, eu poderia ser o tipo de pessoa que gasta horas em cafés à beira do canal, tomando coquetéis ou andando sem preocupação e sem filhas por galerias de pé-direito alto, maravilhada com as esculturas. Eu me vi com Aaron, bronzeados e relaxados, nos beijando na ponte Rialto, como se os anos retrocedessem até a adolescência, revelando as pessoas que éramos quando nos apaixonamos: rebeldes, divertidos e fascinados um pelo outro. Mas, apesar da ideia de seguir os passos glamorosos de Alice e Kyle por uma semana ser tentadora, agora que chegou a hora de ir, tenho dúvidas. Primeiro porque nunca passamos mais de uma noite longe das nossas gêmeas de quase três anos. Além disso, não consigo imaginar Alice e Kyle levando nossa vida provinciana por uma semana. Eles vão nos julgar, rir ao se deitarem nos nossos lençóis com bolinhas? Não. Estou sendo injusta. Apesar do sucesso e da riqueza da minha irmã, ela ainda é a mesma Alice.

— Se bem que — Aaron olha ao redor e assente em aprovação — a casa está ótima, não está?

Está, sim. Nossa casa nunca esteve tão arrumada. Não desde que tivemos Elsie e Flossie, pelo menos. Mesmo assim, olho ao redor com criticismo, com os olhos da Alice, para as portas internas que precisam ser pintadas, para o chão de madeira que precisa de óleo, para as marcas de dedos nas paredes cinza-claras e para o tapete que foi arranhado pela nossa gata persa adotada, Princesa Sofia.

Avalio Aaron sentado ali com o macacão sujo.

— Você vai tomar um banho antes de eles chegarem?

Aaron estava trabalhando de manhã na oficina onde ele é mecânico há 15 anos. Ele está com uma mancha de graxa na bochecha e as unhas estão imundas.

— Tudo bem. Mas eu não vou fazer cerimônia pra eles. Não ligo pra quanto dinheiro eles têm. — Ele se levanta e estica as pernas compridas antes de tomar o resto do café.

Aaron e eu nos conhecemos quando tínhamos 17 anos. Ele estava fazendo estágio e eu estudava na escola técnica em Bristol, aprendendo taquigrafia e datilografia. Alice, só 13 meses mais velha do que eu, estava prestes a entrar na faculdade. A primeira da nossa família a ter ensino superior. *A única.* E logo em Oxford. Aaron nunca se impressionou com o QI alto da Alice, nem com a riqueza. Ele nunca se sentiu nem um pouco inferior a ela, e eu o admiro por isso. Só queria sentir o mesmo.

Ele abre a boca para dizer alguma outra coisa quando ouvimos uma porta de carro batendo e nos viramos automaticamente para a janela. Alice está saindo do lado do passageiro de um carro esportivo laranja, deslumbrante com um macacão decotado, o cabelo ruivo em ondas perfeitas em volta dos ombros.

Aaron dá um assobio baixo quando chega à janela. Penso que o assobio é para Alice, que, afinal, é uma versão glamorizada de mim, e estou prestes a chamar a atenção do meu marido por ser um machista escroto quando ele diz:

— Puta que pariu, é um McLaren!

Não tenho ideia do que é isso, mas parece caro, não que eu ligue para carros — desde que me levem do ponto A até o B, está ótimo. Reparo que só tem dois lugares. Bonito e nada prático para quem precisa cuidar de duas crianças. Que bom que Alice está no seguro do meu Honda velho. Antes que eu possa reagir, Aaron larga a caneca no parapeito e sai pela porta da frente. Ele está cômico de macacão, que é meio curto para seu corpo de 1,88 metro. Fico olhando, grudada no chão, quando ele abraça Alice, e Kyle logo sai do carro, do lado do motorista.

Eu conheci Kyle pouco mais de quatro anos atrás. Alice o apresentou para mim e Aaron comendo sushi em um restaurante chique de Covent Garden. Ele parecia um deus grego. Um deus grego de calça jeans de marca e uma camisa Tom Ford cara (eu só sabia que era Tom Ford porque Aaron tinha perguntado onde ele tinha comprado). Três meses depois, Alice se casou com ele em uma cerimônia em Las Vegas quando eles estavam de férias, sem nenhum amigo ou familiar presente. A mamãe nunca a perdoou.

Observo pela janela Aaron se sentar ao volante e Kyle se inclinar para mostrar os aparatos. Não consigo deixar de fazer uma careta por causa dessa demonstração excessiva de riqueza na nossa rua despretensiosa. O que os vizinhos vão pensar?

Respiro fundo e saio da sala a tempo de ver Alice se equilibrando nos saltos ao avançar pela entrada.

— Aí está você! — exclama ela, me puxando para um abraço e me envolvendo em uma nuvem de perfume. Ela se afasta um pouco, sem me soltar, e me avalia, e na mesma hora me sinto muito malvestida usando minha camiseta velha do Nine Inch Nails e uma calça jeans rasgada.

— Você está ótima. Quanto tempo! — Tem pelo menos seis meses que não nos vemos.

Tenho vontade de dizer "Bom, se você não vivesse saracoteando pelo mundo", mas não vou falar nada, pois pareceria grosseria, e não quero estragar o momento. Apesar das nossas diferenças, Alice e eu sempre fomos próximas. Menos desde que Kyle entrou em cena, mas isso é só porque a vida deles é tão ocupada que não temos muitas oportunidades de passar tempo juntas.

— É tão bom te ver. Amei seu macacão — digo.

— Bella Freud — responde ela, e eu assinto, fingindo que sei de quem ela está falando.

Alice me segue pelo corredor até a cozinha, nos fundos da casa, e se senta à mesa de madeira, que tem tinta seca grudada graças às gêmeas. A cozinha é longa, mas bem estreita, com espaço só para uma mesa de jantar encostada na parede. Perto das portas do quintal, nós conseguimos espremer um sofá de dois lugares ao lado do baú de brinquedos das meninas, mas já está coberto de pelos da Princesa Sofia, apesar de eu ter limpado pouco antes.

— Chá?

— Ah, sim, por favor. Estou seca. E onde estão Elsie Else e a Flossmeister? Estou louca pra ver as duas. — Ela sempre inventa nomes especiais para todo mundo, como se fôssemos DJs ou integrantes de uma banda de heavy metal. Eu fui Tashatron por anos.

Ligo a chaleira elétrica.

— A mãe do Aaron, Viv, levou as duas ao parque hoje de manhã. — Não digo que foi para eu poder limpar a casa com capricho. — Daqui a pouco elas chegam.

— Elas devem ter crescido à beça. — Alice sempre foi ótima com elas, apesar de estar determinada a não ter filhos. — Senti saudade das minhas pequetuchas. Eu trouxe um presente. — Os presentes da Alice sempre são muito caros, comprados em butiques chiques de Hampstead e entregues em sacolas elegantes, enrolados em papel de seda. — Kyle vai trazer do carro.

Faço uma xícara de chá forte e coloco na mesa, diante dela.

— E então — diz Alice enquanto eu puxo a cadeira em frente e me sento. — Está animada? Nós estivemos no apartamento semana passada, e é uma época tão linda do ano para ir lá. Mais tranquila do que agosto, mas o tempo ainda quente… quase sempre! E a vista… Tão romântico.

Alice e Kyle compraram o apartamento no ano passado, a primeira casa de férias. Primeiro, fiquei surpresa de eles terem comprado em Veneza, pois Alice sempre disse que adoraria uma segunda casa na Cornualha, até ela explicar que Veneza era especial para eles porque foi onde Kyle a pediu em casamento.

— Sim, é lógico…

Alice deve ter sentido a apreensão na minha voz, porque diz:

— Eu sei que é a primeira vez que você fica longe das gêmeas, mas Kyle e eu vamos cuidar muito bem delas. E, se tivermos qualquer problema, tem a Viv, que mora aqui na rua. Mas — ela estende a mão e encosta nos meus dedos — não vamos ter! — O pressuposto era que, se Alice consegue trabalhar como bioquímica em uma empresa grande de biotecnologia, ela consegue cuidar de duas garotinhas. — Vocês precisam disso, você e o Aaron. Eu sei que não tem sido fácil, principalmente quando as gêmeas eram bebês…

— Nem me fale da fase das birras.

Dou uma risada para esconder minha ansiedade. Eu sou boa nisso. Foram difíceis aqueles primeiros meses fazendo malabarismo com dois bebês. Aaron só pôde tirar 15 dias de licença paternidade, mas Viv foi um anjo e vinha todo dia me ajudar. Não sei como eu teria conseguido sem ela, principalmente com a mamãe tão longe. Por motivos financeiros, tive que voltar a trabalhar quando as meninas fizeram um ano, apesar de eu não querer, mas, pensando melhor, meu emprego de recepcionista num consultório odontológico tem sido bom para mim. Viv cuidou das garotas até recentemente, quando elas entraram para uma creche linda aonde dá para ir a pé, e eu pude começar a trabalhar cinco manhãs por semana. Finalmente parece que estou saindo do cansaço sufocante dos primeiros anos.

— Botei a agenda na geladeira — digo. — A hora que a creche começa, a hora de buscá-las. Deixei algumas das comidas favoritas delas no freezer… — Paro de falar quando vejo a expressão da minha irmã. — O quê?

— Para de se preocupar. Não vou perdê-las de vista.

Meus olhos se enchem de lágrimas, e eis aqui, suspensa no ar entre nós, sempre tácita, mas sempre presente. A Tragédia da Nossa Família. Pisco para disfarçar as lágrimas, constrangida.

— Promete? — pergunto em voz baixa.

Alice aperta minha mão.

— Pela minha vida.

Eu acredito nela, e minha ansiedade diminui um pouco. Sei que as gêmeas vão estar em segurança com Alice. Ela é a única pessoa que entende de verdade. Eu sempre me pergunto se o verdadeiro motivo para a minha irmã não querer ter filhos é a Holly.

Nessa hora, Aaron entra na cozinha seguido por Kyle, que segura duas sacolas de presente cor-de-rosa, e ainda fala de carros, quilometragens e velocidades máximas. Alice solta a minha mão quando meu cunhado se espreme no banco ao lado dela, e ela sorri para Kyle quando ele bota a mão na coxa dela com carinho por baixo da mesa. Os dois estão sempre se tocando. Mesmo em público, seus dedos se encontram, ou eles se sentam tão próximos que as pernas ficam encostadas. "Dá pra ver que não estão casados há muito tempo", disse Aaron na última vez que ficamos com eles, em março, e havia ressentimento em sua voz, algo acusatório, e instiguei o sexo naquela noite como forma de provar para mim mesma e para ele que as coisas entre nós não tinham esfriado. Que nós ainda podíamos ser espontâneos e sensuais.

Eles ainda vão continuar se tocando tanto depois de estarem casados pelo tempo que Aaron e eu estamos? Provavelmente.

Kyle chama minha atenção e levanta em um pulo, lembrando-se dos modos.

— Tasha. É tão bom ver você de novo. — Ele vem me dar um abraço fraternal. Nossa, que cheiro gostoso ele tem. Kyle se afasta. — Adoro este lugar. Chew Valley é uma área lindíssima. Tanto verde, os lagos lindos e o rio, lógico. É bom estar de volta.

Ele nunca tinha ficado conosco antes.

— Então você conhece esta área?

— Conheço um pouco. Eu tive uma namorada que era de Chew Magna. Há muito tempo. Nós estudamos na Universidade de Bristol e vínhamos a Chew Norton às vezes. — Chew Magna fica a poucos quilômetros de distância.

Percebo que ainda tem tanta coisa que eu não sei sobre Kyle. Não sei o que mais dizer, então pergunto se ele quer café.

— Eu adoraria, claro. Puro, sem açúcar.

Aaron está encostado no batente da porta, nos observando com uma expressão divertida. Eu olho para ele e ele ergue uma das sobrancelhas escuras.

— Bom, eu tenho que entrar no chuveiro. E ainda não terminei de fazer a mala.

— Coisa de homem — diz Alice. — Sempre deixando tudo para o último minuto.

Aaron sorri e mostra o dedo do meio em resposta. Ela mostra a língua para ele e revira os olhos para mim, fingindo exasperação, quando ele sai da cozinha.

Nessa hora, Viv entra pela porta dos fundos, cheia de cumprimentos animados, o cabelo branco curto desgrenhado pelo vento. Ela traz Elsie e Flossie para a cozinha, onde elas tiram as galochas e correm até mim, escondem os rostos nas minhas pernas e olham com timidez para Alice e Kyle.

— Oi, meninas lindas — diz Alice, levantando em um pulo, feliz da vida de ver as sobrinhas que tanto adora.

Kyle entrega as sacolas de presente para a esposa. Elsie, sempre mais corajosa, enrola um cacho acobreado no dedo e se afasta de mim primeiro. Ela é atraída para o colo da tia pelo presente, um coelho fofinho de pano com um vestido bonito. Depois de alguns segundos, Flossie faz o mesmo. Em poucos minutos, elas estão agindo como se tivessem visto a tia e o tio no dia anterior. Flossie está sentada no colo de Kyle, e, com a cabeleira clara e os olhos azuis grandes, é bem como eu imagino que Holly teria ficado. Uma sensação sombria cresce dentro de mim enquanto eu as observo, e não consigo afastá-la. É o espectro da minha irmãzinha e o que aconteceu com ela. Está sempre no fundo da minha mente. Aaron sabia sobre Holly, lógico, mesmo antes de começarmos a sair. O caso de Holly Harper saiu no noticiário nacional na época, e ainda aparece de vez em quando. Alguns anos atrás, depois que meu pai morreu e logo antes de eu engravidar, minha mãe não aguentou mais ser rotulada como a trágica Jeanette Harper e se mudou para um vilarejo no interior da França.

— Quer que eu fique um pouco, meu bem? — pergunta Viv. Ela está parada ao lado da porta dos fundos, já parecendo não ser mais necessária.

— Obrigada, Viv, acho que está tudo bem. Mas eu dei seu número pra Alice, caso haja algum problema.

— Não que vá haver — diz Alice, olhando para a frente e sorrindo, mas reparo na determinação em seu rosto diante da sugestão de que ela talvez não aguente o tranco.

Alice nunca falha. Em nada.

Quando estamos saindo de casa duas horas depois, Aaron arrastando as malas para o táxi e eu tentando não chorar com a ideia de ficar uma semana longe das minhas filhas, reparo no desenho no chão em frente ao nosso portão. Um asterisco pequeno marcado com giz azul.

Não dou muita atenção, atribuindo a crianças ou trabalhadores públicos. Só depois percebo o significado.

Quem dera tivesse me ocorrido antes.

Porque, se houvesse percebido, talvez eu tivesse conseguido salvá-los.

2

Está escuro quando chegamos em Veneza. Já discutimos duas vezes, graças à insistência de Aaron de que sabe aonde estamos indo (ele nunca foi a Veneza na vida) e acabar nos levando por uma rua estreita e sinuosa após outra. O ar traz um odor forte de água de canal, e só consigo ver um agrupado de prédios com paredes descascando em tons de ocre, mostarda e salmão, com janelas verdes e sacadinhas com roupa para secar. É bem mais sujo e opressivo do que eu tinha imaginado, e enquanto subo e desço degraus atrás de Aaron, puxando a mala, desejo estar em casa, aconchegada no sofá com as gêmeas e a gata, vendo *Peppa Pig*. Aquilo não é nem um pouco a minha cara. Eu nunca tive necessidade de viajar, de ver o mundo. Sou caseira. Ainda moro no mesmo vilarejo onde cresci. Odeio multidões e barulho demais. Estar aqui reforçou o que eu sempre soube, lá no fundo. Eu não sou aventureira ou cheia de energia. Eu não sou Alice.

— Não falta muito agora — diz Aaron por cima do ombro. Há manchas de suor em sua camiseta e, apesar da hora, o ar está úmido, mesmo em meados de outubro, e minha calça jeans está grudando nas pernas. Percebo que ele está tentando permanecer otimista me fazendo achar que tem alguma ideia de aonde estamos indo.

Paro e respiro fundo. Minha boca parece o fundo da gaiola de um papagaio e a alça da minha bolsa está machucando meu ombro.

— Espera aí. Preciso descansar.

Ele se vira para me olhar, o telefone na mão, o pontinho azul piscando no Google Maps.

— É bem ali, de acordo com isso aqui.

Um grupo de jovens passa por nós, falando em italiano. Percebo que Aaron também está irritado, mas ele não vai querer demonstrar nem admitir que estamos perdidos. Não é do feitio dele. De modo geral, ele é uma pessoa muito paciente, mas não gosta de admitir que está errado.

— Você já disse isso.

— É um pouco mais longe do que pensei. Mas vamos, Tash, estamos quase lá.

Eu não tinha compreendido direito quantos canais e ruas sinuosas haveria, nem que o táxi só poderia levar até um certo ponto e nos deixaria num estacionamento. Nós devíamos ter pegado um táxi, mas Aaron disse que era caro demais.

— Queria não ter trazido tanta coisa.

Aaron se aproxima de mim.

— Olha, fica logo depois da esquina. Juro. — Ele abre um sorriso tranquilizador. — A Praça de São Marcos não fica longe.

Não tenho coragem de dizer que não estou gostando e que, até o momento, Veneza não é como eu imaginava.

Ele estende a mão, e lembro por que aceitei esta viagem. Prometi a mim mesma que tentaria ser mais aventureira, que faria um esforço para recuperar um pouco da nossa paixão perdida e da nossa espontaneidade. Não fazemos sexo há meses. Estamos sempre cansados demais, ou uma gêmea, às vezes as duas, decide ir para a nossa cama no meio da noite, e nenhum de nós dois tem energia para mandá-la de volta para o quarto. Nós precisamos nos reconectar, ver um ao outro como mais do que pai ou mãe das nossas filhas, passar tempo de qualidade juntos.

Pego a mão dele e andamos em silêncio, Aaron um pouco à frente, me levando pelos montes de pessoas tirando selfies em uma das pontes. E aí, finalmente, as ruas ficam mais interessantes, com lojinhas e restaurantes. Sinto cheiro de pizza e carbonara e meu estômago ronca. Nós ainda não jantamos e são quase nove horas da noite.

Por fim, a rua se abre em uma praça enorme, lotada, cheia de prédios grandiosos, e eu paro, impressionada. Bem à frente fica o mais deslumbrante de todos: tetos abobadados, decorados com molduras e outros entalhes cujos nomes Alice saberia, mas eu não faço ideia. É iluminado em dourado e creme, em contraste com o céu escuro.

— É aqui! A Praça de São Marcos. Essa é a basílica. Não é linda? — Aaron também não gosta muito de viajar, mas é meio fofo ele ter feito o dever de casa, está se esforçando.

— É maravilhosa — respondo, e estou sendo sincera.

De repente, esqueço as bolhas nos meus pés e meu ombro dolorido, e que só comi um potinho pequeno de Pringles no avião, e observo a cena à minha frente, apreciando o calor da noite, o cheiro de comida, o tilintar de taças e os gritos de alegria das crianças na nossa frente correndo atrás dos pombos. Nós ficamos admirando por um tempo, os dedos entrelaçados.

— O apartamento da Alice e do Kyle fica virando a esquina. Em um *palazzo*, ao que parece — diz Aaron, olhando para o celular.

Eu já tinha visto fotos, óbvio. Alice as mostrou para mim com orgulho depois que ela e Kyle fecharam a compra. Mas agora que estou aqui, começo a entender como o apartamento vai ser magnífico, e uma chama de empolgação se acende dentro de mim.

Sigo Aaron pela praça, passando pelos pombos e pelos amontoados de pessoas tirando fotos, passando pelo homem tocando acordeão e pelo artista oferecendo seus quadros. As luzes dos prédios ao redor refletem no chão quente. Estou desesperada para chegar lá agora. Sigo meu marido conforme andamos por uma rua menor de paralelepípedos que é bonita e tranquila. E aí, chegamos em um portão de ferro forjado que protege o que parece ser um *palazzo* com pilares romanos e degraus levando a uma porta de entrada enorme.

— Uau. É aqui?

— De acordo com o mapa, sim.

Aaron guarda o celular, abre o portão, que range, e faz uma piada de que precisa de lubrificação. Nós entramos pelo jardim da frente como se tivéssemos caído num universo paralelo, maravilhados com o chafariz e as luzes que indicam as pedras do caminho, como olhos cor-de-rosa de gato. Puxamos nossas malas pela escada e pego a chave que Alice me deu para abrir a pesada porta de entrada.

— Puta que pariu! — exclama Aaron quando entramos no átrio imenso com piso de mármore.

O teto é pintado com pinceladas azuis e damasco, com bebês bochechudos vestidos com panos, flutuando em nuvens. Fico boquiaberta. O ar frio nos atinge assim que entramos, e um enorme vaso com flores brancas ocupa uma mesa e enche o ambiente com um aroma doce.

— E isso é só a entrada.

Dou uma risada.

— Caramba, é um palácio — digo.

Na nossa frente tem uma escadaria imensa. O apartamento da Alice e do Kyle fica no primeiro andar.

— Tem elevador?

Procuro ao redor, mas só vejo mármore e pilares, papel de parede sedoso e molduras intrincadas.

— Parece que não.

Só tem três portas no primeiro andar, e o apartamento da Alice e do Kyle é o número dois. Estou vibrando de expectativa quando giro a maçaneta e nós entramos.

Somos recebidos por enormes janelas que dão para o Grande Canal e um telhado abobadado, que, anuncia Aaron como se estivesse lendo um guia, é a Basílica de Santa Maria della Salute. Dois sofás brancos grandes estão posicionados estrategicamente para aproveitar ao máximo a vista. (Minha irmã é dessas que gosta de branco. Eu não posso nem usar uma blusa branca sem deixar cair alguma coisa nela.) Uma mesa oval muito polida ocupa boa parte da sala de jantar, que leva a uma cozinha pitoresca de canto com armários creme e puxadores de bronze. Aaron segura a minha mão e nós entramos no quarto. A cama tem dossel com (dou uma risada baixinha) lençóis de seda em rosa-antigo! Lógico. Eu não esperaria menos.

— Olha, tem até terraço! — exclama Aaron, largando a minha mão e correndo até as portas de vidro. A chave está na fechadura e ele a gira e abre as portas. — Ah, meu Deus. Amor. Isso é simplesmente... Caralho, não sei nem o que dizer...

Amor. Ele não me chama assim com muita frequência desde que as gêmeas nasceram.

Sinto um nó na garganta. Parece que estou em um filme glamoroso. Não consigo falar quando o sigo para o deque de madeira a tempo de ver uma gôndola passar. Uma lágrima desce pela minha bochecha ao mesmo tempo que começo a rir.

— Você está bem? — pergunta Aaron suavemente, passando o braço pelos meus ombros e me puxando para perto.

Só consigo assentir enquanto me recosto nele, e ficamos ali parados, inspirando o ar noturno, olhando as estrelas pontuando o céu de veludo, ouvindo a água batendo delicadamente nas margens do canal.

* * *

Nós fazemos sexo nesta primeira noite, lógico. Este lugar foi feito para isso. E não é do tipo apressado, "Vamos logo, antes que as crianças cheguem", mas do tipo que fazíamos aos vinte e poucos anos, antes que o estresse, os empregos exigentes, as noites insones e a pressão da vida começassem a atrapalhar. Assim que chegamos no apartamento depois do jantar, vamos direto para o quarto. Quando Aaron sobe nu em cima de mim, fico chocada quando uma imagem de Kyle fazendo amor com Alice naquela cama surge na minha mente.

Na manhã seguinte, acordamos com chuva, mas isso não atrapalha em nada nossa animação. Enquanto Aaron está no chuveiro, decido desfazer as malas. Abro os guarda-roupas enormes. Uma parte é do Kyle, dá para sentir o cheiro dele. A outra, bem maior, é da minha irmã. Nós nunca tivemos o mesmo gosto para roupas; eu sou uma mulher de jeans e camiseta. Mas passo as mãos pelos tecidos caros: seda leve, chifon volumoso e algodão macio. Com relutância, volto para a cama para pegar o vestido jeans da mala, mas parece duro e feio nas minhas mãos. Então me ocorre que, como estou vivendo a vida da Alice por uma semana, por que não me vestir como ela? Alice não se importaria. Ela é muito generosa, sempre foi, mesmo quando éramos crianças. Ficava feliz em me deixar comer um pãozinho a mais ou o último pacote de batata chips. Quando fez uma viagem escolar para Amsterdã, ela levou um Miffy de pelúcia para mim, que comprou com a sua mesada.

Hesito. É estranho usar as roupas da Alice? Olho para o vestido jeans, que, em comparação às roupas delicadas dela, parece deslocado neste apartamento deslumbrante. *Irmãs compartilham roupas o tempo todo*, penso. Coloco o vestido de volta na mala e remexo nas roupas dela, até tirar um vestido leve de algodão azul-marinho e branco. Alice tem uns dois ou três centímetros a mais do que eu, e é mais magra, com mais cintura (já que não passou nove meses carregando gêmeas), mas mesmo assim o vestido entra perfeitamente. Eu giro na frente do espelho de corpo inteiro, maravilhada porque o decote faz meus peitos parecerem maiores e minha barriga, mais reta. Com nosso cabelo ruivo comprido e olhos verdes, nós poderíamos passar por gêmeas, o que sempre a deixa melancólica. Mamãe disse para ela uma vez que a gravidez da Alice foi daquelas que tinha um gêmeo que sumiu. "Eu basicamente comi meu irmão ou irmã", brincou Alice quando me contou, e, apesar do comentário casual, eu sei que ela se pergunta como poderia ter sido. De forma um tanto egoísta, fico feliz de o "gêmeo" ou "gêmea" da Alice não ter sobrevivido. Duvido que nós duas fôssemos ser tão próximas. Talvez a minha mãe não tivesse engravidado outra vez. Mas aí penso em Holly e sei que não é verdade.

Meus devaneios são interrompidos por Aaron saindo do banheiro com uma toalha em volta da cintura.

— Nossa! — exclama ele quando me vê. — Eu nunca vi esse vestido. É novo? Parece caro.

— É da Alice.

Ele franze a testa.

— Está explicado. Ela não vai se importar...?

— Lógico que não. Vamos — digo, enfiando a mão em uma das gavetas da minha irmã e tirando um cardigã de caxemira rosa-claro muito macio. Não consigo resistir a pegar uma das bolsas da Alice: uma Gucci marfim bem clara. Afinal, minha mochila surrada não combinaria com a roupa. — Anda, vai se vestir. Nós temos que sair pra explorar a cidade.

Eu me sinto uma pessoa diferente com a roupa da Alice. Estou até usando um par de sandálias que encontrei em uma caixa de sapatos no fundo do guarda-roupa. Eu costumo usar preto e, quando não estou com meu uniforme azul-marinho feio de recepcionista, estou sempre de calça jeans. Mas me sinto mais leve com as roupas da Alice. Mais feliz, meio brincalhona, como se as cores e a frivolidade de tudo estivesse penetrando na minha pele, me enchendo de alegria. Eu não sabia que uma roupa podia fazer isso.

Parou de chover e o sol saiu, cintilando na superfície do canal. Aaron pega a minha mão e seguimos para um café com mesas na calçada e vista da ponte Rialto. Está meio cheio, mas um garçom de traje formal aparece e nos leva até uma mesa para dois. Um fluxo constante de pessoas passa, e os garçons precisam desviar delas, os pratos bem no alto, quando elas saem do café para a área externa. Pego meu celular na bolsa de marca da Alice.

— Para de olhar o celular — Aaron me repreende. — As meninas estão ótimas. Sua irmã é capaz de cuidar delas, para de se preocupar. E minha mãe está...

— Na mesma rua. Eu sei! É que não tive notícias da Alice hoje, só isso.

Ela me mandou uma mensagem à noite para perguntar se tínhamos chegado bem e dizer que as meninas estavam na cama.

— Nós estamos uma hora à frente dela, lembre-se disso.

— Até parece que você pode falar de mim. Eu te vi olhando o celular mais cedo.

Ele se recosta na cadeira e sorri. Parece mais relaxado do que eu tenho visto ultimamente. Aaron sempre foi tranquilo, mas reparei em uma tensão que ele tenta esconder de mim, e que às vezes aparece quando é ríspido com Elsie e Flossie. Ele trabalha muito na oficina, e adora; mexe em carros desde que era adolescente. Mas é um trabalho braçal, e ele muitas vezes chega em casa exausto.

— Eu estava olhando os placares de futebol. Os Bristol Rovers jogaram ontem. — Ele sorri. — Agora pede alguma coisa. — Ele joga o cardápio para mim e eu deixo o celular de lado com relutância para pegá-lo. — E nada de falar sobre as crianças. Elas estão ótimas.

Eu me pergunto sobre o que *vamos* falar então.

Não reparo no homem de primeira. Estou ocupada demais olhando o cardápio, e o local está muito movimentado, mas, quando olho para a frente, ele está de pé do lado de fora do restaurante, uma perna dobrada, o pé apoiado no reboco descascando, olhando diretamente para mim. Primeiro, fico lisonjeada; ele tem trinta e poucos anos, bonito de um jeito meio rudimentar que eu sempre achei atraente, com uma tatuagem de crânio despontando da manga da camiseta, mas noto a expressão dele. É intensa. Antipática. Ele olha de Aaron para mim. O homem está fumando e, quando nossos olhares se encontram, ele não interrompe o contato visual. Eu desço o olhar para o meu colo.

Quando olho de novo, ele está encarando Aaron, que não percebeu nada, focado no cardápio. O homem volta a atenção para mim e fala alguma coisa de forma lenta e deliberada. Não consigo entender o que é. Viro para trás, achando que talvez ele conheça as pessoas sentadas na mesa ao lado, mas elas estão conversando e rindo sem prestar atenção nele. Sou tomada pela inquietação.

Meu marido, alegremente alheio ao meu desconforto, está sugerindo pratos do cardápio.

— Que tal uma brusqueta de tomate e muçarela? — sugere. — Ou de presunto e azeitona? Eu sei que você não gosta daquelas verdes grandes, mas... — Como eu não respondo, ele abaixa o cardápio. — Tash?

— Não olha agora, mas tem um homem lá fora, encostado na parede. Ele está encarando a gente sem parar.

Aaron estreita os olhos e está prestes a virar a cabeça.

— Eu falei *não olha* — sibilo. — Ele acabou de falar alguma coisa pra mim.

— Ignora. Duvido que ele esteja falando com você. Por que faria isso? — A atenção dele está concentrada de novo no cardápio.

Por que mesmo? Olho para a minha roupa, o vestido da Alice.

— Pode ser que ele goste de mim — brinco.

Aaron joga a cabeça para trás e ri. Alto demais.

— Poxa, não é tão engraçado.

— Desculpa. — Ele se concentra em se recompor. — Lógico que ele gosta de você. Você está deslumbrante. — Os olhos dele se semicerram.

— Assim é melhor. Mas você não precisa ser sarcástico.

Ele coloca o cardápio na mesa.

— Você sabe que eu gosto de você. A noite de ontem não prova isso? E hoje de manhã?

— Ah, para. Não precisa de muito pra um homem querer sexo.

Ele parece magoado e está prestes a abrir a boca para dizer mais quando é interrompido pelo garçom.

Enquanto Aaron está fazendo o pedido, eu olho para o prédio, mas o homem sumiu.

3

Jeanette

Domingo, 13 de outubro de 2019

Eamonn para no portão. Ele está lindo e bronzeado com o avental azul-claro de artista, com uma mancha de tinta vermelha na ponta da manga. O grupo deles teve uma boa sessão hoje tentando capturar as cores de sorbet do pôr do sol nas telas, mas, por mais que ela goste da companhia dele, Jeanette quer ficar sozinha agora.

— A gente se vê amanhã — diz ela do outro lado do portão.

— Ah, sim, o jantar do Oliver. Vai ser divertido.

Ele sorri, com rugas fundas surgindo dos dois lados dos olhos azuis cintilantes. Aquilo foi o que os aproximou quando eles entraram na aula de arte para adultos na primavera, além de os dois serem expatriados, embora Eamonn seja de Country Cork, na Irlanda. Os outros do grupo pegam no pé de Jeanette porque Eamonn é a fim dela. Jeanette gosta dele, e tem mais de quatro anos que seu marido, Jim, morreu, mas ela ainda não está pronta. Ela estava com Jim desde os 18 anos de idade e nunca dormiu com mais ninguém. A ideia de outro homem ver seu corpo, todos os caroços e curvas que ela odeia, enquanto Jim amava porque ele a amava, a deixa enjoada. Eamonn é um homem muito bonito. Ela imagina que ele tenha levado muitas mulheres para a cama na vida. Ela só seria uma decepção. Melhor ele só tê-la em suas fantasias.

A expressão dele muda quando vê que, outra vez, Jeanette não vai convidá-lo para entrar. Ela nunca convida, apesar de ele sempre a acompanhar até em casa depois da aula. Ele mora no vilarejo seguinte, que não fica nem a um quilômetro e meio de distância. E, aos 65 anos, ele ainda está em forma, o que atribui ao tanto que caminhava e ainda caminha desde que se mudou para a França com cinquenta e tantos anos.

— Então… tchau. — Ela acena de leve para ele enquanto se afasta, segurando a bolsa de palha com a tela e as tintas junto ao peito, como uma espécie de barreira. Então se vira e dispara em direção à porta.

Dentro de casa, ela suspira de alívio e fica encostada na porta por um tempo, o coração disparado. Este é o seu santuário. A casa é pequena, com uma cozinha rústica e uma sala com lareira de pedra no térreo, um banheiro e dois quartos pequenos no andar de cima. Ela conseguiu vender a casa de Chew Norton por bem mais dinheiro do que tinha pagado pelo imóvel e, com o lucro e o dinheiro do seguro de vida que Jim deixou, se ela tiver juízo, vai ter o suficiente para viver por muitos anos.

Ela prepara um chá de camomila e vai para a sala, se acomoda no sofá e liga para o telefone fixo de Tasha.

— Alô — diz uma voz suave e desenvolta que ela reconhece na hora como sendo de Alice. Não há sinal do sotaque do West Country que Jeanette e Tasha têm.

— Oi, amor. É a mamãe. O que você está fazendo na casa da Tasha?

— Estou de babá, lembra? Ela está em Veneza esta semana.

— Ah, achei que era sábado que vem.

Alice ri, mas com gentileza. As duas filhas pegam no pé dela há anos por causa dos esquecimentos. O problema é que, agora que ela está aposentada, os dias se misturam. Ela se pergunta o que Tasha vai achar de Veneza. Tasha sempre foi caseira, enquanto para Alice o mundo era sua ostra. Suas filhas podem ser parecidas fisicamente, mas têm personalidades muito diferentes. Ela se pergunta como Holly teria sido se ainda estivesse por aqui.

— Está tudo bem, mãe?

Jeanette afasta os pensamentos sobre Holly, sem querer se entregar aos devaneios. Mesmo depois de tantos anos, às vezes fica abalada quando sua mente toma esse rumo. Holly está sempre em seus pensamentos, ainda mais agora, com o aniversário chegando. Com uma das mãos, ela equilibra a xícara na almofada de guingão no colo.

— Sim, está tudo ótimo. — Ela tenta manter a voz animada, não quer preocupar Alice.

A mudança para a França foi decisão da própria Jeanette, afinal, mas ela sente saudade das filhas, das netas e do Jim, lógico. Sua vida, que já tinha sido tão ocupada, tão cheia de propósito, foi reduzida àquilo: ficar sentada sozinha em um chalé de pedra, em um vilarejo estrangeiro, a mais de 1.500 quilômetros de distância. Não foi uma atitude muito típica de

Jeanette juntar as coisas e se mudar. Jeanette Harper, antiga secretária de advocacia e membro do Women's Institute e do Knitting Bee, que tinha morado a vida toda em West Country com um homem, não era do tipo que fazia nada precipitado. Ela é sensata. Comedida. Jeanette é o tipo de pessoa que sempre pensa nas coisas um milhão de vezes e avalia todos os resultados possíveis antes de tomar uma decisão.

— Eu só estava ligando pra Tasha pra jogar conversa fora — diz Jeanette. — Tem um tempo que a gente não se fala. — Elas têm um grupo de WhatsApp, as três, mas só se falam por telefone ou FaceTime, com intervalos de algumas semanas. — Eu queria falar com ela antes da viagem.

— Tasha vai ficar bem, mãe. É bom pra ela. Eles precisam de um descanso, ter tempo um para o outro.

Jeanette sente culpa na mesma hora. Ela deveria estar lá para ajudar. Tasha não estava grávida quando ela foi embora do Reino Unido quatro anos antes, e, se estivesse, Jeanette não teria ido embora. A mudança para a França foi uma reação automática depois que Jim morreu, porque tinha sido o sonho deles. Ela levou a ideia adiante porque não queria que as filhas achassem que eram responsáveis por ela. As duas precisavam viver sem se preocupar com a mãe. Ela precisava se afastar, viver no anonimato por um tempo. Mas agora se pergunta se cometeu um grande erro.

— E como estão as coisas? Como estão Elsie e Flossie? Kyle está se saindo bem bancando o papai?

— Elas são um amor. — A voz de Alice se suaviza. — Kyle adora. Ele seria um ótimo pai...

A filha parece melancólica, e Jeanette se questiona se Alice vai mudar de ideia sobre ter um bebê. Ela se pergunta o que Kyle pensa sobre isso. Mudou-se para a França pouco depois de Alice conhecer Kyle, então não o conhece tão bem. Alice disse que eles combinaram de não ter filhos antes de se casarem, mas, ainda assim, Jeanette não entende. Alice sempre foi tão maternal, uma ótima irmã para Tasha e para Holly antes...

Jeanette pisca e tenta se concentrar no que a filha está dizendo. Ela está contando que eles levaram as meninas para ver os patos e que ela tinha esquecido como Chew Norton é um lugar bonito. Ela não mora lá desde que foi para Oxford, aos 18 anos. Jeanette adoraria se um dia Alice voltasse, mas sabe que isso não vai acontecer. O vilarejo não é grande o bastante para conter Alice, que sempre quis conquistar o mundo. De qualquer modo, Jeanette não está mais lá também. As coisas mudaram, as pessoas seguem a vida. Ela precisa aceitar isso.

— As meninas estão na cama agora — diz Alice. — Senão eu faria uma videochamada para você falar com elas.

— O que vocês vão jantar?

— Kyle saiu pra comprar comida. — Alice hesita. — Eu fico ouvindo rangidos no andar de cima e acho que são as gêmeas se levantando, mas não é. Só sons desconhecidos de uma casa à qual não estou acostumada, acho.

— Sim. É uma casa antiga.

— Nossa casa em Londres também é antiga. Mas estamos cercados de vizinhos. Eu tinha esquecido como aqui é isolado.

— Não é tão isolado. Não como onde eu moro agora.

Alice ri.

— Bom, isso é verdade. Eu não conseguiria morar aí onde você mora, mãe. Sem ofensas.

— Tudo bem. Não é para todo mundo.

Às vezes, Jeanette não consegue lembrar por que desejou uma vida tão rural, longe de todos que ama.

— Eu gosto da agitação de Londres. A lagoa lá atrás é sinistra. Não foi lá que Fred Watson se afogou quando éramos adolescentes?

Fred Watson era um fazendeiro da região. Ela e Jim só o conheciam de vista, mas a morte dele abalou o vilarejo.

— Foi. Ele estava bêbado, pelo que dizem.

A lagoa atrás do quintal de Tasha e Aaron fica coberta de névoa nesta época do ano, isolada, com as árvores perdendo as folhas e o chão congelado. Mas Tasha nunca teve medo. Ela sempre foi atraída pelo sombrio e gótico. Jeanette se lembra da fascinação dela pelo cemitério da igreja quando era criança, e ela sempre se animava com o Halloween, mesmo antes de ter as gêmeas. E Jeanette prefere nem pensar nas músicas que tocavam no quarto da Tasha quando ela era adolescente, geralmente depois de uma briga com Aaron.

— Deve ser bobeira minha — diz Alice, sobressaltando Jeanette —, mas algumas vezes olhei pela janela do quarto das meninas e… Não, é bobeira mesmo.

Jeanette ouve o tom aturdido na voz da filha.

— O que é?

— É que… sei lá. É que eu tenho a sensação de estar sendo observada.

— Você viu alguém rondando a casa?

— Não. Eu não vi ninguém. É só uma sensação… Como eu falei, é bobagem.

— Você só tinha esquecido como Chew Norton é, imagino — comenta Jeanette. Ela se inclina para a frente para botar a xícara na mesa de centro. A sala está quase escura agora; ela precisa fechar a cortina e ligar as luzes. — Árvores por toda a parte. É um vilarejo bem seguro. E você mora em Londres. A central do crime!

— Eu sei, mas Londres é movimentada. Sempre tem gente pra todo lado. — Alice faz uma pausa, e Jeanette sente que tem mais que ela quer dizer. Alice não é dada a arroubos de fantasia, isso é mais coisa da Tasha. — Bom, Kyle acabou de chegar com nosso peixe com batata frita, então é melhor eu ir. Te amo.

— Tudo bem. Bom jantar. Eu também te amo — diz Jeanette, encerrando a ligação.

Ela fica sentada no ambiente quase escuro e, por instinto, toca no medalhão no pescoço que contém uma das poucas fotos existentes das três filhas.

4

Tasha

Domingo, 13 de outubro de 2019

— E qual das roupas da Alice você vai escolher hoje?

No espelho de corpo inteiro, vejo Aaron atrás de mim. Ele está sem camisa, as seis tatuagens à mostra. Tem os nomes da Elsie e da Flossie ao redor do braço esquerdo. Acima do peitoral direito, tem dois passarinhos, que fez na festa de despedida de solteiro quando estava bêbado, uma rosa do outro lado, e uma cobra perto do ombro. E tem mais algumas nas costas. Minha mãe nunca aprovou, nem as com o nome das netas, mas eu sempre gostei de um homem com tatuagens. Até fiz uma, o contorno de um gato no quadril, sobre a qual nunca contei para minha mãe ou Alice.

Estou de lingerie segurando vestidos na frente do corpo, tentando decidir qual combina mais comigo. Em teoria, todos deveriam ficar bons, mas alguns são infantis demais para mim.

— Talvez esse?

Mostro um vestido preto longo de alças com bolero combinando. Arrumado para um jantar num restaurante bom, mas não muito chique. Alguns dos vestidos no guarda-roupa da Alice poderiam ser classificados como vestidos de festa.

— Muito bonito. — Aaron chega mais perto e envolve a minha cintura. — A gente tem tempo...?

— Não! — Eu o empurro. — Acabei de tomar banho, e você reservou o restaurante para as oito.

Ele dá de ombros com bom humor e sai do quarto dizendo que vai tomar uma das cervejas do estoque infinito do Kyle. Abre as portas da sacada e eu o imagino sentado lá só de calça jeans, tomando cerveja e curtindo a vista.

O dia foi bom e nós até conseguimos fazer um passeio de gôndola (apesar de Aaron resmungar que era caro). Passamos umas duas horas olhando as lojas da ponte Rialto e exclamando como tudo estava caro, avaliando qual joia extravagante compraríamos se ganhássemos na loteria. Um estranho fez a gentileza de tirar uma foto nossa com a Ponte dos Suspiros atrás de nós, e depois andamos pelas ruas parando de vez em quando em cafés com mesas nas calçadas. Apesar de eu estar com saudade das meninas, foi uma delícia poder ficar sentada apreciando um cappuccino sem precisar me preocupar com o que fazer para distraí-las, ou carregando uma sacola cheia de livros de colorir, giz de cera e lanchinhos.

Mais cedo, quando fomos descansar os pés doloridos em um café, Alice nos ligou por FaceTime. Os quatro apareceram na tela e meu coração se apertou ao ver minhas filhas, mas todos pareciam felizes. Flossie estava falando com animação sobre eles terem ido ao parque e à lagoa dar comida aos patos. É a atividade familiar de domingo à tarde que eu mais amo.

— E como está aí? — perguntou Alice depois que as meninas jogaram beijos e sumiram de vista.

— Incrível. Seu apartamento é incrível.

— Ficamos sem palavras ontem à noite, não foi, Tash? — disse Aaron por cima do meu ombro, alto demais. Alice sorriu e Kyle fez sinal de positivo. Alice não pareceu reparar que eu estava usando uma roupa dela.

— Nós sabíamos que vocês iam adorar. Veneza não é o lugar mais romântico do mundo? Nós amamos, né? — Alice se virou para Kyle, que assentiu.

— É uma das minhas cidades favoritas — disse ele, o olhar suavizando enquanto admirava Alice. — Foi onde eu pedi sua irmã em casamento. Vocês precisam andar de gôndola.

— Nós andamos, amigo — disse Aaron, passando o braço pelos meus ombros. Era o jeito dele de dizer "Viu? Eu também sei ser romântico".

Paro para me observar no espelho. O âmbar queimado do meu cabelo se destaca no preto, a jaqueta bem na altura da minha cintura. Olho para o vestido que usei antes, em cima da cama. Tem uma lavanderia pequena depois da cozinha; vou ter que me lembrar de lavá-lo antes de guardar. Derramei um pouquinho de café nele mais cedo, tão pouco que nem dá para notar, mas fico com medo de manchar. O vestido deve ter custado uma pequena fortuna.

Estou passando um pouco de maquiagem no banheiro enorme quando Aaron entra.

— O que você acha? Devo usar uma das camisas do Kyle? — Os olhos dele faíscam e eu torço para ele estar brincando. Explicar para Alice que eu usei umas roupas dela é uma coisa, mas não acho que Kyle vá ser tão complacente. Pareceria estranho. — Não precisa fazer essa cara horrorizada. Eu estou brincando! — Ele ri e sai. Quando volta, está usando uma azul-clara da Fred Perry, uma de suas favoritas.

Coloco o gloss labial no lugar. Aaron se inclina sobre a pia para jogar loção pós-barba no rosto e prolonga a mandíbula ao fazer isso. É tão familiar, algo que ele faz todos os dias há anos, e sinto uma onda de carinho por ele.

— Você está bonito — digo, apesar de ele estar do mesmo jeito de toda vez que saímos. Calça jeans escura, sim. Fred Perry, sim. Se estiver frio, talvez um suéter ou jaqueta, e, bem de vez em quando, uma camisa de botão se for uma ocasião muito especial, mas esse é o máximo que ele varia.

Apesar de ser outubro, está quente quando saímos, e o céu está ficando escuro. Nós damos as mãos quando atravessamos a Praça de São Marcos, e mais uma vez fico impressionada com o quanto ela é bonita, o quanto está movimentada. De um lado da praça, tem pessoas tomando vinho e comendo em volta de mesas com toalhas brancas. Um homem está tocando uma melodia animada em um violoncelo. Há multidões na frente da basílica. As pessoas andam para todos os lados, algumas em grupos levados por um guia, outras só vagando, tirando fotos e conversando. Há um aroma quente no ar. Sinto uma onda de felicidade. É o melhor aniversário de casamento do mundo. Estou finalmente começando a relaxar e a me preocupar menos em ficar longe das gêmeas.

Mais cedo, enquanto estava andando até a ponte Rialto, Aaron viu um restaurante do qual gostou da aparência. Ele queria arriscar ir lá hoje (Aaron não é do tipo que se planeja), mas eu falei para ele fazer reserva, e agora estou feliz que ele tenha feito, porque a parte aberta está lotada. É parecido com o local onde comemos brunch de manhã, e fica ao lado do Grande Canal com o domo da basílica visível. Lanternas coloridas pendem de um toldo, refletindo rosas e azuis e verdes na superfície da água.

— Isso é romântico — diz ele depois que nos levam à nossa mesa.

Ele estende a mão para segurar a minha. Penso na mensagem de texto que encontrei no telefone algumas semanas antes, da nova recepcionista atraente da oficina em que ele trabalha, e a enterro nas profundezas da mente. Não quero que nada estrague o momento. E não significou nada, foi só brincadeira, como ele disse na época. Eu não estou *preocupada*, estou mais para consciente de que não tivemos tempo um para o outro desde que as gêmeas nasceram.

— Vamos pedir uma garrafa de vinho? — sugere ele, tirando uma mecha de cabelo castanho-dourado da testa.

Há nuvens carregadas no céu noturno, mas está quente no terraço movimentado. Tiro a jaqueta de Alice e a penduro no encosto da cadeira.

— Lógico.

— Excelente. — Ele olha o cardápio de bebidas. — Está tudo em italiano — diz ele, rindo —, mas acho que esse... — Ele aponta para a palavra "Sangiovese" — ... deve ser um Sauvignon Blanc.

Nenhum de nós entende de vinho.

— Parece ótimo.

Aaron pede uma garrafa, que chega rápido.

— Então — diz ele, erguendo a taça e batendo na minha —, feliz aniversário de casamento. Dá para acreditar que já se passaram nove anos?

— Não. — *E sim.*

Nós não costumamos dar presentes nem cartões. Não mais. Talvez seja porque ficamos juntos por muitos anos antes de nos casarmos. Se bem que, quando tínhamos 19 anos, ficamos quase um ano separados. Olho para ele agora, sentado à minha frente. Trinta e quatro anos de idade, pai, marido. Eu sei que ele me ama, ama as crianças e a vida que construímos. Nós percorremos um longo caminho. E essa viagem está sendo boa para nós. É disso que a gente precisava. Alice estava certa.

Tomo um gole de vinho e pedimos a comida. Um prato enorme de carbonara cremoso chega à nossa mesa. E nós bebemos muito, e rimos como não ríamos há muito tempo, e eu lembro como ele é engraçado, como tem um senso de humor ácido, e do quanto eu gosto da companhia dele.

E nós não falamos sobre as meninas nem uma vez.

Quando estamos nos levantando para ir embora, o céu se ilumina e trovões soam. Um vento súbito leva um guardanapo da mesa e vira uma taça de vinho vazia. Andamos entre as mesas quando começa a chover forte e seguro a jaqueta da Alice acima da cabeça.

— Rápido, por aqui — diz Aaron, segurando meu braço enquanto corremos por uma rua lateral. Uma loja de suvenires ainda está aberta e nós entramos, rindo, já encharcados. O vestido da Alice está grudando nas minhas pernas. Uma lufada de vento vira um cesto de lixo e, da segurança da loja, o observamos rolar pela rua estreita. — Isso é emocionante. — Aaron exala energia, os olhos brilhantes. Ele pergunta ao homem atrás do balcão se tem guarda-chuva. Pagamos uma quantia exorbitante por um verde grande com "Itália" escrito na lateral e saímos de novo. A chuva continua forte, então ficamos encolhidos embaixo do guarda-chuva. — Vem, é melhor a gente voltar. Acho que é por aqui.

— Você acha?

— Tenho certeza. — Ele cheira a vinho e o cabelo está encharcado, o que o deixa desgrenhado e sexy. Por impulso, fico na ponta dos pés e dou um beijo nele. Quando nos separamos, Aaron me olha piscando, surpreso. — O que aconteceu? Não que eu esteja reclamando.

— Eu te amo mesmo — digo, encorajada pelas três taças de vinho que tomei no jantar.

— Eu também te amo. Nossa, a gente devia viajar mais vezes.

Aaron segura o guarda-chuva acima de nós e eu passo o braço pelo dele, ficando mais pertinho do meu marido, então seguimos por uma rua estreita paralela a um trecho do canal e os fundos de hotéis com amarras para barcos. Com a chuva, o céu escuro e não estando mais no meio do agito, tudo parece velho, e a inquietação me acomete.

— Nós não devíamos voltar pra via principal? — pergunto.

— Aqui é um atalho. Está tudo bem.

Dobramos uma esquina e o caminho se estreita ainda mais, com degraus levando a uma rua adjacente abaixo. Não há espaço para ninguém passar por nós, não que tenha alguém por perto. As pontas do guarda-chuva raspam na parede do prédio quando passamos, e a água do canal está preta e ameaçadora, a chuva ondulando a superfície. Aperto o braço do Aaron com mais força e estremeço.

— Está tudo bem?

— Eu preferiria voltar pra onde tem movimento. É sinistro aqui — respondo.

— Está tudo bem.

— Estou lembrando daquele filme...

— Qual?

— *Inverno de sangue em Veneza*.

Estremeço ao lembrar da obsessão do personagem do Donald Sutherland com a figura de casaco vermelho que está convicto de que é o fantasma da filhinha morta dele, que ele fica vendo nas ruas escuras de Veneza fora da alta temporada, um pouco como aquela. Aaron tinha me feito assistir uma vez, não muito depois de começarmos a sair, e eu fiquei tão assustada com o final que não consegui dormir à noite.

— Eu achava que você gostava de coisas macabras — comenta ele.

— Gosto. Na segurança da minha casa.

Aaron ri.

— Não seja tão medrosa.

Estou prestes a retrucar quando vejo uma figura encolhida junto à parede de um dos prédios. Primeiro, acho que é alguém que parou para fumar, mas, quando a pessoa olha, meu estômago se embrulha. É aquele homem do restaurante, o que ficou nos encarando. Ele estreita os olhos quando nos vê nos aproximando. Ele está nos seguindo ou é só coincidência? Aaron nem se dá conta, fala sobre um filme de terror que está tentando me convencer de ver há um tempão. Agora, estamos a poucos passos do homem e não tenho como dizer nada porque ele pode ouvir. Digo para mim mesma que é coincidência. Talvez ele more por aqui. Aquelas construções parecem ser fundos de apartamentos, com janelas e sacadinhas. A chuva continua caindo e de vez em quando surge um relâmpago, deixando o céu verde-escuro, ruídos de trovão tomando conta da noite. O ar está com cheiro de asfalto molhado e água de canal. Meu coração acelera quando passamos pelo homem. Ele só está parado, fumando, nos encarando. Aaron não repara e eu desvio o olhar. Quando nos aproximamos, ouço-o murmurar alguma coisa para nós em italiano.

— *Tu mi devi...*

Aaron reduz a velocidade e minhas entranhas se reviram. *Não, não para, não para*, peço silenciosamente. Mas é óbvio que ele para. Aaron não é do tipo que encara confrontos, mas a altura dele, somada à confiança natural, significa que ele sempre se sentiu seguro de seu lugar no mundo. Como costuma me dizer, ele sabe se cuidar.

— Há?

— Vem — sussurro. Não gosto do jeito como o homem está olhando para nós. Os olhos dele são frios e ele é carrancudo.

O homem só nos encara.

— *Tu mi devi* — repete.

— Não falamos italiano — diz Aaron.

A chuva bate no nosso guarda-chuva.

Nesse momento, reparo no brilho prateado perto da coxa do homem e congelo quando percebo o que ele está segurando.

Uma faca.

5

Alice

Domingo, 13 de outubro de 2019

Alice examina a destruição na cozinha. Jesus, como crianças são bagunceiras. Tem tintas usadas, pincéis molhados, pedaços de massinha e folhas de papel amassadas por toda a mesa, e o chão está cheio de roupas de boneca e comidinhas de brinquedo. As pernas de uma Barbie aparecem no vão entre as almofadas do sofá, e ela tem certeza de que está pisando em um pedaço de tiara.

Kyle entra com a expressão traumatizada de um sobrevivente de acidente de estrada. Ele indica as partes molhadas nos joelhos da calça jeans.

— E isso foi só o resultado delas escovando os dentes.

Ela ri.

— Eu estou exausta, e ainda preciso arrumar tudo. Parecem duas tempestades.

— Estão mais pra furacões — diz ele secamente, pegando um tubo de tinta e olhando para a mão suja com consternação. — Esse treco está em tudo.

— Por que você não limpa a mesa e eu começo com o chão?

— Você que manda. — Ele usa um pedaço de papel amassado para limpar a tinta vermelha dos dedos.

Eles trabalham em um silêncio parceiro, com a gata da Tasha, Princesa Sofia, olhando para eles do conforto do sofá. Alice coloca uma braçada de bonecas e ursinhos no baú de madeira perto da porta dos fundos, e quando está jogando fora as caixas de peixe com batata frita, Kyle chega por trás dela e abraça sua cintura.

— Você sabe que elas vão bagunçar tudo de novo amanhã, né?

Ela faz uma careta.

— Pelo menos vão pra creche amanhã de manhã.

— Eu preciso de vinho.

Eles prometeram não beber muito enquanto estivessem de babá das gêmeas, mas Alice nunca esteve tão desesperada por álcool.

— Por que você não abre a garrafa que a gente trouxe de casa?

— Tudo bem — diz ele, apoiando a bochecha nas costas dela. — Estou exausto demais pra me mexer.

Alice ri.

— Por que a gente se ofereceu pra isso? — Ela está brincando, na verdade. É louca pelas sobrinhas.

— Só Deus sabe.

Dá para ver o reflexo deles no vidro opaco das portas do quintal diante deles: o dela com um conjunto cinza de caxemira e o dele com o queixo apoiado delicadamente no ombro dela, os corpos no formato de duas vírgulas invertidas. Então, Alice se lembra do estado das mãos de Kyle e se afasta.

— Não quero que você suje minha roupa de tinta.

Ele mostra as palmas das mãos. Há algo de infantil no gesto.

— Já secou. Mas onde está aquela garrafa?

Ela indica o armário acima da cabeça e observa Kyle servir uma taça para cada. Ela só quer vegetar no sofá e não se mexer nem falar por horas. Kyle beija a têmpora dela.

— Vai lá ver se as gêmeas estão dormindo, e eu vou levar isto pra sala. Vou deixar o filme no ponto.

Ela sobe a escada com dificuldade. Como passar o dia com duas crianças pode deixá-la com a sensação de quem terminou um triatlo? Ela está acostumada a trabalhar duro. Suas horas de trabalho são longas e mentalmente árduas, mas nada se compara àquilo.

— Tia Alice — as gêmeas dizem ao mesmo tempo quando ela entra no quarto. Elas estão na cama, parecendo uns anjos. Flossie está com o polegar na boca e Elsie oferece um livro à tia.

— Por que vocês não estão dormindo?

— Por favor — suplica Elsie, os olhos arregalados.

— Só uma história rápida — diz Alice, pegando o livro, *Angelina Bailarina*, e se sentando na beira da cama de Flossie. Ela leu o mesmo para elas na noite anterior. E mais três outros. E tinha lido *Tabby McTat* quando as botou na cama mais de meia hora antes.

Depois de ser convencida a ler mais duas histórias, ela desce e se joga no sofá ao lado de Kyle. Ele lhe entrega uma taça de vinho.

— Não sei se consigo conversar.

— Você é ótima com as meninas.

— Elas estão se aproveitando de mim. — Alice ri.

Kyle se mexe no sofá, o jeito carinhoso de antes substituído por uma energia ansiosa. Ele acendeu a lareira a gás e a salinha está aquecida e convidativa ao relaxamento. O rosto de James Stewart está pausado na tela da televisão.

— O que foi? — pergunta ela.

— Eu recebi uma ligação quando você estava lá em cima.

Ela inspira fundo.

— E aí?

— Era Noel, do laboratório. Ele ainda está tendo problemas com o design.

O coração dela despenca. De novo não.

Nos quatro anos em que eles estão juntos, ela passou a entender que Kyle é como um garoto prodígio cuja genialidade precisa ser cuidadosamente alimentada, moldada, e o papel dela na vida dele é tranquilizá-lo e incentivá-lo. Ele perdeu os pais em um acidente de carro quando tinha vinte e poucos anos, e ela tem certeza de que parte da carência dele vem disso. Eles se conheceram num bar quando saíram com grupos diferentes e ele ficou fascinado assim que ela contou que era bioquímica. Ela sabe que uma das coisas que ele acha mais atraente nela é a inteligência.

Alice começa o discurso habitual de que são problemas pequenos e que o produto vai revolucionar a indústria da saúde, assim como já fez um milhão de vezes antes.

Ele vira o resto do vinho e enche a taça.

— Estou preocupado.

— Eu sei, mas nós já superamos outros obstáculos, não foi? E podemos superar esse também.

— Você não entende de tecnologia. E a ciência é tão... — Ele vira mais Chablis.

Houve uma litania infinita de problemas com o produto. O conceito é brilhante em teoria: uma escova de dentes eletrônica capaz de detectar doenças cardíacas, diabetes e múltiplos cânceres a partir da saliva de uma pessoa com dados instantâneos baixados para um aplicativo de celular. Eles ficaram tão animados quando tiveram a ideia, dois anos antes. Desde que se conheceram, em 2015, quiseram juntar seus superpoderes, e aquilo era algo que tinha alimentado as paixões dos dois: o conhecimento dela de bioquímica e a experiência técnica dele. E ela ficava feliz em ser uma parceira silenciosa e conselheira. Alice sempre deixou evidente que aquele projeto é de Kyle, e que não pode botar o nome dela, pois assim se tornaria propriedade do empregador dela. Se der certo, vai deixá-lo ainda mais rico do que já é. Ele sempre foi movido por dinheiro, apesar de não ser isso que a motiva. Parece que quanto mais dinheiro ele tem, mais quer.

— Eu estava pensando em abordar o Stan Swanson na Philips.

Ela hesita.

— Tudo bem. Boa ideia. Desde que ele entenda que está longe de ficar pronto. Mas não vamos pensar em trabalho hoje. — Ela o beija. Ele está com gosto de vinho. — Vamos ter uma noite agradável na frente da lareira e terminar de ver *Um corpo que cai* antes de eu começar a pegar no sono. — Já virou piada entre eles o fato de ela nunca ficar acordada até o fim do filme.

Ela fica aliviada quando ele pega o controle da televisão.

Alice passa no quarto das gêmeas antes de eles irem dormir. Parada na porta, as olha por um tempão, abraçadas aos coelhos que ela comprou, e seu coração se derrete. Nem se fossem suas filhas as amaria tanto. Flossie está com o polegar na boca, os cachos loiros cobrindo os olhos, e o rosto de Elsie está quase encostado na parede. Tasha decorou o quarto delas com bom gosto, usando tons suaves de rosa e brancos quentes.

— Eu amo vocês — sussurra ela.

Ela só tinha dividido o quarto com Tasha por um breve período quando elas eram pequenas, e Holly tinha o quarto só dela. Ela ainda se lembra do quarto da irmãzinha menor, o berço com o móbile colorido de elefante, e que ela ficava deitada de costas, a mão gorducha parecendo uma estrela-do-mar tentando alcançá-lo enquanto ela fazia barulhinhos alegres.

Ela só ficou na vida delas por breves quatro meses, e agora, quando Alice pensa em Holly, é como se lembrar de um sonho logo depois de acordar: quanto mais pensa nele, menos os detalhes ficam claros.

Ela não contou para Tasha, mas abriu uma poupança para as gêmeas. Não sabe o que a irmã vai achar, porque às vezes Tasha é estranha com dinheiro. Mas Alice tem bastante, em parte graças a Kyle, e ela quer cuidar das duas. Isso é ruim? Ela sabe que nunca vai ter filhos, então por que não guardar para elas? Tasha e Aaron vivem com o orçamento apertado — foi por isso que ela ofereceu o apartamento de Veneza. Por que ter coisas boas na vida se você não puder compartilhar com as pessoas que ama? Esse sempre foi o lema dela. Tasha é uma das pessoas mais importantes da vida dela, e Aaron é como o irmão que ela nunca teve. Em seu mundo, normalmente cheio de pessoas ricas ou eminentes na bioquímica, estar perto de Tasha e Aaron e da falta de pretensão deles é como respirar ar puro. Apesar do lugar onde mora, de como se veste e do dinheiro que tem, Alice nunca vai se esquecer de suas raízes.

Ela fecha a porta silenciosamente e vai até o quarto de hóspedes onde está dormindo com o marido. É um quartinho pequeno, cuja janela tem vista para o lindo jardim com as macieiras e o escorrega que Aaron colocou para as gêmeas, e a lagoa mais além. Alice tem vergonha de admitir que acha a lagoa sinistra. Ela implicava com Tasha pela irmã se interessar no sobrenatural ou no espiritual, enquanto seu cérebro científico lógico se recusava a considerar a possibilidade. Mas a vista da lagoa, principalmente à noite, com a névoa flutuando acima como um pano fino e os juncos balançando ao vento, é uma coisa saída direto de um livro de Charles Dickens.

Ela fecha a cortina com força e se vira para a cama, onde Kyle já está dormindo. Fica parada olhando o peito dele subir e descer, os lábios entreabertos, exalando cheiro de álcool. Ele bebeu bem mais do que ela. Alice se deita ao lado do marido e ajusta a posição para que o braço dele fique por cima dela. Ela se encolhe junto dele e tenta dormir, mas, graças ao cochilo na frente da televisão, infelizmente agora está sem sono.

Alice deve ter acabado pegando no sono, porque, quando abre os olhos com um sobressalto, algumas horas depois, ela está coberta de suor e o coração está disparado. Ela fica deitada por alguns segundos, prestando atenção, tentando acalmar a respiração.

Ela cutuca Kyle. Ele abre os olhos.

— O q-que está acontecendo? — pergunta ele, grogue, apoiando-se nos cotovelos. — O que foi?

— Não sei... mas ouvi alguma coisa. Lá embaixo.

Kyle se senta de repente e se desvencilha do edredom. Ele pisa no carpete e pega o celular na mesa de cabeceira. Está só de cueca boxer e parece prestes a perder o equilíbrio.

— Tenho certeza de que não é nada, mas vou dar uma olhada.

Ela segura o edredom na altura do queixo, o coração ainda disparado.

— Eu não me lembro de trancar a porta dos fundos... As meninas foram ao jardim mais cedo.

— Fica aqui. — O luar lança uma sombra que mais parece um véu sobre os ombros dele.

— Está bem — sussurra ela, o coração martelando no peito.

Ele sai do quarto e ela fica ali, aguardando.

6

Tasha

Domingo, 13 de outubro de 2019

Fico paralisada por alguns segundos e sinto o corpo de Aaron enrijecer ao meu lado. Ele também viu a faca.

Sem dizer mais nada, ele puxa meu braço e continuamos pela rua estreita, acelerando o passo. Olho para o guarda-chuva acima da nossa cabeça, me perguntando se podemos usar como arma se necessário.

— Que porra foi aquela? — murmura ele baixinho, sem olhar para mim.

— Continua andando — peço, mas meu coração está tão disparado que sinto as vibrações no meu pescoço. Agora, estamos quase correndo, de braços dados.

Apesar da chuva, ouço passos atrás de nós e sei, sem precisar olhar, que o homem está nos seguindo.

— O que ele quer? — pergunta Aaron. Ouço o pânico na voz dele.

— Não sei. — Olho para a bolsa de marca da Alice. Talvez ele queira nos assaltar.

Ainda segurando o guarda-chuva, nós desenlaçamos os braços e saímos correndo. Aaron pega a minha mão quando dobramos a esquina. Atrás de nós, os passos também aceleram. Nós não temos ideia de para onde estamos indo e as ruas são um labirinto. Subimos correndo por uma escada e eu rezo para que leve a uma área onde haja pessoas. As vias principais estão sempre movimentadas. Mas era a nossa cara acabarmos naquelas vias solitárias. O medo me move; eu nunca corri tão rápido na vida. Devo jogar a bolsa para ele, se for isso o que ele quer? Não vale a pena morrer por ela.

Mas então, felizmente, chegamos a uma rua principal. Está lotada, e Aaron segura a minha mão quando entramos no meio da multidão.

— Vira pra direita — instrui ele, a respiração entrecortada. — A Praça de São Marcos fica pra cá.

Desaceleramos e andamos em zigue-zague no meio das pessoas. A palma da mão de Aaron está úmida.

— Ele... ainda... está atrás de nós? — Quase não consigo falar de tão sem fôlego que estou.

— Não sei. Mas continua andando. Temos que voltar para o apartamento.

— Ele não pode ver onde estamos...

— Ele não vai ver. Vamos despistá-lo primeiro. Confia em mim.

Aaron praticamente me arrasta pela praça, entrando e saindo do meio de gente. O mar de guarda-chuvas deve estar obscurecendo a visão do perseguidor. Fico tão agradecida de estarmos cercados de pessoas que o medo desesperado de antes começa a se dissipar. Aaron olha para trás.

— Acho que nos livramos dele — diz Aaron.

Eu paro e boto a mão no peito.

— Continua andando. Nós não podemos parar.

Aaron puxa a minha mão e eu acelero o passo. Seus lábios estão contraídos com determinação e meu coração dispara de novo. Quando saímos da Praça de São Marcos, corremos pela esquina, passamos pelo portão e entramos pela porta do prédio, como se esperássemos que o homem estivesse escondido no meio das plantas. Só quando estamos no átrio, com a porta de entrada trancada, é que nos permitimos respirar fundo de alívio.

— Desculpa, Tash — diz ele, os ombros relaxando, finalmente fechando o guarda-chuva, que pinga no chão de mármore. — Eu não devia ter nos levado pra fora do caminho movimentado. — Ele olha para a minha roupa. — Você não devia mais botar as roupas chiques da Alice. Você é um alvo ambulante. — Ele sobe a escada e eu vou atrás, o coração pesado, as pernas fracas.

Sem dizer nada, Aaron vai para a cozinha e pega uma lata de cerveja na geladeira, abre e toma tudo em grandes goles. A mão dele está tremendo.

Só quando estamos nos preparando para dormir é que eu conto.

— Era o mesmo homem que eu vi no brunch. O que falou alguma coisa pra nós. — Eu penduro o vestido úmido da Alice sobre a banheira.

Aaron ergue o olhar da pia, onde está escovando os dentes.

— O quê? Tem certeza?

— Tenho. — Eu nunca esqueço um rosto. Já Aaron é o contrário, não é muito bom em se lembrar de pessoas. — Você acha que ele estava nos seguindo?

Aaron ergue o rosto e o seca.

— Duvido. Deve ter sido sorte da parte dele, imagino. Ele não tinha como saber que a gente ia passar ali.

Mas meu marido parece preocupado, e uma tristeza toma conta de mim, pois nossa comemoração perfeita de aniversário de casamento foi arruinada por aquilo.

— Ele tinha uma faca, caramba — diz ele quando nos deitamos. — O que ele estava fazendo por aí com uma faca?

Minhas pernas estão tremendo com o choque e Aaron me toma nos braços, de forma que fico deitada sobre o peito dele.

— Foi tão assustador — digo. Deixo que ele me console por alguns minutos e me afasto para me apoiar no cotovelo. — O que ele disse pra gente? Foi em italiano, mas você lembra?

Aaron franze a testa e pega o celular na mesa de cabeceira. Ele abre o Google Tradutor.

— Algo do tipo tui... tui mi?

— *Tu mi devi* — digo. — Foi isso. O que quer dizer?

Ele digita no celular, a luz da tela acentuando a concentração em seu rosto.

— *Você...* — diz ele, e faz uma pausa para se virar e olhar para mim. — *Você me deve.*

Você me deve. O que ele quis dizer?

— Deve o quê?

— Talvez não seja ao pé da letra. Tipo, será que é um jeito de dizer que a gente tinha que dar dinheiro pra ele? Acho que aquele homem era só um oportunista. Talvez seja isso que ele faz. Rouba turistas que vão parar em ruas escuras e vazias. Foi burrice minha. Veneza é uma cidade grande. Eu não faria isso em Bristol, então por que correria esse risco só por ser um lugar bonito? — Ele coloca o celular na mesa de cabeceira. — Desculpa — diz ele de novo.

Apago a luz e me aconchego nele.

— Para de pedir desculpas — murmuro. — A gente já sabe que não deve fazer isso de novo.

Ficamos deitados, sem conseguir dormir. Eu sei que ele também está revivendo a cena. E se alguma coisa tivesse acontecido conosco? Quem cuidaria das gêmeas? Nós nem fizemos testamento. Prometo a mim mesma fazer isso assim que voltarmos para casa.

Depois de um tempo, Aaron estende os braços para mim, me puxa para perto e começa a beijar meu pescoço, e eu deixo, apesar de não estar mais no clina, sabendo que é apenas uma distração para nós dois.

Um barulho agudo me acorda. Pisco no escuro, desorientada, até entender que é um telefone tocando. Reparo que há luz atravessando as frestas das cortinas.

— Aaron. — Eu o cutuco. — Seu telefone está tocando.

— Há? — Ele se senta e pega o aparelho. Já estou desperta agora, o corpo começando a suar frio. São seis da manhã. Por que alguém nos ligaria tão cedo? — É a minha mãe. — Ele se vira para mim com pânico no olhar e eu fico enjoada. São cinco da manhã no Reino Unido. Alguma coisa ruim deve ter acontecido. — Mãe? — diz ele ao telefone. — Está tudo bem?

Não consigo ouvir o que ela está dizendo, mas o rosto de Aaron empalidece e meu estômago fica embrulhado. *Tem alguma coisa errada.*

— E as gêmeas? Elas estão bem? — Ele grita ao telefone e se vira para mim, os olhos arregalados. — Tudo bem, tudo bem, mãe, mais devagar...

Meu corpo fica quente e depois frio.

— O que foi? O que aconteceu? As meninas estão bem? — A sensação é de que meus pulmões estão sendo comprimidos.

Ele afasta o celular do ouvido.

— Elas estão bem. Estão com a minha mãe. Houve... houve algum tipo de incidente. — Ele levanta a mão, sinalizando para que eu não fale. — Continua, mãe.

Ele assente enquanto escuta. Ouço a voz de pânico da Viv, mas não consigo identificar o que ela está dizendo.

— Merda. Tudo bem. Nós vamos direto pra casa. Eu ligo quando souber os detalhes do voo… Sim… Tudo bem, eu digo pra ela. — Ele olha para mim, o rosto sério. E encerra a ligação.

— O que aconteceu?

— Parece que… — Ele engole em seco, sem tirar os olhos dos meus. — Parece que houve uma invasão na nossa casa. As gêmeas felizmente dormiram o tempo todo e estão com a minha mãe, mas… Alice e Kyle, eles foram atacados.

— Ah, meu Deus! — Levo a mão à boca, sentindo o calor subir ao rosto. — Eles estão bem?

Estou horrorizada de ver os olhos dele se encherem de lágrimas. A última vez que ele chorou foi quando as meninas nasceram. Ele balança a cabeça.

— Infelizmente, não… — Ele hesita e uma sombra passa pelo seu rosto. — Alice está no hospital. Foi lesão na cabeça. E Kyle. Porra, não sei como dizer isso. Sinto muito, Tash. Mas Kyle… Ele está morto.

7

Tasha

Segunda-feira, 14 de outubro de 2019

Viajamos de volta para casa atordoados, minha mente girando.

— Não consigo acreditar que isso aconteceu — digo repetidamente no avião.

Nós tivemos que esperar horas no aeroporto para o voo seguinte para Bristol. Eu estava me sentindo um animal enjaulado e não conseguia sossegar, e forcei Aaron a dar voltas no saguão comigo.

Ele está no assento do corredor, as pernas compridas encolhidas, sem conseguir ficar com os pés parados.

— Eu mandei o número do voo pra minha mãe e ela vai nos pegar no aeroporto. As meninas estão com ela.

Falei brevemente com Viv enquanto esperava para embarcar e ela me garantiu que Alice parecia estar estável no hospital e que as gêmeas estavam bem. Estou tão desesperada para vê-las que sinto vontade de gritar. A paciência, infelizmente, nunca foi meu ponto forte mesmo nos melhores momentos, mas agora eu estou mais tensa do que nunca. A ideia de que as minhas filhas podiam ter se machucado, ou coisa pior, faz meu sangue gelar. Eu só quero tomá-las nos braços e nunca mais soltar.

— Quem os encontrou? — Eu coço o pulso. Meu eczema surgiu assim que comecei a registrar que Kyle está morto.

— Não sei. — Aaron está folheando uma revista de bordo, mas percebo que não está prestando atenção. — Elas estão bem. É só isso que importa.

Sem olhar para mim, ele pega a minha mão. Ficamos em silêncio depois disso, tomados dos nossos pensamentos sombrios. As lágrimas toda hora descem pelo meu rosto, e fico agradecida de estar sentada na janela, parcialmente escondida por Aaron. Fico pensando em Alice no hospital, com uma lesão na cabeça. A preocupação está me deixando enjoada.

Sinto-me impotente e inútil presa ali no avião, sem poder ligar para ninguém e descobrir mais informações.

Alice e Kyle foram atacados num roubo? Foi isso que aconteceu? Se for, aposto que foi o carro, aquele carro caro idiota. Assim como a bolsa Gucci da Alice podia ter sido um alvo para o homem na noite anterior.

Não consigo acreditar que Kyle está morto. Toda vez que penso nisso, sinto minha garganta arder. O marido deus grego da Alice. Carinhoso, inteligente, gentil. Se Alice morresse também, eu não conseguiria suportar. E aí, penso na minha mãe, *a coitada da minha mãe*. Ela já perdeu uma filha…

— Alice vai ficar bem. Ela é uma guerreira — diz Aaron, como se lesse a minha mente.

Quando pousamos, estou tão desesperada para sair do avião que tenho vontade de derrubar todo mundo na minha frente. Preciso ver que Elsie e Flossie estão ilesas. Preciso ir para o hospital ver minha irmã.

— Estou muito preocupada com Alice — digo, secando os olhos enquanto a mulher na fileira ao lado fica lançando olhares preocupados para mim. — Alguém falou com a minha mãe?

— Acho que não, ainda não. A menos que sua mãe seja o contato de emergência da Alice, o que acho improvável…

— Alguém tem que contar pra ela. Ela precisa saber.

— Tudo bem. Vamos sair do avião primeiro. Por que está demorando tanto?

Aaron raramente perde a cabeça, mas vejo que ele está fazendo de tudo para controlar a raiva. Estamos no fundo e só avançamos uns poucos passos. Um cara jovem com barba loira hipster um pouco à frente parece estar levando uma eternidade para tirar a mala do compartimento superior e está bloqueando o corredor. Aaron está com uma cara péssima, como se tivessem dado um soco na barriga dele. Ele está tão pálido que a pele está quase cinza. Eu devo estar igual. Nós já recebemos alguns olhares preocupados de outros passageiros, outros que desviaram os olhos, nossa infelicidade abjeta deixando as pessoas incomodadas. Pego a mão de Aaron, levo-a aos lábios e o sinto relaxar.

O barba hipster acaba liberando a passagem para o resto de nós. Não demoramos para pegar a mala e finalmente, *finalmente*, estamos do lado de fora do aeroporto, reencontrando nossas menininhas. Eu as agarro com tanta força que Elsie solta um gritinho antes que eu as deixe, com relutância, irem abraçar Aaron.

— Desculpa por não podermos entrar — diz Viv, indicando o buldogue francês cinza dela, Freddie Mercury (que ganhou esse nome porque tem uma área de pelo mais escuro embaixo do focinho que parece um bigode).

Ele está sentado aos pés dela, a cabeça inclinada, as orelhas grandes demais caídas para a frente. Viv já explicou para Aaron que ainda não contou para as meninas. Eu não sei o que ela contou, mas, conhecendo-a, deve ter sido a coisa certa. Ela tem um toque mágico com as netas, como tinha com Aaron e os dois irmãos mais novos dele. O cabelo branco curto de Viv está arrepiado atrás, como se ela não tivesse tido tempo de pentear, e ela está com uma camisa xadrez, uma calça jeans e sem casaco, apesar do ar frio. Ela nunca usa maquiagem. ("Ah, eu nem ligo pra isso", sempre dizia quando me via passando rímel.) Ela é durona, com origem na classe trabalhadora de East Midlands, que se mudou para Chew Valley com o marido, Ray, quando estava grávida de Aaron. Ray morreu quando Aaron tinha 14 anos e Viv nunca voltou a se casar, pois dedicou a vida aos filhos, depois aos quatro netos e agora a Freddie Mercury.

Como não é a hora certa para perguntar sobre Alice ou falar sobre o que aconteceu com Kyle, nossa conversa no carro a caminho de casa é uma tentativa difícil de ser jovial, enquanto Viv nos leva pelos dez quilômetros até o vilarejo. Fico sentada no banco de trás do Astra, que tem cheiro do cachorro, que está numa caixa no porta-malas. As meninas estão uma de cada lado e falam sem parar, sobre *Peppa Pig* e terem ido ver os patos no dia anterior com a tia Alice e o tio Kyle, o que é uma boa distração. Mesmo assim, preciso me concentrar para não chorar. Flossie, a mais sensível das minhas filhas, já perguntou por que meus olhos estão "pequenininhos e inchados" e eu tive que fingir que eram as minhas alergias.

— O que aconteceu com a Princesa Sofia? — pergunto a Viv, de repente em pânico. Ela é uma gata caseira e não gosta de sair.

— Ela está bem — responde Viv, os olhos castanhos calorosos se encontrando com os meus no retrovisor. — Está na minha casa. E não precisa se preocupar, ela se dá bem com Freddie Mercury. A polícia disse que vocês vão precisar ficar comigo alguns dias, até…

— Entendo. — Minha voz sai rouca e pigarreio. Eu me viro para as garotas e deixo que o falatório inocente me acalme.

Meia hora depois, paramos na frente da casa geminada de pedrinhas da Viv, na esquina da nossa, onde Aaron passou a infância. A casa é familiar para mim e quase não mudou desde que comecei a sair com ele, embora o quarto que ele dividia com o irmão mais novo, Jason, tenha sido transformado em quarto de hóspedes, e o que era do Stuart agora tenha beliches para quando os netos vão lá — em geral os filhos de Jason quando estão de visita.

Viv nos leva para dentro de casa e as meninas correm para o andar de cima. Grito para elas não deixarem de se apoiar no corrimão.

— Eu preciso ligar para o hospital pra saber da Alice — digo, virando a bolsa na mesa de pinho da cozinha de Viv. — Onde está o meu celular, merda?

Sinto a mão de Aaron no ombro.

— Está aqui, Tash — diz ele, pegando-o no meio do caos e o entregando para mim. Ele me encara, a expressão cheia de solidariedade.

Viv me dá o número que anotou em um pedaço de papel.

— Southmead Hospital. Vou fazer um chá enquanto você liga.

— Obrigada — digo, pegando o papel e correndo para a sala de jantar ao lado, que foi montada como uma espécie de recanto com uma casinha de bonecas grande, um PlayStation para os filhos de Jason e Lauren, que têm oito e dez anos, e um armário cheio de brinquedos de plástico.

Eu me sento em um pufe rosa e branco de bolinhas e ligo para o hospital.

— Posso ir até aí pra vê-la? — perguntei depois que a enfermeira me deu uma atualização da condição da Alice e disse que ela não está mais no CTI.

— Sim, lógico. O horário de visitas é até às oito horas da noite.

— Então… — eu engulo as minhas emoções — … ela vai ficar bem?

— Vai. Não tem inchaço nem sangramento no cérebro. Ela teve muita sorte.

Eu penso em Kyle, o amor da vida da Alice, e não, ela não teve sorte. Mas agradeço à enfermeira e encerro a ligação com uma onda de alívio se espalhando por mim. Minha irmã vai ficar bem. Graças a Deus, graças a Deus.

Volto para a cozinha e dou a boa notícia para Aaron e Viv.

— Que maravilha — diz Aaron, levantando em um pulo da mesa para me abraçar.

— Eu vou fazer uma visita. — Meu coração se aperta de novo quando lembro que Kyle não sobreviveu e aceito a montanha-russa de emoções que vai de euforia a dor. — Vou ligar pra minha mãe no caminho.

Viv enfia a mão na gaveta da cozinha e pega uma chave de carro que reconheço como minha.

— Toma — diz ela, colocando-a na palma da minha mão. — A polícia entregou pra mim, por saber que você não ia poder acessar sua casa por alguns dias. — É um Honda que tem quase 16 anos, e o do Aaron é uma lata velha em que ele está sempre "trabalhando", mas que passa a maior parte do tempo na nossa garagem. — Reparei que os dois carros estavam bem quando fui buscar as crianças na casa da Maureen logo cedinho — comenta ela.

Maureen e Arthur são nossos vizinhos da casa ao lado. Ela tem setenta e tantos anos, é meio fofoqueira, mas é gentil. Arthur passa a maior parte do tempo no barracão do quintal, mexendo com a ferrovia em miniatura. Maureen chamou a polícia de noite e cuidou das gêmeas quando Alice e Kyle foram levados para o hospital.

De repente, Viv parece exausta e se senta em uma cadeira próxima, como se as pernas não fossem mais capazes de sustentá-la. Ela deve ter ficado horas acordada. Tenho até medo de pensar a que horas da madrugada ela recebeu a ligação.

— Obrigada, Viv — digo, me curvando para beijar a bochecha dela, e ela dá uma batidinha afetuosa no meu ombro. — Eu tenho que ir.

É uma caminhada de cinco minutos da nossa casa. Eu entrego minha xícara para Aaron.

— Quer que eu vá com você visitar a Alice? — pergunta ele.

— Não. Fica com as meninas.

Ele parece decepcionado.

— Posso pelo menos caminhar com você?

— Tudo bem. Vamos logo, senão vou pegar um trânsito danado.

Ao sairmos, passamos pelo carro da Viv. Nossa bagagem ainda está no porta-malas, e Aaron promete levá-la para dentro quando voltar. Eu penso em todas as roupas que não foram usadas, no vestido da Alice que eu não consegui lavar e ainda está pendurado no banheiro de Veneza. Meus olhos se enchem de lágrimas de novo ao pensar no apartamento deles e que Kyle nunca vai voltar.

— Você acha que as meninas ouviram alguma coisa? — pergunto enquanto andamos bruscamente para casa.

— Acho que não — responde ele, segurando a minha mão. — A minha mãe disse que uma policial teve que acordá-las. Deus. — Ele balança a cabeça. — Tenho medo de pensar no que poderia ter acontecido.

O pensamento me deixa enjoada.

Quando entramos na nossa rua (chamada Blackberry Lane, apesar de não ter nenhuma amora à vista), fico chocada de ver fita de cena do crime em volta do nosso jardinzinho. Mas é óbvio que é uma cena de crime. Kyle foi *assassinado*. Eu engulo um nó na garganta. Ainda não acredito que isso aconteceu. Nós ficamos olhando em silêncio um homem de uniforme da polícia andar com determinação da nossa porta de entrada até uma van estacionada. Imagino a equipe de perícia na nossa sala, revirando cada centímetro da nossa casa, violando-a. A casa em que moramos por mais de dez anos, a casa que sempre foi meu santuário, o lugar para o qual, depois de um dia estressante de trabalho, eu mal podia esperar para voltar, para onde levamos nossas gêmeas em cadeirinhas de carro idênticas, minha barriga ainda doendo da cesárea, ainda em choque por termos dois bebezinhos.

À frente, do lado de fora da nossa casa, vemos o McLaren laranja, como um farol atraindo ladrões e outros delinquentes.

O silêncio de Aaron pesa, e me pergunto o que se passa na cabeça dele. Ele está pensando em como é uma pena que estivéssemos à beira de nos reconectarmos, de nos apaixonarmos de novo, que pela primeira vez tivemos tempo para nós mesmos, para sexo, para intimidade, e que isso foi interrompido? Ele nunca diria, nem poderia, porque pareceria egoísta e cruel diante dessa situação toda, e eu ficaria magoada com ele por isso, apesar de talvez estar pensando a mesma coisa. Eu afasto a culpa. Minhas emoções estão em turbilhão.

— Isso é culpa nossa — acabo dizendo, quebrando o silêncio. — Se eles não tivessem ficado aqui, se não tivéssemos feito essa burrice de trocar de vida...

— ...aí poderia ter sido a gente — completa ele.

Aaron passa a mão pelo cabelo desgrenhado. Está usando a camisa Fred Perry da noite anterior, com manchas escuras debaixo dos braços apesar do céu nublado, e eu percebo que ele deve ter suado daquele jeito fugindo do homem com a faca.

Fico paralisada quando penso no que Aaron acabou de dizer.

— Ontem à noite... aquele homem... — começo a dizer. Que coincidência horrível que, não muito tempo depois de estarmos fugindo para salvar nossa vida, Alice e Kyle tenham tido que lutar pela deles.

Ele solta um suspiro longo e perturbado.

— Não pensa nisso agora. Vai ver sua irmã. Vê se ela está mesmo bem. Eu te vejo na casa da minha mãe mais tarde. — Ele roça na minha bochecha com os lábios e eu entro no meu Honda.

Aquela coisa toda abalou meu mundinho seguro. Como vou poder me sentir protegida em casa de novo? Em qualquer casa? Mas acontecem crimes no vilarejo, lógico. Afinal, teve o que aconteceu com Holly.

São quase seis horas da tarde quando entro em um edifício-garagem perto do hospital. É uma boa caminhada de cinco a dez minutos de lá, então ligo para a minha mãe no caminho. Devem ser sete horas da noite na França. O sinal nem sempre é bom lá onde ela mora, uma casinha em um vilarejo no meio do nada. Só a visitei uma vez, apesar de ela morar lá há quase quatro anos, e eu estava grávida na época, mas ficou mais difícil depois que as gêmeas nasceram. Pelo menos é o que eu digo para mim mesma. Entendo por que minha mãe ia querer se mudar para um lugar assim, onde ela pode ser anônima, mas também fico magoada de ela ter ido morar tão longe, principalmente agora que tem netas.

Como ela não atende, deixo um recado para ela me ligar com urgência.

Eu me pergunto o que ela está fazendo e por que não pode atender o telefonema da filha numa noite de segunda, às sete horas da noite. Pode ser que ela tenha saído com amigos. Ou com um homem, quem sabe. Mas aí me dou conta. Hoje é dia 14 de outubro. Amanhã é a data em que perdemos Holly. Eu digo "perdemos", mas isso subentende que foi culpa nossa, como se a tivéssemos deixado em algum lugar sem querer, como se faria com uma caneta ou um brinco, quando na verdade ela foi levada de nós.

Amanhã, fará trinta anos que minha irmãzinha foi sequestrada.

8

Alice está sentada na cama quando chego. Ela foi levada para uma enfermaria. Eu a vejo pela porta aberta, mas espero um pouco antes de entrar. O que vou dizer para ela? É a primeira vez na vida que tenho a sensação de que não sei como falar com a minha própria irmã. Ela está apoiada no travesseiro, com uma atadura enrolada na cabeça, os olhos fechados. Seu rosto está tão pálido que está quase da mesma cor da fronha, e, com o cabelo ruivo ao redor como uma auréola, ela me lembra uma mulher em uma pintura de Rossetti. A enfermaria é pequena, com quatro leitos, três ocupados por mulheres de diferentes idades.

Ainda estou parada perto da porta quando uma enfermeira jovem sai da enfermaria. Ela sorri quando me vê.

— Você veio visitar Alice?

— Vim. Sou irmã dela.

— Ela está indo muito bem, considerando tudo. Não fique alarmada pelo olho roxo. Foi causado pelo sangue do trauma da cabeça que escorreu no tecido mole.

Sinto meu coração apertar.

— Obrigada — digo, tocada de ela ter tirado um tempo para me tranquilizar. Eu devo parecer tão nervosa quanto me sinto.

Respiro fundo, entro no quarto e me sento na cadeira azul desconfortável ao lado do leito de Alice. Outra mulher, mais jovem do que eu, está na cama em frente, com um homem mais velho ao lado lendo um livro de Stephen King enquanto ela dorme. Estou supondo, torcendo, que alguém tenha dado a notícia de Kyle para Alice. Eu não quero ter que fazer isso. Mas me repreendo mentalmente por ser egoísta. Talvez fosse melhor se viesse de mim. Talvez…

Alice abre os olhos.

— Ei, a Tashatron está presente… — Ela tenta sorrir, mas reparo nas lágrimas nas bochechas dela. A voz dela está rouca e sofrida.

— Como você está? — pergunto, engolindo o nó na garganta. Tem um hematoma sobre um dos olhos, a pálpebra inchada. — É uma pergunta idiota, eu sei.

— Eu estou... — A voz dela falha e ela levanta a cabeça do travesseiro.

— Não, não tenta se mexer.

Ela se recosta de novo.

— Eu... eu não consigo acreditar que ele se foi...

Eu pisco para segurar as lágrimas.

— Meu Deus, eu sinto muito, Alice. Eu sinto tanto...

— A ficha ainda não caiu.

Seguro a mão dela. Reparo que a outra está com soro.

— Não é de se surpreender. É o choque. — A ideia de que alguém fez isso com a minha irmã, que alguém a machucou, matou Kyle, me deixa ao mesmo tempo furiosa e arrasada. Ela está tão vulnerável no leito de hospital com as ataduras e o soro que eu desejo tomá-la nos braços, uma coisa que nunca senti antes.

— As gêmeas — diz ela, a expressão deformada pelo medo. — Elas estão bem? Deus do céu, por favor, me diz que elas estão bem.

— Shhh, elas estão ótimas. Dormiram o tempo todo.

— Graças a Deus. — Ela relaxa, embora a angústia e a dor ainda estejam estampadas em seu rosto. — Eu queria conseguir me lembrar de mais. — Sua voz está meio arrastada, e desconfio que tenham lhe dado um sedativo. — Eu só consigo lembrar que estávamos na cama, quando ouvi um barulho... um barulho vindo do andar de baixo... e o Kyle, ele... ele... — O rosto dela se contrai.

Aperto sua mão delicadamente.

— Você não precisa falar sobre isso.

— ... ele desceu para ver o que estava acontecendo. Como ele não voltou, saí da cama e desci também. Mas ele estava... ele só estava caído no tapete... Ah, meu Deus... — Ela começa a chorar e eu me levanto da cadeira para abraçá-la, tomando cuidado para não soltar o soro.

— Ah, Alice — digo.

Eu também estou chorando agora. Não suporto vê-la sofrendo tanto. Ela chora no meu ombro por um tempo e eu faço carinho no cabelo dela, como faço com Elsie e Flossie quando elas estão chateadas. Ela está com cheiro de hospital e de algo intenso e medicinal, o tecido da atadura áspero na minha bochecha. O choro vai passando e ela se afasta de mim.

— Você não tem um lenço de papel, tem?

— Sempre. — Pego um pacotinho na bolsa e lhe entrego.

Ela assoa o nariz e se ajeita para ficar mais ereta na cama.

— Sempre preparada, né? Você é mãe. — Ela tenta sorrir, mas vejo que é um grande esforço. — Eu estou sob efeito de um montão de analgésicos.

A mão dela para na frente do olho roxo, mas ela não toca nele. Minha irmã costuma ser muito forte, muito estoica e capaz. Poucas vezes a vi vulnerável. Mesmo quando éramos crianças. Se bem que uma vez, pouco tempo depois de ter concluído o doutorado em Oxford e conseguido o primeiro bom emprego como bioquímica, ela me ligou aos prantos, dizendo que se sentia um peixe fora d'água cercada de um monte de "machistas escrotos" que a menosprezavam e não a ouviam. "É uma área tão masculina", dissera ela na época. "Não sei se é pra mim." Mas algo mudou, porque, de repente, Alice alçou voo, ganhou prêmios e foi promovida. Mais tarde, ela me contou que teve que endurecer, quase incorporar um personagem, pois era o único jeito de enfrentar a situação. Eu a admirei por isso. Ela não se deixou abalar pelo medo. E agora vai ter que aprender a ser forte de novo.

— O que aconteceu depois que você encontrou o Kyle? — pergunto com cuidado, sentindo que ela precisa falar sobre isso.

— Foi… foi tudo tão rápido. Quando vi Kyle caído lá, não tive tempo de reagir, porque senti uma pancada na parte de trás da cabeça. Então alguém me empurrou com força, e me lembro de uma dor lancinante, e então… nada… — Ela leva a mão para a parte de trás da cabeça e faz uma careta antes de botar a mão no colo de novo. — Foi tudo tão rápido — repete com a voz baixa, os dedos brincando com a borda do cobertor. Meu estômago fica embrulhado quando volto a pensar que as meninas estavam em casa, junto com um agressor. — Eu não tive tempo de pensar. Nenhum de nós teve. E nós tínhamos bebido, Tash, Kyle mais do que eu, e me pergunto se… se isso deixou os sentidos dele meio entorpecidos.

O quanto Alice tinha bebido? Eu engulo a reprovação por ela ter bebido enquanto estava cuidando das meninas. Gosto de beber como qualquer pessoa, mas Alice e Kyle não estavam acostumados a cuidar de duas crianças pequenas.

— A polícia vai encontrar quem fez isso — digo, com mais convicção do que realmente sinto.

Deve ter sido um assalto que deu errado e, pela primeira vez desde que eu soube, tenho pensamentos sobre o que podem ter roubado. Nós não temos nada de valor em casa fora os equipamentos eletrônicos, mas isso tem seguro. Não, as únicas coisas de valor de verdade são as minhas filhas, que agora estão protegidas na casa da Viv, e a minha irmã, naquele leito de hospital. E Kyle...

O olhar de Alice muda de triste para furioso.

— Eu quero matar quem fez isso com o Kyle. Com o amor da minha vida. Ah, meu Deus, Tash. Como vou viver sem ele? — Novas lágrimas descem por seu rosto, e eu não sei o que dizer. O que posso dizer? Nada vai melhorar a situação. Ficamos em silêncio por um momento, de mãos dadas, então ela pergunta: — A mamãe sabe?

— Eu tentei ligar, mas ela não atendeu. Deixei um recado pedindo que me ligue com urgência.

— Por acaso você não está com meu celular ou minha bolsa, né?

Faço que não com a cabeça.

— Desculpa. Pode ser que estejam lá em casa. A polícia está lá agora.

Ela faz uma cara de quem quer contar alguma coisa, mas fecha os olhos, uma expressão de dor no rosto.

— Eu me sinto péssima — murmura ela. — Eu nunca senti nada como essa dor de cabeça.

— Quer que eu chame alguém?

— Não. — Seu nariz está vermelho de tanto chorar, e o olho está ficando cada vez mais roxo, mas o resto do rosto está pálido de uma forma nada natural. — Fica comigo — murmura ela, sem abrir os olhos, e meu coração se parte mais um pouquinho quando ela diz: — Eu me sinto mais segura com você.

Tento ligar para a minha mãe de novo quando estou voltando do hospital, mas cai direto na caixa postal. A primeira semente de preocupação brota.

Nós botamos a conversa em dia uma vez por semana pelo menos, e ela muitas vezes manda para mim e Alice memes engraçados no nosso grupo de WhatsApp, chamado As Três Mosqueteiras. Passamos a nos falar ainda mais depois que meu pai morreu. Eu sei que a morte dele aumentou a dor que mamãe sempre sentiu por causa da Holly, e por um tempo depois me preocupei com a saúde mental dela. Porém, quando nos visitou em maio, ela pareceu ter voltado a ser quem era: estava mais feliz, mais vibrante e admitiu que amava a vida nova na França. Está planejando voltar em novembro para o aniversário de três anos das gêmeas.

Chego à casa da Viv quase às oito horas da noite. Minha sogra está na cozinha lavando canecas quando eu entro.

— Oi, flor — diz ela, erguendo o olhar da pia. — Aaron está lá em cima com as meninas. Flossie choramingou um pouco na hora do banho. Eu acho que elas estão cansadas.

Subo correndo a escada até o quartinho com beliche. Uma luminária de parede de flor da Ikea lança um brilho rosado no quarto, e vejo Aaron deitado na cama de baixo, os olhos fechados, Flossie e Elsie aconchegadas nos dois lados, dormindo em seus braços. Meu coração dói e eu me aproximo e me ajoelho ao lado deles. Aaron abre os olhos na mesma hora.

— Está tudo bem? — sussurro.

Ele faz uma careta.

— Elas ficaram perguntando sobre a tia Alice e o tio Kyle. Tive que contar sobre o Kyle, Tash. Desculpa. Eu sei que a gente tinha combinado de fazer isso juntos, mas não consegui esconder delas.

Sinto certa decepção.

— O que você disse?

Ele sai com cuidado de debaixo de Flossie e ela se remexe no sono até ficar deitada ao lado da irmã. Ele inclina a cabeça para a porta e, depois de beijar as duas nas bochechas quentes e macias, eu o sigo para o outro quarto, onde vamos dormir naquela noite.

Ele segura a minha mão e eu me sento a seu lado na cama.

— Só falei que houve um acidente e que Kyle e Alice tiveram que ir para o hospital. Eu contei que Kyle morreu. Elas me perguntaram sobre o céu. Eu falei que ele estava com os anjos.

Começo a chorar de novo. Acredito na vida após a morte, mas Aaron não.

— Obrigada por dizer isso. — Eu aperto os dedos dele e ele passa um braço em volta de mim.

— Não mencionei nem agressor nem invasão. Nada. Não quero que elas saibam disso. Quero que elas se sintam seguras em casa.

— Eu concordo. — Fungo e seco os olhos nas costas da mão. Princesa Sofia se aproxima e eu a pego nos braços, sentindo o toque reconfortante dos fios do bigode dela no meu queixo. — Pronto — digo contra o pelo dela, aliviada por ela estar bem. — Espero que Freddie Mercury esteja sendo legal com você.

Nós descemos, a gata nos meus braços. Quando Viv nos vê, ela nos manda sentar à mesa e comer lasanha. Princesa Sofia sai dos meus braços e se afasta. O cachorro, que está deitado todo espalhado debaixo da mesa, mal levanta a cabeça.

— Vocês precisam se cuidar — insiste Viv enquanto serve pedaços enormes no nosso prato.

— Viv, não precisava. — Eu não sei como ela conseguiu tempo e energia para fazer aquilo.

— Eu só descongelei uma que tinha feito há um tempão. Não deu trabalho.

Quando termina de servir, ela se senta e come. Sinto meu estômago embrulhado. Eu adoro qualquer massa (na noite anterior mesmo nós fomos a um restaurantezinho em Veneza para comer carbonara), mas não estou com apetite. Penso em Alice no hospital, de coração partido, machucada. Penso na minha mãe no chalezinho dela no interior da França e me pergunto por que não me ligou. Penso em Holly e que, àquela hora, trinta anos antes, estávamos tendo nossa última noite com ela. Mas não quero magoar a Viv, então faço um esforço para comer.

— Como está a sua irmã? — pergunta Viv, espetando um pedaço de cenoura.

Tento afastar a imagem de Alice chorando no meu ombro.

— Fisicamente, ela não está mal, apesar do hematoma enorme no olho e as ataduras na cabeça. Poderia ter sido bem pior. Já emocionalmente...

Viv faz um ruído de solidariedade.

— Lógico. Uma tragédia.

— Minha mãe disse que dois policiais vieram aqui quando você e eu estávamos andando até o carro — diz Aaron, colocando sal na comida.

Eu me sento mais ereta. Figuras de autoridade me deixam suando de nervoso, apesar de eu saber que eles só querem falar conosco para ajudar. Eu já fui presa uma vez, aos 19 anos, por estar bêbada e fazer baderna em Bristol, e cheguei a ser jogada numa cela de prisão para "ficar sóbria". Eu era jovem e estava passando por uma fase rebelde. Aaron e eu havíamos terminado, Alice tinha a vida dos sonhos em Oxford e eu achava que era uma decepção para todo mundo. Foi uma desgraça esperando para acontecer até eu conseguir sair daquele poço de autopiedade e botar a cabeça no lugar.

— Ah, tudo bem. Pena que nós não os encontramos. O que eles disseram, Viv?

Ela engole antes de responder.

— Não muito. Disseram que vão voltar de manhã. Você não vai trabalhar nesta semana, né?

Nós dois tínhamos tirado uma semana de férias para ir a Veneza e, para os nossos chefes, ainda estávamos lá.

Aaron toma um gole de água.

— Acho que volto a trabalhar na quinta. O quê? — quer saber ele ao reparar na minha expressão. — Não serve de nada desperdiçar dias de férias, né?

Não tenho a menor ideia do que vou fazer.

— Alice vai precisar de mim — digo. — Então ainda não sei o que vou fazer.

— O Tim já sabe mesmo que eu voltei. — Tim é o chefe do Aaron.

Eu franzo a testa.

— Como?

— Eu passei na oficina mais cedo, quando estava vindo pra cá. Eu sei que estão com poucos funcionários desde que o Alec foi embora.

Estou prestes a responder quando ouço um barulho na porta. Eu me viro e vejo Flossie lá, segurando o coelho de pano que Alice e Kyle deram para ela alguns dias antes.

— Querida. — Eu pulo da cadeira e vou até ela. As bochechas dela estão vermelhas e parece que ela chorou. — O que foi?

Ela se encosta em mim e passa os braços gordinhos no meu pescoço.

— Eu fiquei com medo.

Meu coração despenca.

— Está tudo bem — digo em tom tranquilizador. — Nós estamos todos aqui.

— Eu estava com medo de você não ter voltado.

Troco um olhar preocupado com Aaron.

— Vem — digo, pegando-a no colo. — Vamos voltar pra cama. Você pode dormir comigo hoje, se quiser.

Aaron bota o garfo e a faca no prato e começa a se levantar, mas eu balanço a cabeça para ele.

— Termina o jantar. Está tudo bem. Eu fico com ela.

Quando a acomodo ao meu lado na cama de casal, ela se vira para mim, os olhos pesados.

— Ouvi um barulho alto ontem à noite. Um barulhão...

Fico gelada.

— Eu acordei. E aí... — o lábio dela treme — ... e aí fiquei com medo, e estava escuro e eu não queria sair da cama e irritar o tio Kyle.

— O tio Kyle não ficaria irritado, meu bem.

— Ele ficou irritado porque a Elsie molhou ele.

Eu sei como elas são agitadas na hora do banho.

— Ele não fez por mal.

— Estou triste por causa do tio Kyle.

— Eu sei. Eu também. — Eu me aconchego ao lado dela. — Tenta dormir.

— Por que teve um barulhão? Foi assim que o tio Kyle morreu? Por causa do barulhão?

Ela tinha ouvido Kyle sendo atacado?

— Eu acho que deve ter parecido mais alto do que foi porque foi no meio da noite — digo. Ela se aconchega mais em mim e logo eu sinto o corpo dela relaxar e a respiração mudar. Mas eu não volto lá para baixo. Fico deitada, olhando para o teto, o corpinho da minha filha grudado no meu, e me repreendo em pensamento por deixá-las. Foi contra meus instintos, mas Alice e Aaron me persuadiram, e olha no que deu.

O que mais minhas filhas ouviram na noite anterior?

9

Tasha

Terça-feira, 15 de outubro de 2019

Quando acordo de manhã, a cama está vazia e Princesa Sofia está deitada no travesseiro de Aaron. Na noite anterior, Elsie, ao perceber que a irmã tinha sumido, também foi para a cama conosco.

Desço de roupão e encontro Aaron à mesa da cozinha com Viv e as meninas, comendo um sanduíche de bacon que sem dúvida foi feito pela mãe dele. Seu cabelo está molhado pelo banho.

— Quer bacon, flor? Ainda tem na frigideira. — Viv começa a se levantar da cadeira.

Eu faço que não.

— Obrigada, mas eu fico satisfeita com cereal. — Pego o pacote de Rice Krispies.

— Mamãe — choraminga Flossie, reparando que eu cheguei.

Ela pula da cadeira para correr até mim. Quando sobe no meu colo, dou um abraço forte nela. Está usando a camisola do Ursinho Pooh, e os cachos loiros caem sobre os ombros. Inspiro aquele cheiro tão conhecido de biscoito e xampu de morango e penso de novo no quanto estou grata por elas estarem bem. Ela apoia a cabeça em mim e chupa o dedo. Viv está ajudando Elsie a cortar a torrada, mas minha filha cabeça-dura está determinada a fazer isso sozinha, apesar de só estar conseguindo rasgar o pão. Freddie Mercury está sentado embaixo da cadeira esperando migalhas.

— Que horas a polícia vem? — pergunta Aaron, entre mordidas de pão e bacon.

— Disseram que antes do meio-dia — responde Viv, desistindo de tentar ajudar Elsie. Ela começa a recolher os pratos do café da manhã.

— Senta, Viv. Eu faço isso — ofereço, sentindo culpa, mas ela me diz para deixar de ser boba e continua.

— Vamos, meninas, vamos botar uma roupa — diz ela.

Flossie pula do meu colo, o dedo ainda enfiado na boca. Elsie segue a irmã, puxando um urso de pelúcia pelo braço, e o cachorro vai atrás.

— Ela gosta de fazer coisas para as meninas — comenta Aaron quando Viv e as gêmeas saem da cozinha.

— Eu sei, mas não quero dar trabalho pra ela. — Coloco leite no meu cereal.

— Nós não estamos dando trabalho. — Ele termina o sanduíche e se levanta para levar o prato até a pia.

— As gêmeas falaram mais alguma coisa sobre Kyle ou Alice hoje de manhã? — Eu tinha contado a ele o que Flossie dissera quando ele foi para a cama de noite.

— Flossie perguntou se podia visitar Alice no hospital, mas eu falei que ela deve sair logo.

— Eu não sei quando ela vai ter alta — digo, engolindo um pouco de cereal. — Estou preocupada com as meninas. Não sei se quero que elas vejam a tia no hospital.

— Tash — diz ele com gentileza —, é importante que você não torne isso maior do que é.

Ele me acha mesmo superprotetora, e eu sei que sou, depois do que aconteceu com Holly. Eu não era muito mais velha do que as gêmeas quando aconteceu, mas sei que seria uma pessoa diferente se a minha irmã não tivesse sido roubada de nós.

— Não vou fazer isso. Mas tenho medo de como isso vai afetá-las psicologicamente. Quem sabe o que elas ouviram naquela noite? Não consigo suportar a ideia de que Flossie ficou com medo demais pra se mexer depois de ouvir um barulho...

Ele se encosta na bancada e cruza os braços. Está usando uma camiseta velha do Primal Scream que deve ter encontrado entre as coisas que tinha deixado lá quando fomos morar juntos com vinte e poucos anos. Eu não a via desde que éramos adolescentes. Estou impressionada de ainda caber.

— Acho que elas dormiram durante a maior parte. Flossie pode ter ouvido Maureen ou a polícia entrando, não o ataque. — Ele vem na minha direção e para atrás da minha cadeira, se curva e beija o topo da minha cabeça. — Eu sei que hoje é sempre difícil — diz ele, o tom solidário.

Aaron não é do tipo que fica preso às coisas ruins da vida e não vai achar que aquilo tem a ver com o dia do desaparecimento da Holly, mas eu gosto de ouvi-lo dizer que não esqueceu.

— Vou tentar falar com a minha mãe de novo — digo, me levantando e oferecendo a ele o prato pela metade. — E é melhor eu me vestir antes da polícia aparecer.

Quando a polícia chega, uma hora depois, Viv leva as meninas e Freddie Mercury para o parquinho. Eu já estou tensa porque continuo sem conseguir falar com a minha mãe. A detetive se apresenta como investigadora Chloë Jones. Ela tem a minha idade, o cabelo escuro acima dos ombros e está usando um sobretudo de lã comprido e um cachecol listrado colorido. O colega dela tem vinte e poucos anos e tem o rosto redondo cheio de sardas. Já me esqueci do nome dele.

— Primeiramente — diz a investigadora Jones, quando eles se sentam à nossa frente e ela desenrola o cachecol do pescoço —, lamentamos muito pelo seu cunhado.

Murmuro um agradecimento e me sento rígida ao lado de Aaron, lembrando a mim mesma que não sou mais aquela garota de 19 anos infeliz e desajeitada que foi presa. Ainda assim, há algo em estar tão próxima da polícia que me deixa tensa.

— Sou a oficial que manterá contato com você — explica ela com o sotaque cantado galês — e sua principal fonte de informações sobre a investigação.

O detetive acrescenta:

— Houve uma série de roubos em Chew Norton e nos vilarejos ao redor, e, no momento, uma das nossas teorias é que pode ter sido uma tentativa de assalto que deu errado, mas, lógico, nós vamos fazer uma investigação detalhada e avaliar todas as possibilidades.

— Vocês encontraram a arma do crime? — pergunta Aaron.

A arma do crime. Sinto um arrepio quando penso que Elsie e Flossie estavam na casa quando o tio foi assassinado. Tento não imaginar os momentos finais do Kyle e o horror de Alice ao encontrá-lo.

— Ainda não — responde a investigadora Jones. — As lesões indicam que os dois foram atacados por trás com algum objeto. Nós vamos fazer tudo que pudermos para encontrar esse objeto, e vamos olhar as câmeras de segurança da sua rua e das ruas ao redor. Infelizmente, não tem câmera de segurança atrás da sua casa, nem em volta da lagoa.

— Vocês sabem como o invasor entrou? — pergunto. — Tem algum sinal de arrombamento?

O detetive balança a cabeça. Ele tem um rosto gentil e olhos castanho-claros com rugas ao redor mesmo quando não está sorrindo.

— Não tem nenhum sinal de arrombamento e todas as janelas estavam fechadas e trancadas. Infelizmente, as portas do quintal estavam destrancadas.

Alice e Kyle deixaram destrancadas? Porra. Por que eles não tomaram mais cuidado? Duvido que tivessem feito isso em Londres. Eles tiveram uma falsa sensação de segurança por estarem em um vilarejo?

A investigadora Jones se inclina para a frente.

— Vocês sabem se Kyle ou Alice tinham algum inimigo?

Eu hesito. *Inimigo?* Não é uma palavra que eu associe à minha irmã, que sempre foi amada e fazia amigos com facilidade, diferente de mim. Eu levo mais tempo para confiar nas pessoas.

— Não. Não que eu saiba. Alice sempre foi popular e sociável. Eu não posso falar por Kyle, porque não o conheço há muito tempo.

— Quanto tempo? — pergunta a investigadora.

— Bom, nós o conhecemos uns quatro anos atrás, mas eu só o via algumas vezes por ano. Além disso — olho para Aaron e de novo para os policiais —, quando estávamos em Veneza, um homem nos seguiu com uma faca. Achamos que podia ter sido aleatório, mas Alice e eu temos o mesmo cabelo ruivo e o mesmo tipo de corpo e... — Não consigo contar que estava usando a roupa dela. — ... pode ser que ele tenha achado que nós éramos eles.

A investigadora Jones franze a testa enquanto toma notas.

— Kyle era um bom sujeito — declara Aaron. — Vocês já devem saber que ele tinha uma companhia de tecnologia de sucesso e estava bem de vida. Ele falava muito sobre um produto novo e revolucionário que estava desenvolvendo. Uma coisa de aplicativo de saúde. Mas parece que ele estava tendo problemas com os investidores.

Lanço um olhar para Aaron. Ele não mencionou isso para mim.

O detetive anota no caderno.

— Que tipo de problema?

— Ah, alguma coisa sobre fundos. Foi só um comentário que ele fez por alto no sábado, quando estava me mostrando o carro novo. Perguntei como estava indo e ele disse que um investidor tinha pulado fora.

— Ele mencionou o nome do investidor?

Aaron nega com a cabeça.

— Não, desculpa.

Alice não me contou nada daquilo, mas nós nunca conversamos sobre dinheiro e trabalho. Eu nem entendo direito o que eles fazem além de saber que Kyle é de tecnologia e Alice é bioquímica. Fora isso, não faço ideia.

— Nós gostaríamos de tomar um depoimento rápido de vocês — diz a investigadora Jones. — Sobre seus movimentos na hora do ataque.

— Por quê? — Aaron adota uma postura defensiva na mesma hora. — Nós nem estávamos no país.

— É só procedimento. — Ela sorri para nós de forma tranquilizadora. — Precisamos de detalhes dos voos e dos hotéis. Esse tipo de coisa.

Aaron assente brevemente e se vira para mim com um inclinar de cabeça, sinalizando que é a minha vez de falar. *Afinal, foi ideia da sua irmã.* Eu sei que é isso que ele está pensando.

Conto sobre o que havíamos combinado.

— Minha irmã chamou de troca de vida, mas nós não trocamos de vida de verdade. Ela só queria nos dar um gostinho do estilo de vida dela e ajudar com as meninas. Ela sempre foi generosa assim, e adora as sobrinhas.

A investigadora Jones sorri com solidariedade.

— Ela parece ser uma ótima irmã.

— Ela é. Só estava tentando fazer uma coisa legal para a gente, e agora... — Eu engulo em seco. Não posso chorar na frente da polícia. Pisco e me concentro em me recompor.

Nós contamos para os policiais sobre o telefonema da mãe de Aaron quando estávamos em Veneza e que voltamos antes do planejado.

— Certo. — A investigadora Jones fecha o caderno e nos entrega um cartão. — Se vocês se lembrarem de mais alguma coisa, por favor, me liguem. Obviamente, ainda estamos nos estágios iniciais da investigação, mas qualquer coisinha pode ser vital neste momento. Tem mais uma coisa que precisamos perguntar. Com Alice no hospital e os amigos e colegas de Kyle em Londres, queríamos saber se vocês estão dispostos a identificar Kyle formalmente.

Tenho uma sensação de náusea e me viro para Aaron em pânico, os olhos arregalados. Eu já sei que não consigo.

— Não tenho problema em fazer isso — diz ele, e tenho vontade de abraçá-lo.

A investigadora Jones parece aliviada.

— Vamos fazer isso hoje, se não houver problema, tudo bem?

— Tudo bem — confirma Aaron.

— E vamos precisar de amostras de DNA de vocês dois.

— Por quê? — pergunta Aaron, e eu olho para ele. A linguagem corporal dele voltou a ficar defensiva.

— Só pra descartar a família nos exames da perícia na cena do crime. Nós vamos precisar do DNA da sua sogra também, e de qualquer outra pessoa que tenha ficado na sua casa nas últimas semanas.

— Minha mãe nos visitou em maio — digo.

— Vamos pegar o dela também, só por garantia.

— Ela mora na França, mas eu estou tentando entrar em contato com ela. — Pego meu celular para ilustrar o que estou falando. — Ela não retornou minhas ligações ainda, mas sei que virá correndo quando souber o que aconteceu.

A investigadora Jones explica que alguém vai passar mais tarde para colher as amostras de DNA.

Eles se levantam e nós também.

— É provável que vocês possam voltar amanhã à tarde — diz o detetive. — Vão ligar pra vocês quando puderem voltar. E vocês vão ter que fazer um inventário completo pra ver se algo foi roubado.

Quando estamos saindo da cozinha, meu olhar é atraído por um dos desenhos de Flossie que Viv prendeu na geladeira com ímãs do alfabeto. É de uma casa feita com giz de cera azul e algo nela desperta uma lembrança. Eu faço uma pausa, mas corro para alcançar os policiais no corredor.

Aaron abriu a porta da frente para eles saírem, e eles estão passando pela soleira quando digo, sem fôlego:

— Na verdade, tem uma coisa...

Os dois se viram para mim na expectativa e a investigadora Jones puxa o cachecol.

— Provavelmente não é nada. Mas, quando saímos de casa no sábado, reparei em uma coisa na calçada, no canto de uma das pedras. Pode ter sido feito por crianças, não sei, mas...

— O que era? — insiste a investigadora Jones.

— Um asterisco feito com giz azul, e... e eu não me dei conta na ocasião, mas ouvi falar que às vezes desenhos ou marcas em frente da casa significa que foi marcada por ladrões.

Se isso lhes parece familiar, eles não demonstram.

— Mais alguma coisa de que você se lembre sobre isso? — pergunta o detetive.

— Não. Acho que não. Era bem pequeno. Eu nem sei se ainda está lá ou se a chuva apagou.

— Tudo bem, obrigada — diz a investigadora Jones. — Vamos nos falando.

Aaron fecha a porta e nós voltamos para a cozinha. Eu boto a chaleira no fogo, me sentindo um pouco abalada.

— Por que você não mencionou o asterisco antes? — pergunta Aaron, vindo até mim.

— Não achei que fosse importante. Estava ocupada demais me despedindo das gêmeas e me preparando mentalmente pra ficar longe delas por uma semana.

Aaron bufa, o que me irrita na mesma hora. É o jeito dele de não dizer o que realmente pensa e sempre faz eu me sentir julgada.

— O quê? Foi a primeira vez que ficamos longe delas, Aaron...

— Não é isso. — Ele passa a mão no queixo e a franja dança na testa. O que ele não está me dizendo?

— O que é, então? Você acha que o asterisco significa alguma coisa?

— Sei lá. É só uma coisa que eu ouvi um tempo atrás, no pub. Sabe os irmãos Knight? Johnno e Shane?

Eu me lembro do Shane. Ele era do nosso ano na escola e já era arruaceiro naquela época.

— Do Old Dean Estate?

Ele assente e aperta os lábios, assumindo uma expressão séria.

— Eles fazem parte de uma gangue que arromba casas e comete crimes menores, coisas assim, mas alguns são bem violentos. Eu soube que eles deixam uma marca na calçada. Não sei bem o quê. Pode não ser um asterisco.

Eu já vi os dois irmãos e seus companheiros no vilarejo e não ia querer me meter com essa gente. Agora, estou com medo de estarmos no radar deles. E se foram eles que invadiram nossa casa e decidam voltar para terminar o serviço? Talvez eles tenham visto o carro caro do Kyle e pensado que nós ganhamos na loteria.

— Porra — digo, me sentindo enjoada. — Mas o Shane faria isso com você? Vocês eram amigos.

Ele dá de ombros, e eu percebo que ele quer minimizar.

— Nós não éramos amigos. E são só boatos de pub. Mas o Shane sempre foi legal comigo. Nós tivemos um tipo de acordo ao longo dos anos. Eu o ajudei algumas vezes...

Eu me levanto, a garganta seca.

— De que forma?

— Ah, nada ilegal. Só consegui um preço bom em um carro. — Mas ele não me encara quando diz isso e sai da cozinha antes que eu possa perguntar mais.

10

Jeanette

Terça-feira, 15 de outubro de 2019

Jeanette acorda cedo, com a luz do sol começando a surgir nas frestas da janela de madeira. Ela pega o celular na mesa de cabeceira. Duas chamadas perdidas de Tasha na noite anterior e uma de manhã. Ela bota o telefone no lugar. Não aguenta falar com ninguém, nem com sua querida filha. Só quer se esconder, se enfiar embaixo do edredom e cair no esquecimento. As duas garrafas de vinho da noite anterior não ajudaram. Eamonn a convencera a ir ao jantar do Olivier, o que já foi bem difícil porque todo mundo estava falando francês, e, apesar de ela compreender bem a língua, quanto mais álcool eles consumiam, mais rápido falavam e menos ela entendia. Acabou ficando sentada lá a noite toda afogando as mágoas, e agora está com uma enxaqueca latejante e uma sensação de vazio no coração. Ela nunca aguentou beber muito, nem no auge da juventude, e agora, com quase 62 anos, está oficialmente fraca para bebida.

Jeanette não consegue nem se lembrar de chegar em casa, apesar de saber que Eamonn devia ter chamado um táxi. Ela quase esperava acordar e o encontrar deitado a seu lado, e fica grata por ele não estar. Ela espia embaixo da coberta e vê que ainda está com a blusa de seda de mangas curtas que usou na noite anterior, mas a saia foi tirada. Então se pergunta se ela mesma a tirou ou se foi Eamonn. Uma imagem dele surge em sua mente: os olhos azuis bem claros, a barba escura só com alguns fios grisalhos, o cabelo crespo e a pele escura e maltratada pelo tempo. Ela pisca para afastar a lembrança e vê Holly, uma imagem do último dia em que a viu, usando o macacão branco com estampa de pinguins cor-de-rosa. Era um dos favoritos de Jeanette, comprado pela mãe dela.

Todos os anos, aquele dia é difícil. Mas, ao refletir melhor, todos os dias eram difíceis. Não era só nas datas marcantes que ela pensava em Holly. Ela estava em todos os pensamentos de Jeanette, em todas as decisões.

Como ela estaria agora, sua filhinha? *Se ela ainda estiver viva.* Mas Jeanette sabe, no fundo do coração, que Holly está. Ela sente. Em algum lugar por aí, sua filha está levando uma vida sem ela.

Ela pensa muito naquele dia, 15 de outubro de 1989. O dia em que Holly foi levada. Era domingo. Uma manhã ensolarada, veranico foi como os meteorologistas chamaram. Holly era um bebê feliz e barulhento de apenas cinco meses, mas Jeanette já a amava loucamente. O bebê "acidental", não planejado, mas muito desejado.

A maioria das lojas do vilarejo ficava fechada naquele dia, menos o mercadinho da esquina. O sr. Fergal abria por um período curto nas manhãs de domingo, e Jeanette estava desesperada por umas folhas de repolho, que Mildred, uma parteira aposentada do outro lado da rua, tinha dito que era bom para mastite. Não estava muito grave, mas o suficiente para deixá-la dolorida e incomodada. Se ao menos ela não tivesse levado Holly junto. Se ao menos ela a tivesse deixado com Jim, Alice e Tasha, segura em casa. Se ao menos ela não estivesse desesperada por um remédio caseiro para o seio inflamado. Se ao menos, se ao menos.

O mercadinho estava cheio quando ela chegou. A loja era pequena e a maioria dos produtos ficava empilhada em cestas na frente, mas o repolho estava dentro, no fundo, onde a loja era mais fresca.

O problema de morar em um vilarejo como Chew Norton era que dava uma falsa sensação de segurança, e ela não tinha pensado muito quando deixou o carrinho do lado de fora antes de entrar. Ela ficaria poucos minutos lá dentro. Entraria e sairia.

Porém, quando ela saiu, o carrinho estava vazio e seu bebê precioso e barulhento tinha desaparecido.

Mudar-se para a França tinha sido um erro. Não dá para fugir da dor. Ela já deveria ter percebido isso. Quando Jim morreu inesperadamente, quatro anos antes, aos sessenta anos, ela não sabia como viveria o resto da vida sem ele. Jeanette estava só com 58 anos, e a perspectiva dos anos que lhe restavam se prolongava à frente dela, sombria e solitária, como uma estrada tarde da noite. A única coisa que sabia era que precisava sair de Chew Norton. Foi uma decisão de *ímpeto,* da qual ela agora se arrependia.

Ela sabe como a vida é preciosa e que perdeu os últimos dois meses de Elsie e Flossie. Vivian Pritchard que assumiu o leme. Era para ela que Tasha corria quando precisava de babá. Era irônico que Tasha tivesse se apaixonado por Aaron Pritchard, com quem tinha se casado. Viv estava lá naquele dia, trinta anos antes. Foi para ela que Jeanette correu quando se deu conta, cada vez mais aterrorizada, de que Holly não estava no carrinho. Quando Jeanette chegou, Viv estava do lado de fora, pegando laranjas com Stuart, o filho mais novo, em um sling. Ela se lembrava das pernas gordinhas agitadas na frente da barriga ainda inchada da mãe quando Jeanette parou Holly ao lado da entrada, do lado de fora da loja vizinha, uma imobiliária que não existe faz tempo. Viv sorriu para elas e assentiu antes de entrar atrás dela no mercadinho, mas as duas não se conheciam na época, não de verdade, só se cumprimentavam no parque ou no caminho da creche ou da escola de ensino fundamental onde Alice tinha começado a estudar. Viv foi ótima naquele dia, correu até Jeanette enquanto ela gritava de choque depois de encontrar o carrinho vazio, entrou na loja correndo para perguntar se alguém tinha visto Holly, segurando as pessoas que passavam e perguntando se elas tinham visto alguém com um bebê e depois, em algum momento, quando começou a ficar claro que Holly tinha sido sequestrada, ligou para a polícia para avisar. Viv se sentou com Jeanette quando ela caiu sentada na calçada, as pernas cedendo quando a verdade ficou evidente, dizendo sem parar que estava tudo bem porque a comunidade era pequena e Holly seria encontrada. *Ela seria encontrada.*

Só que ela não foi.

Quando a polícia chegou, ela reparou que Viv estava apertando Stuart com um pouco mais de força, aliviada porque o pesadelo não estava acontecendo com ela, e Jeanette sentiu uma pontada de inveja tão forte, tão pura, que a carregava consigo desde então.

Havia tantos motivos para ela querer sair de Chew Norton. Viv Pritchard era só um deles.

Tasha

Quarta-feira, 16 de outubro de 2019

A manhã está ensolarada, mas está ventando, e as poucas folhas douradas secas que dançam nos nossos pés anunciam a contagem regressiva para o inverno. Paramos na frente do portão e olhamos para a nossa casa. Do lado de fora, está idêntica, como se nenhum crime tivesse acontecido: pedras cinzentas, porta preta, persianas romanas nas janelas simétricas, mas as palmas das minhas mãos estão suadas com a ideia de ter que entrar. Como eu posso me sentir bem na nossa casa agora?

O carro esporte chamativo do Kyle ainda está estacionado no mesmo lugar, perto do nosso portão, e eu me pergunto o que vai acontecer com ele. Quero que seja retirado. É como se nós tivéssemos um letreiro néon do lado de fora, sinalizando para que invasores arrombem nossa casa.

Aaron entrelaça os dedos nos meus. Deixamos as meninas com Viv. Eu não quis trazê-las porque estava com medo de elas sentirem minha energia negativa. Estamos tentando mantê-las na feliz ignorância o máximo possível.

— É melhor fazer logo isso — diz ele, olhando para a frente.

Reparo em um pedaço de fita da polícia sacudindo como um pássaro ferido no meio da grama alta do nosso jardim. Aaron não se move, nem eu. Ficamos parados de mãos dadas por um tempo, meu coração pulando no peito.

Respiro fundo.

— Ainda é a nossa casa.

— Eu sei.

Será que ele também está imaginando? O corpo de Kyle prostrado no chão da nossa sala. Ele estava calado na noite anterior, depois que voltou da identificação do corpo de Kyle. Explicou que teve que olhar para uma fotografia em vez de entrar na sala estéril, como nos filmes. "Ele só parecia estar dormindo", disse ele. Eu ainda não sei se era verdade ou se ele disse isso para me consolar.

Ele olha para a calçada agora.

— Onde estava o asterisco que você falou?

Não tem sinal dele agora.

— Estava ali.

Aponto para o canto superior da placa de concreto com a ponta da bota. Uma sombra passa pelo rosto dele, mas ele não diz mais nada. Perguntei na noite anterior, depois que a minha mãe ligou pedindo desculpas por não ter atendido às ligações anteriores, mas ele insistiu que não sabia nada além do que já tinha me contado. Eu não acredito nele. Não sei se é uma tentativa estranha de me proteger, pois ele já sabe que estou com medo de voltar para casa, ou se tem algum outro motivo para não estar sendo sincero. Ou talvez eu esteja sendo paranoica. Ser perseguida por um homem com uma faca pelas ruas de Veneza foi mais do que suficiente para me abalar, mas voltar para casa com o assassinato de Kyle e o ataque de Alice deixou meus nervos em frangalhos.

A minha mãe ficou compreensivelmente abalada no telefone quando contei sobre Alice e Kyle, e percebi que ela se sentiu péssima de ter esperado tanto para retornar as minhas ligações. Ela só me telefonou no começo da noite. "Eu vou pegar o próximo voo", disse ela, e eu a convenci de esperar até de manhã. Ela vai chegar hoje às duas da tarde, e eu vou buscá-la no aeroporto e levar direto para o hospital, para visitar Alice.

— Vem, a gente não pode ficar adiando pra sempre — diz ele, me puxando pelo caminho.

Ele tira a chave do bolso e destranca a porta. Ele chamou um chaveiro só por segurança. Deve chegar em uma hora. Eu só vou me sentir à vontade para levar as gêmeas para casa depois que isso for feito.

O cheiro está diferente, penso enquanto sigo Aaron pela soleira. Alguma coisa química misturada com um cheiro metálico. Ele anda pelo corredor até a cozinha, mas eu viro à direita para a sala, lembrando que tinha parado naquele janelão quatro dias antes, preocupada com o que Kyle acharia da nossa casa modesta, e percebo como esses pensamentos foram frívolos, considerando o que aconteceu depois.

A sala está arrumada, mas alguns dos nossos móveis e dos livros na estante foram rearrumados. Eu tento não imaginar a polícia tocando nas nossas coisas, procurando digitais e fazendo os testes de perícia quando estiveram lá. A sala não parece a nossa e eu tenho uma vontade súbita de limpá-la.

Essa é a sala onde Kyle morreu.

Sinto uma onda tão forte de emoção que chego a me curvar. Uma imagem indesejada dos últimos momentos do meu cunhado aparece na minha mente: ouvindo um barulho e saindo da cama, provavelmente nem preocupado ainda, só querendo investigar, como Aaron já fez muitas vezes. Com passos um pouco incertos por causa da bebida. Kyle tinha atrapalhado o agressor? Ele já estava lá dentro, prestes a roubar a televisão ou o aparelho de som vintage Bang & Olufsen de Aaron, que ele tinha comprado de segunda mão e consertado? Ele surtou quando viu Kyle e atacou? Se sim, com o quê? Um ladrão entraria armado? E a minha irmã? Ela também tinha descido e levado uma pancada na cabeça. O ladrão tinha ficado escondido atrás da porta? Ela disse que sentiu alguém a empurrar. Eu estremeço e me viro, como se o invasor ainda estivesse ali. Reparo que nosso tapete sumiu, deixando uma área mais clara de madeira do que o resto do piso. Sinto uma náusea quando penso que devia haver sangue nele. Meu estômago fica embrulhado. Eu preciso parar de pensar nisso e em Kyle, a alma que foi arrancada do corpo dele de forma tão súbita que o espírito ainda deve estar na nossa casa. Aaron odeia quando eu falo assim, Alice também, mas não posso fazer nada se eu acredito em fantasmas.

Ouço Aaron me chamando, então saio da sala e vou me encontrar com ele na cozinha. Está arrumada. Não tem pratos sujos na pia, nem manchas de chá na tábua de madeira na superfície de trabalho, como costuma ter. As galochas rosa de porquinho da Elsie e as de joaninha da Flossie estão lado a lado perto das portas para o quintal, não numa pilha bagunçada como costumam ficar. Minha atenção vai até Aaron, que está parado no meio do aposento com expressão de concentração. Ele está lendo uma carta.

Ele se vira.

— Isso é pra você... Eu abri. — Aaron me entrega a carta com uma expressão perturbada.

Eu a pego. O papel é pautado, como se tivesse sido arrancado de um caderno, e está dobrado no meio. Na frente está escrito *Natasha* com tinta preta. Ninguém me chama de Natasha.

A parte de baixo está grudada e vejo que foi fechada com fita adesiva, que Aaron deve ter tirado. Fico irritada de ele ter achado que podia ler, sendo que está endereçada a mim.

— Estava no tapete quando entramos pela porta. Devem ter enfiado pela entrada de correspondências. — A voz dele está tensa, séria, e, quando eu leio, entendo o porquê.

São só cinco palavras, escritas com letra de forma.

ERA PARA TER SIDO VOCÊ.

PARTE DOIS

Eu acabei me distraindo. Sem querer. Tenho tomado tanto cuidado ao te observar. Ao observá-lo. Vocês dois indo e vindo, seguindo vocês pelo vilarejo, ele até a oficina e você até aquele consultório odontológico deprimente, com as fotos feias de dentes podres nas paredes. Venho te seguindo durante todo o verão e você nem percebeu, mas sempre fui eficiente em viver nas sombras, no limite das vidas de todo mundo. Sempre que podia, eu estava lá, me esgueirando pela sua rua, seguindo você por vias do vilarejo e pelo supermercado, vendo você procurar as ofertas e promoções nos corredores.

Mas, naquele sábado, cheguei muito tarde e não vi você sair e sua irmã chegar. Foram distrações demais na minha vida quando eu só queria me concentrar em você.

Foi a irmã errada.

Era para ter sido você.

12

Jeanette

Quarta-feira, 16 de outubro de 2019

Tasha está pálida e cansada, Jeanette pensa quando olha para a filha do banco do passageiro. O cabelo ruivo comprido lindo, tão parecido com o do pai, precisa ser lavado e ela está usando uma camiseta velha e surrada de banda com um buraco na barra. Não disse uma palavra durante o caminho até o aeroporto, e Jeanette fica com medo de ela a estar punindo, embora não saiba bem por quê. Talvez por demorar tanto para retornar a ligação. Mas ela sempre se sentiu assim com a filha do meio. Ela ama Tasha com todo o coração, mas às vezes a acha difícil, com sete pedras nas mãos. Ela foi uma adolescente emburrada, que perdeu o rumo no final da adolescência e só melhorou quando teve as gêmeas. No entanto, Jeanette não pode culpá-la. A filha só tinha quatro anos quando Holly foi levada e estava desesperada por amor e atenção, mas Jeanette não foi capaz de dar, pois sofreu de ansiedade e depressão depois do que aconteceu.

Coube a Jim manter a normalidade na vida das duas filhas restantes, e ele tinha tentado, melhor do que ela. Consequentemente, as meninas ficaram muito próximas do pai. Mas a morte súbita dele as abalou. E agora, aquilo. Kyle. Seu genro adorável, encantador, bonito, assassinado. Ele tinha espalhado sua luz pela filha mais velha, já iluminada, fazendo-a brilhar ainda mais. A inteligente Alice, formada em Oxford, era o caso de sucesso de Jeanette, prova de que ela não tinha arruinado as filhas com a falta de habilidade como mãe. E agora? Alice estava num leito de hospital, ferida e perdida, sua luz se apagando, e era mais do que Jeanette era capaz de suportar.

— Então — começa ela com cautela. Os ombros de Tasha estão contraídos até as orelhas e a testa dela está franzida. — Como estão as minhas netinhas lindas?

É a coisa certa a dizer, pois o rosto de Tasha se ilumina e ela relaxa diante da menção às filhas. Jeanette dá um suspiro de alívio.

— Estão bem. Felizmente, elas não sabem exatamente o que aconteceu com Kyle e Alice, apesar de nós termos contado que Kyle morreu.

Jeanette não acha certo esconder as coisas das crianças. Ela sempre contou a verdade para Alice e Tasha, ou pelo menos uma versão suavizada da verdade.

— Alice vai ficar com você quando tiver alta do hospital? Ela não pode ir pra casa... não tão pouco tempo depois da morte do Kyle. As meninas não vão ficar fazendo perguntas quando virem os ferimentos dela?

— Elas não têm nem três anos — diz Tasha, a voz tensa. — Vão acreditar no que eu contar. Não quero que elas saibam toda a verdade, mãe. Promete que não vai dizer nada? Não quero que elas sintam medo na nossa casa.

Jeanette morde o lábio.

— Mãe? — Tasha olha para ela com expressão de advertência.

— Não vou me intrometer — garante Jeanette.

Ela retorce as mãos no colo. Não quer contrariar a filha. Ela sabe que Tasha tende a ficar ansiosa — talvez uma questão psicológica que o desaparecimento de Holly tenha causado nas duas filhas.

— Obrigada.

— Eu entendo que você quer protegê-las — diz Jeanette com tristeza. — É o que nós sempre queremos. Como pais.

Tasha assente, mas não diz nada. Elas fazem silêncio e só voltam a falar quando a filha para o carro num estacionamento perto do hospital. Tasha nunca foi muito de falar, mas está mais calada do que de costume.

— Desculpe por eu ter demorado tanto pra retornar a ligação ontem — diz Jeanette no caminho para a saída do estacionamento. Sua filha está andando tão rápido que Jeanette quase precisa correr para acompanhar. Ela está segurando uma bolsa com umas roupas e itens pessoais para Alice.

— Tudo bem. — Tasha tira uma mecha de cabelo do rosto. — Eu não estou chateada com você, mãe. Só estou preocupada com Alice. Sei que ela teve sorte por ter escapado viva, mas Kyle era o amor da vida dela. E a vida dele terminar assim, de forma tão violenta, e por minha causa...

Jeanette estende a mão e segura o braço de Tasha.

— Querida, como assim? Espere aí.

Tasha se vira de frente para a mãe. Seus olhos faíscam com raiva, mas Jeanette vê a dor neles. E outra coisa. Culpa, talvez?

— Isso não é culpa sua. Você não pode se culpar pelo que aconteceu.

Sua filha hesita, como se fosse dizer outra coisa. Mas ela só coça a pele do pulso, que está vermelha e ressecada. Tasha sempre tem áreas de eczema, principalmente quando está estressada, e, com ela parada ali, um emaranhado de raiva e emoção, Jeanette tem um vislumbre da garotinha que ela era e deseja abraçá-la: a compulsão de protegê-la nunca passou. Tasha sempre foi tão reservada, como se acreditasse que será julgada com severidade por dizer a coisa errada.

Tasha continua em silêncio, olhando para as botas pesadas Dr. Martens vinho. Ela ainda se veste do mesmo jeito de quando era adolescente.

Jeanette espera, mas a filha parece recorrer a alguma força interior para se acalmar, e sai andando de novo.

— Sabe — diz Jeanette quando elas chegam à porta do hospital —, eu liguei para a sua casa na noite de sábado porque tinha esquecido que você estava em Veneza. Eu falei com Alice e ela mencionou uma coisa que anda me preocupando.

Tasha para na porta. Ela está com olheiras.

— O que é?

— Ela parecia meio nervosa, só isso. Mencionou uma sensação estranha de ser observada. E, agora, eu acho que deveria ter perguntado mais sobre isso... Eu a convenci de que não era nada. — Jeanette bota a mão no peito quando a culpa a invade.

Tasha fica tensa.

— Alice não mencionou isso quando a vi ontem. Ela disse mais alguma coisa?

— Não. Por quê? Você sabe de alguma coisa?

Tasha faz que não com a cabeça.

— Ela está viva, mãe. É nisso que nós temos que nos concentrar. Nós tivemos tanta sorte. Podia ter sido ela também.

Jeanette assente e toca no medalhão no peito, depois segue Tasha pelo corredor para visitar sua preciosa filha.

13

Tasha

Quarta-feira, 16 de outubro de 2019

Não consigo contar para a minha mãe sobre o bilhete. Nem para Alice. Ainda não, pelo menos. Só depois de ter falado com a polícia. Eu tentei ligar para a investigadora Jones depois que o encontrei, mas caiu direto na caixa postal, e tive que sair para buscar a minha mãe, então Aaron disse que ligaria.

Minha mãe entra na enfermaria e para, levando a mão ao peito de forma teatral. Olho para ela e vejo a mesma detetive com quem eu tinha falado na casa de Viv ao lado da cama de Alice.

— Quem é essa? — Minha mãe se vira para mim com os olhos azuis arregalados.

— É a investigadora Jones — respondo. — Ela conversou comigo e com Aaron ontem. Deve estar tomando o depoimento de Alice.

Minha mãe franze os lábios em reprovação.

— Não dá pra esperar? Alice precisa descansar.

— A polícia só está fazendo o trabalho dela, mãe. Eles precisam pegar o responsável.

— Eu só estou com medo de ser muito perturbador pra Alice relembrar tudo.

Antes que eu possa dizer qualquer coisa, a investigadora Jones se levanta e a minha mãe corre até a cabeceira da Alice, e eu vejo minha irmã forte e brilhante desabar nos braços dela, chorando no ombro da minha mãe enquanto a investigadora Jones olha com constrangimento. Ela está com um frasco dentro de um saco plástico que reconheço de quando nosso DNA foi colhido. Ela deve ter colhido o de Alice agora. Meu coração dói e a culpa ameaça me engolir. Como posso viver com isso? Alguém queria me machucar, apesar de eu não ter ideia de quem nem por quê, mas foram Alice e Kyle que foram pegos no fogo cruzado. Penso no que a minha mãe disse sobre Alice ter a sensação de estar sendo observada. Isso foi na noite de domingo. O ataque aconteceu na madrugada de segunda. Quem estava olhando a casa deve ter concluído que éramos Aaron e eu lá dentro, não Kyle e Alice.

Visualizo Aaron naquela noite em Veneza, quando fomos pegos pela tempestade. Ele estava tão bonito com o cabelo úmido desgrenhado e a chuva na cara, escurecendo os cílios. Naquele momento, foi como se estivéssemos nos apaixonando de novo. Ele não é perfeito e nós temos os nossos problemas, mas eu o amo. Podia ter sido ele a morrer, e a culpa me atinge de novo. Culpa por cima de mais culpa.

A vida é tão curta. Curta pra cacete.

A investigadora Jones vem até mim, ainda parada perto da porta.

— Oi de novo — cumprimenta ela, guardando o caderno no bolso do casaco de lã. Está quente lá dentro e ela está com um cachecol colorido pendurado no braço. Ela olha para onde Alice está, chorando no ombro da minha mãe. — Sinto muito pelo Kyle — diz. — Eu só quero lembrar a você que estou aqui se houver qualquer coisa de que Alice ou qualquer um de vocês precise. Vocês vão atrair o interesse da imprensa, mas eu aconselho a não falarem com ninguém.

Sinto uma onda de alívio e gratidão.

— Obrigada — digo. O bilhete da manhã ainda está na minha cabeça, e esta é a oportunidade perfeita para falar com ela sobre isso. — Posso dar uma palavrinha com você? Só preciso entregar isto para Alice. — Mostro uma bolsa Sainsbury laranja amassada com uma muda de roupas e o celular dela.

Ela abre um sorriso caloroso.

— Lógico. Vou te esperar no corredor.

Dou um abraço rápido em Alice, entrego a bolsa e saio, permitindo que ela tenha um tempo sozinha com a minha mãe. Encontro a investigadora Jones no corredor. Enquanto caminhamos na direção do átrio do hospital, conto para ela sobre o bilhete.

— Não sei se Aaron já falou com você.

Ela faz que não com a cabeça.

— É a primeira vez que estou ouvindo sobre isso. Está com você? — Nós chegamos ao Costa. O rosto dela está sério e, pela primeira vez, tenho a sensação de que, por baixo do sorriso rápido e dos olhos castanhos calorosos, ela é fria. E durona.

Eu faço que não.

— Eu deixei com Aaron. Eu... eu estou com medo, pra ser sincera. Se eu era o alvo, e se a pessoa que escreveu voltar lá pra casa?

— Você trocou as fechaduras?

Eu faço que sim.

— E Aaron comprou uma câmera para o quintal.

— É uma boa ideia. A polícia vai estar presente em peso na cidade e nas redondezas enquanto conduzimos os depoimentos e reunimos informações, mas, se fizer você se sentir mais segura, podemos botar um carro para patrulhar a sua rua e ficar de olho na casa. Ou podemos dar um jeito de vocês ficarem em outro lugar.

Eu não quero tirar as meninas da casa e deixá-las preocupadas. Minha mãe vai ficar conosco agora, e Alice deve ir para casa no dia seguinte, se tudo ficar bem.

— Um carro de patrulha seria ótimo, se não houver problema — digo.

— Considere feito. E, se você tiver alguma preocupação, qualquer uma, não hesite em me ligar, certo? E não deixe de nos entregar o bilhete.

Eu faço que sim. Ela pede um cappuccino para cada uma e me deixa tomando o meu à mesa enquanto vai embora com o dela dizendo que vai manter contato. Enquanto a observo se afastar, segurando o café e falando ao celular, percebo que gosto dela. Minha versão de 19 anos teria ficado chocada.

Tomo meu café, o celular na mesa à minha frente. O átrio está silencioso, só com algumas poucas pessoas nas mesas, lendo ou olhando o celular. Tem um faxineiro passando esfregão no chão ali perto. Decido ligar para Aaron antes de subir para ver Alice. Ele não atende, então mando uma mensagem rápida: *Encontrei a investigadora Jones no hospital e contei do bilhete. Ela quer ver, então você pode levar na delegacia logo? Bjs*

Olho para a tela por uns minutos, na esperança de ver os três pontinhos indicando que Aaron está respondendo. Mas nada acontece.

Está sendo difícil esconder da minha mãe minha ansiedade por causa do bilhete. Eu nunca fui muito boa em fingir. Nem em "fazer cara de paisagem", como minha mãe diria. Não como Alice. Quando adolescentes, nós podíamos estar no meio de uma discussão furiosa — o que não costumava acontecer, para falar a verdade —, mas, se éramos interrompidas por alguma amiga ou por algum conhecido de nossos pais, minha irmã acionava seu charme na mesma hora. Eu ainda estava furiosa por dentro e parecia grosseira e petulante. Eu sei que a minha mãe percebeu que alguma coisa estava me incomodando além da minha preocupação com Alice, mas felizmente não insistiu. Eu amo a minha mãe, lógico, mas nós nunca fomos muito próximas. Eu sempre achei que ela era mais próxima da Alice. Elas conversam sobre clubes do livro e filmes antigos, coisas que não me interessam. Prefiro ver um documentário sobre crimes ou ouvir podcasts e, se ler alguma coisa, há mais chance que seja uma não ficção, especificamente autobiografias escritas por músicos.

Eu nunca soube direito quem eu sou. Acho que esse sempre foi o meu problema, até eu me tornar mãe, o que pelo menos firmou meus pés no chão. Antes eu vivia me debatendo, me perguntando qual era meu lugar no mundo. Eu não era inteligente e ambiciosa como Alice, nem leitora voraz e prática como a minha mãe, nem alguém com uma vocação definida como meu pai. E Aaron tem a paixão dele, mesmo que seja por uma coisa chata como carros.

Eu já preparei o quarto de hóspedes para quando Alice receber alta. Ela vai ter que dividir a cama de casal com a minha mãe, a menos que esta queira dormir no colchão inflável no chão do quarto das meninas, o que eu duvido. Eu queria, não pela primeira vez, que nós tivéssemos uma casa maior.

Termino o café e volto para a enfermaria para ver minha irmã.

Minha mãe está com expressão melancólica quando paramos na frente da minha casa, algumas horas depois. Ela não sai do banco do passageiro, os dedos brincando com o colar, um medalhão de ouro que meu pai lhe deu de aniversário uma vez, com uma foto de Holly, Alice e eu quando crianças dentro, o qual ela nunca tira.

— Este lugar. — Ela suspira.

Primeiro eu acho que ela está falando da casa, então percebo que está se referindo a Chew Norton. Antes de a minha mãe se mudar para a França, meus pais moraram no vilarejo por quase quarenta anos. Eles tinham crescido em Bristol, mas, quando se casaram, decidiram ir para um lugar mais rural. Eu sei que ela está pensando em todas as lembranças, no meu pai e provavelmente em Holly também. Eu era nova demais quando minha irmãzinha desapareceu para me lembrar dela, só tenho uns vislumbres, uma imagem ou outra: o móbile de elefante que ficava acima do berço de Holly, o tufo de cabelo loiro dela e a minha mãe exclamando que ela não era ruiva como Alice e eu, o sorriso só de gengivas e o cachorro rosa de veludo onde ficavam as fraldas e que sempre parecia estar sorrindo. Eles deixaram o quarto de Holly exatamente como era até que um dia, quando eu tinha uns oito anos, cheguei em casa da escola e encontrei meu pai numa escada, pintando as paredes rosa de verde-menta e me dizendo que ali era o meu quarto agora e que eu não precisava mais dividir com Alice. Eu tive vontade de dizer que queria verde-limão, mas senti que provavelmente não era a hora certa.

O desaparecimento de Holly deixou um abismo na nossa família, mas só quando as gêmeas nasceram foi que percebi como deve ter sido horrível e trágico para os meus pais. Ter Elsie e Flossie me transformou em uma pessoa com mais empatia, e eu sinto uma onda de emoções pela minha mãe. Fico tentada a segurar a mão dela, ou a abraçá-la, mas esse tipo de demonstração de afeto não é natural para mim, a não ser com as minhas filhas, e eu hesito e aí é tarde demais: ela estende a mão para a maçaneta e pisa na calçada.

— De quem é aquele carro esporte laranja? — pergunta ela quando eu me aproximo.

— Do Kyle. — Acho que é da Alice agora, mas não digo nada.

Ninguém na minha família além da Alice entende como Kyle é rico. Ao que parece, ele herdou uma grana depois que os pais morreram, dez ou 15 anos antes, e toca uma pequena firma de tecnologia. Sei que ele inventou uma tecnologia relacionada à saúde que deixou todo mundo entusiasmado. Alice tinha tentado explicar para mim e Aaron no jantar uma vez, mas desistiu quando ficamos olhando para ela sem entender, minha mente já longe.

O trabalho de Alice como cientista já é difícil de entender, e eu ainda não sei exatamente o que ela faz, só sei que tem a ver com vírus. Ou talvez bactérias. Na verdade, acho que são células. Sei lá, mas ela estudou bioquímica em Oxford e tem ph.D. E embora tenha uma grande carreira em uma empresa farmacêutica de prestígio e ganhe um salário alto, é Kyle o super-rico. Era. Era, era, era, era, *era*. Eu nunca vou me acostumar a pensar nele no passado.

Minha mãe avalia o carro e franze o nariz.

— É ostentação demais — comenta. E aí, deve lembrar que o genro está morto, porque fica vermelha. — Quer dizer... não é do meu gosto, mas...

— Tudo bem, mãe. Eu sei o que você quer dizer.

Como eu, a ideia dela de carro caro é um BMW ou um Mercedes. Um McLaren é coisa demais para a cabeça dela. Eu não ouso contar para ela quanto custou a Kyle, e só sei porque Aaron me contou. A minha mãe nunca foi materialista e é econômica por natureza, mas sem ser pão-dura. É ultrafeminina e sempre está bonita e arrumada, preferindo saias longas a calças jeans, mas eu sei que suas roupas não são caras. Ela tem a maioria há anos. Improvisar e remendar é a sua filosofia. Nada de *fast fashion*. Ela não dirige, mas, se dirigisse, teria algo velho, como o meu Honda.

Os olhos dela se enchem de lágrimas.

— Coitada da Alice — diz, segurando o medalhão, e eu concordo com um nó na garganta.

Quando entramos em casa, as meninas disparam pelo corredor em nossa direção, os pezinhos descalços batendo nas tábuas do piso. Elas estão de camisola, o cabelo com cheiro de xampu. Estou surpresa de Aaron ter dado banho nas meninas sem eu pedir, mas logo vejo Viv atrás delas, um sorriso plácido no rosto.

— Vozinha! — gritam elas antes de se jogarem na minha mãe, e ela passa os braços em volta das duas, beija o cabelo úmido e as aninha junto do corpo. Elas sempre a chamaram de vozinha ou vovozinha, enquanto Viv é a vovó, que é como os outros netos a chamam.

Eu fecho a porta, mas o corredor é estreito demais para eu passar ao lado delas. Vejo Elsie e Flossie segurarem as mãos da minha mãe e quase a arrastarem até a sala.

— Oi, Viv — diz minha mãe por cima do ombro, e Viv assente com um sorriso grudado na cara.

É a primeira vez que elas se veem em alguns anos, mas não tem abraço caloroso, nem conversa fiada. Minha mãe e Viv nunca se deram bem, apesar de morarem no mesmo vilarejo durante a maior parte da vida adulta e de terem a mim e Aaron em comum. Mas, por outro lado, elas são pessoas muito diferentes, e não é tão surpreendente. Minha mãe é sensata e confiável, fala baixo e é extremamente educada e gentil com todo mundo, quer a pessoa mereça ou não. Viv, por outro lado, é mais barulhenta e mais do tipo que fala o que pensa. As duas vêm de famílias da classe operária, e apesar de a minha mãe ter se aposentado antes de se mudar para a França, Viv ainda trabalha como atendente de pub no Packhorse de vez em quando. Aaron brinca que foi isso que o fez se apaixonar por pubs, por ter que ficar lá nas noites de domingo enquanto a mãe trabalhava. Mas sinto que, lá no fundo, tem algo de competitivo no constrangimento que uma sente perto da outra, principalmente depois que a minha mãe se mudou para a França, e eu desconfio que tenha a ver com o fato de Viv ter um papel maior na vida das netas delas. E, quando a minha mãe está aqui, acho que Viv fica atenta para não a incomodar.

— Estou indo — diz minha sogra. Ela pega a jaqueta de couro marrom, pendurada perto da escada, e a veste por cima da camisa xadrez.

— Obrigada, Viv — digo, e ela gesticula como se não fosse nada. — Cadê o Aaron?

— Ah, ele teve que sair. Eu falei que arrumaria as meninas quando ele estivesse fora...

— Você não precisava ter feito isso.

— Ah, que nada, isso me mantém jovem. — Ela sorri e tira a franja dos olhos. — A gente se vê, flor.

— Não precisa sair correndo. Nós estamos pensando em pedir comida. Por que você não fica?

Ela levanta a mão.

— Não, eu preciso ir. Deixei Freddie Mercury sozinho por tempo demais. Mas obrigada. — Ela pendura uma bolsa transversal no corpo, joga um beijo para mim e sai pela porta. Eu observo dos degraus de entrada enquanto ela se afasta.

Estou prestes a fechar a porta quando a vejo olhando para trás, para a casa, e tem alguma coisa na expressão dela, um toque de hostilidade, talvez até de culpa, que faz meu coração disparar.

E ela se vira e quase sai correndo pela rua.

14

Minha mãe vai para a cama cedo, pouco depois das meninas, e Aaron ainda não voltou para casa. É nossa primeira noite em casa depois do assassinato de Kyle e eu estou decepcionada por ele ter decidido sair. Poderia ao menos ter me contado aonde estava indo.

Aaron gosta de beber, ele é um cara sociável. Nesse sentido, ele sempre foi bom para mim, o extrovertido para a introvertida que eu sou. Ele assumiu o papel que Alice fazia quando éramos pequenas. E eu estava ciente de que estar com alguém como Aaron tinha suas desvantagens, as noitadas de sexta com os amigos, chegar em casa bêbado às três da madrugada, acordar e dar de cara com ele caído no sofá fedendo a álcool. Quando as meninas nasceram, ele prometeu que faria menos. E fez. Mas hoje? Depois do choque que nós passamos? Depois do assassinato de Kyle e de termos encontrado o bilhete? Tento ligar para ele mais três vezes, porém cai direto na caixa postal, então deixo uma mensagem perguntando onde ele está e pedindo para me ligar.

Apesar de estar irritada, estou começando a ficar com medo de alguma coisa ter acontecido com ele. Acabou de dar nove horas da noite, então não está exatamente tarde, mas não consigo afastar o medo de que a pessoa que atacou Alice e Kyle agora sabe que cometeu um erro. E depois? Aaron e eu vamos ser os próximos?

Vou para o nosso quarto. É a primeira vez que boto o pé nele desde que voltamos. Eu estava adiando, mas vejo que Aaron jogou a camiseta que estava usando hoje na cama. Vou para o quarto de hóspedes. Kyle dormiu lá, o que ainda está evidente pelos lençóis bagunçados. Eu me sento na beira da cama, me perguntando se devo trocar o lençol. Vai ser demais para Alice dormir ali, depois do que aconteceu? O quarto ainda está com o aroma cítrico de Kyle, de gel de banho de qualidade e loção pós-barba chique. Eu me levanto para abrir nosso guarda-roupa duplo modesto, tão diferente do closet de Veneza, e sinto um aperto no coração quando vejo algumas roupas de Kyle penduradas ao lado das de Alice. Como fui idiota de achar que poderia escapar de mim mesma me tornando Alice por alguns dias, como se o glamour dela fosse se transferir para mim feito uma tatuagem falsa. Fecho a porta do guarda-roupa e saio do quarto.

Olho as meninas de novo, pela segunda vez naquela noite. As duas dormem profundamente, Flossie chupando o dedo e Elsie com o ursinho favorito embaixo da bochecha gorducha. Minha mãe está apagada no colchão inflável. O quarto delas fica nos fundos da casa, com vista para a lagoa e para o campo. Eu paro na janela delas por um momento, vendo a lua lançar seus raios nas colinas Mendip ao longe.

Está abafado no quarto, mas eu não quero abrir nenhuma janela porque alguém pode tentar entrar. Eu sei que é paranoia, afinal, estamos no segundo andar, mas não posso correr riscos depois do que aconteceu.

Quando vou fechar a cortina, vislumbro um movimento na beira da lagoa. Olho com mais atenção. Tem alguém de pé perto da água? É difícil saber, pois a pessoa está quase escondida pelos juncos altos, a névoa obscurecendo a parte de baixo. Olho melhor, o nariz quase encostando no vidro. Com certeza tem alguém lá. Da área da lagoa tem um portão que leva até o nosso quintal, que nós sempre trancamos. As pessoas usam o campo como atalho da Old Dean Estate até o pub, e eu vi algumas vezes uma pessoa ou outra lá embaixo, normalmente adolescentes que acreditam estar escondidos pela grama alta.

A figura se move. É um homem.

Meu coração acelera.

Tem alguém observando a casa?

Estou quase indo correndo ligar para a investigadora Jones, morrendo de medo de o intruso ter voltado, quando algo na postura familiar dos ombros e no perfil de nariz fino me faz parar. Chego o mais perto do vidro que consigo. Mas, sim, eu não estou enganada. É o meu marido. Meu coração se acalma e abaixo o celular. Mas meu alívio inicial é substituído por desconfiança. O que ele está fazendo? Eu o vejo gesticulando e percebo que ele não está sozinho. Consigo identificar a silhueta de uma mulher.

Tento ver melhor. Parece que eles só estão conversando. Ou discutindo? Não, parece algum tipo de discussão. Por que Aaron está tendo conversas secretas com uma mulher na área isolada atrás da nossa casa?

Fecho a cortina, desço até a cozinha e paro junto das portas de vidro, mas é impossível ver por cima da cerca e do portão dali.

Estou calçando as galochas quando ouço a chave dele na porta da frente. Ele poderia ter entrado pelo portão dos fundos, mas obviamente foi para o da frente porque não quer que eu saiba do encontro secreto.

Ele entra na cozinha com um ar de casualidade, assobiando baixinho, e leva um susto quando me vê sentada à mesa na penumbra. Sinto o cheiro de álcool nele.

— Tash! Eu não te vi aí.

— Onde você estava?

Ele acende a luz, mas não me encara.

— No bar.

— Por quê? Você poderia ter me avisado.

— Desculpa. Eu achei que tinha avisado. Foi o aniversário de cinquenta anos do Tim. Ele só queria tomar umas. Achei que voltaria mais cedo. — Ele parece arrependido e vai ligar a chaleira elétrica. — Pensei em te dar privacidade pra conversar com a sua mãe. — Ele levanta a mão e massageia a nuca, uma coisa que faz quando não está à vontade.

— E com quem você estava conversando?

— Conversando?

Eu me levanto.

— Agorinha mesmo. Perto da lagoa. Parecia que você estava conversando com uma mulher.

— Ah, aquela é a Zoë. Do trabalho.

Fico paralisada. Zoë, a recepcionista nova e atraente.

— O que você estava fazendo com ela?

— Nós só viemos andando pra casa do pub juntos. Ela mora em Old Dean Estate. Ela estava com um pouco de medo de andar sozinha até em casa depois... — as bochechas dele ficam vermelhas — ... depois do Kyle.

Isso é compreensível. Mas na mesma hora sinto ciúme. Não sei nada sobre Zoë. Não fomos apresentadas, só a vi brevemente do outro lado da rua. Ela é alta, com cabelo loiro comprido e uma risada irritante. Ah, e gosta de enviar para o meu marido umas mensagens de texto com tom de flerte disfarçadas de "brincadeira".

— Certo — digo, engolindo minhas desconfianças.

Ela é só uma amiga, lembro a mim mesma. Aaron não fez nada de errado. Ele vira de costas para mim e pergunta se eu quero uma xícara de chá. Eu aceito e o vejo botar dois saquinhos de chá em duas canecas. Eu sei que só sinto isso porque as coisas não estavam tão boas assim entre nós antes de Veneza. Mas nós estamos bem agora. Reacendemos uma parte da nossa paixão, da nossa magia, mesmo tendo ficado fora por menos de dois dias.

Quando termina de fazer o chá e deixa os saquinhos molhados e torcidos de lado, ele me entrega a minha caneca e fica parado parecendo meio perdido, como se não soubesse se eu iria brigar com ele. Mas só vou para a sala, sabendo que ele vai atrás. Ele se senta ao meu lado no sofá.

— E essa Zoë — digo. — Está tudo bem entre vocês? A conversa pareceu agitada.

Aaron ri.

— Ah, nós estávamos discutindo por causa de futebol. Foi tudo de boa. Ela é só uma amiga. — Ele me encara.

Se foi tudo inocente com Zoë, como ele está sugerindo, por que ele tentou esconder de mim?

— Por que você não respondeu às minhas mensagens nem atendeu quando liguei? — pergunto.

O rosto dele se transforma.

— Meu Deus, desculpa, Tash. Eu nem pensei. Só fui na onda. Passei na oficina pra falar com o pessoal e contar o que tinha acontecido, e eles estavam saindo e me chamaram pra ir com eles.

— Mas você disse que passou na oficina na segunda. Que foi quando você viu o Tim.

— Eu não vi o pessoal na segunda. Só o Tim.

— Você levou o bilhete pra delegacia, pelo menos?

— Levei. Entreguei lá, como você pediu. Desculpa não ter ligado de volta. — Ele está observando meu rosto. — Você se importa se eu ligar a televisão no futebol? — pergunta, pegando o controle remoto.

— Tudo bem. Eu te vejo na cama — digo. Eu me levanto e coloco a minha caneca ao lado da dele. Saio do quarto antes que ele possa responder.

Eu ainda estou acordada quando Aaron chega um pouco depois. Estou de costas para ele, mas ouço o barulho do cinto quando a calça jeans bate no chão e a cama afunda quando ele se deita ao meu lado.

— Está acordada? — sussurra ele, e penso em nós dois em Veneza, só quatro dias antes, e como as coisas estavam diferentes.

Eu me viro e fico de frente para ele.

— Desculpa. Eu devia ter te avisado que ia para o pub. Foi uma coisa de última hora. Eu não estava esperando que demorasse tanto e achei que você ficaria bem porque a sua mãe está aqui.

— Tudo bem. É que tem muita coisa acontecendo agora. Eu vou ter muita coisa a fazer com Alice. Ela perdeu o marido, caramba, e... — Minha garganta está apertada de emoção. — Eu estou com medo, Aaron. Aquele bilhete me deu medo.

— Eu sei. Desculpa. — Ele me puxa para perto e eu apoio a mão em seu peito, com o braço dele em volta de mim.

— E se nós formos os próximos? — pergunto, ainda falando baixinho para não acordar minha mãe no quarto ao lado.

Ele olha para o teto. O luar atravessa as frestas da cortina e acentua as maçãs do rosto angulosas dele.

— Tem uma viatura de polícia lá fora. A investigadora Jones deve ter enviado alguém pra vigiar a casa.

— Ah, que bom. — Eu relaxo na mesma hora. Sei que é uma solução de curto prazo, mas espero que peguem logo o assassino do Kyle.

— Você não está preocupada com a Zoë, está? Ela é só minha amiga.

— Eu sei.

— Boa noite — diz ele, virando-se de lado para ficar de conchinha.

Eu fico deitada ao lado dele, sem conseguir dormir, ouvindo o som suave da respiração dele, a mão dele apoiada na minha coxa. Sei que Aaron falou para eu não me preocupar. Sei que ele insiste que Zoë é só uma amiga. E sei que ele é uma pessoa diferente de quando tinha 19 anos. Mas como posso esquecer que o motivo de termos terminado tantos anos atrás foi ele ter me traído? E, apesar de termos voltado e de eu tê-lo perdoado, existe um medo onipresente de ele fazer aquilo de novo.

15

Tasha

Quinta-feira, 17 de outubro de 2019

Na manhã seguinte, eu acordo e vejo Aaron de macacão, andando pelo quarto como um mímico, obviamente tentando não me acordar. Olho para o relógio da mesa de cabeceira. São 6h45.

— Então você vai trabalhar?

Ele me olha com culpa.

— Você se importa? Eu não quero desperdiçar dias de férias, e pode ser bom pra te dar espaço, principalmente porque Alice vem pra casa hoje. Eu acho que as meninas deviam ir pra creche, pra ter um pouco de normalidade, não?

Fico ansiosa com a ideia de as gêmeas ficarem longe de mim, mas sei que ele tem razão. A rotina vai ser boa para elas.

Ele passa um pente no cabelo.

— Comigo voltando ao trabalho, você e sua mãe podem conversar com Alice quando ela chegar em casa. Se eu ficar aqui, só vou atrapalhar.

Eu sei o que ele está fazendo. Está fugindo da situação. Quer se afastar do luto. Ele fez a mesma coisa depois que o meu pai morreu; me consolou, mas evitou a minha mãe, e, sem saber o que falar para ela, acabou não dizendo nada. Se bem que ele está certo: não tem sentido ele desperdiçar o dia de férias se não tem muito que possa fazer. A casa vai parecer cheia quando eu trouxer Alice.

— Vem — diz Aaron. — Por que nós não tomamos café da manhã juntos antes de as meninas acordarem?

Eu pego meu roupão e o visto enquanto nós descemos. Estou prestes a entrar na cozinha quando ouço vozes vindas da sala. Coloco a cabeça na porta e vejo a minha mãe aconchegada no sofá com as gêmeas tomando leite quente, os olhos grudados no *CBeebies* na televisão. Minha mãe está tricotando: outro cachecol enrolado no colo dela com vários tons de verde.

Nós temos vários em tons diferentes que ela envia da França, mas, a julgar pelas cores, ela está fazendo aquele para Alice. Verde sempre foi a cor favorita da minha irmã.

— Bom dia, amor — diz ela baixinho, olhando para mim na porta. — As meninas acordaram às cinco e meia. Eu não queria que elas te acordassem e as trouxe aqui pra baixo. Espero que não haja problema.

— Lógico que não, obrigada — digo.

Estou aliviada de elas terem dormido bem. Flossie não falou mais nada sobre o barulho alto na noite do ataque, e estou com medo de tocar no assunto, porque não quero assustá-la.

Elsie afasta o olhar da tela e dá um pulo.

— A vozinha pode fazer meu cabelo hoje? — pergunta ela, puxando a cabeleira ruiva comprida.

— Ela lembrou — diz a minha mãe com expressão satisfeita. Minha mãe faz uma trança embutida linda. Ela sempre foi boa com cabelos. Eu, por outro lado, só consigo fazer rabo de cavalo.

— O meu também — diz Flossie ao lado da minha mãe, sempre querendo a mesma coisa que a irmã, embora seu cabelo seja um monte de cachos bem mais difíceis de prender em qualquer tipo de penteado.

— Se a vozinha concordar — digo, entrando na sala e beijando as bochechinhas quentes. Elsie começa a virar uma caixa de quebra-cabeça no chão, mas Flossie fica aconchegada na minha mãe, o dedo na boca, os olhos na televisão de novo.

— Eu levo as duas para a creche hoje, se você quiser. Assim você pode sair cedo para buscar a Alice — sugere a minha mãe, parando o tricô e olhando para mim com avidez.

Percebo que ela mal pode esperar para Alice chegar em casa; já eu, toda vez que penso nisso, meu estômago fica embrulhado. Não que eu não queira Alice aqui, é só que me sinto muito impotente. Eu nunca fui muito boa com palavras, sempre tenho medo de dizer a coisa errada. Não sei como vou ajudá-la.

— Tudo bem — digo, puxando o roupão em volta do corpo. — Se você tiver certeza. — Eu baixo a voz para não preocupar as gêmeas. — Só... fica atenta, tá? Não deixa que elas saiam correndo na frente nem nada.

Minha mãe me olha com mágoa.

— Lógico. Eu não vou perder as duas de vista.

Tenho vontade de dar um tapa na minha própria cara. Agora ela acha que eu não confio nela por causa do que aconteceu com a Holly.

— Eu não quis dizer... — Mas paro de falar. Não sei como me explicar. Porque é óbvio que tem a ver com a Holly. O espectro dela me segue para todos os lugares e me lembra o pior que pode acontecer. Mas também tem a ver com o bilhete, o ataque e a ideia de que alguém em algum lugar agora quer me fazer mal.

— Eu entendo — diz a minha mãe, a expressão se suavizando. — Agora, vá tomar café. E eu aceito um chá, se você for fazer.

Abro um sorriso de gratidão e fecho a porta depois que saio. É ótimo ter ajuda com as gêmeas, apesar das circunstâncias.

Aaron está sentado à mesa da cozinha com uma xícara de café na mão, olhando o celular.

— Eu fiz chá pra você.

Ele indica a caneca na bancada ao lado da chaleira. Lembro quando Aaron montou a cozinha. Eu estava grávida das gêmeas e nós não tínhamos dinheiro para trocar a que veio com a casa, então mantivemos as carcaças e Aaron comprou portas novas de vinil na Homebase e montou a bancada de tábua de corte, que ele comprou no eBay. Isso tudo transformou a cozinha, e eu fiquei muito grata por ter um marido que era bom em fazer coisas. Algumas das metades da laranja das minhas amigas não são capazes nem de pendurar um quadro. Eu o observo agora, a testa franzida, o cabelo castanho-dourado caindo na testa enquanto ele olha para o telefone nas mãos. Ele deve estar lendo uma postagem no Reddit sobre Aston Villa, e eu penso em como é mesquinho eu estar irritada por ele ter saído na noite anterior. E daí se ele gosta de ir ao pub de vez em quando? Ele é assim. É quem sempre foi. Poderia ser pior. Donna, do meu trabalho, disse que terminou com o último namorado porque ele passava a maior parte da noite jogando *Call of Duty*, não conseguia acordar para trabalhar de manhã e vivia sendo demitido. Minha amiga de escola, Leila, me contou que o marido é obcecado por pornografia e prefere se masturbar a fazer sexo com ela.

Penso em Kyle, que morreu naquela casa. Na minha irmã, machucada e de luto. Ela daria qualquer coisa para ter o marido sentado àquela mesa de cozinha agora, olhando postagens do Reddit. Até mesmo pornografia. Desde que ele estivesse vivo.

— Eu nunca vou superar o fato de que Kyle morreu aqui — digo, segurando a caneca quente e olhando para o jardim. A manhã está feia, o sol ainda não apareceu, o céu está de um branco denso e enevoado que deixa as árvores ao longe borradas.

Aaron levanta a cabeça, uma expressão horrorizada no rosto.

— Tash, que horror.

Fixo o olhar nele.

— Bom, não vou superar mesmo. Você vai? — Eu não falo muito sobre isso porque Aaron não liga para coisas sobrenaturais, mas gosto de pensar que há vida após a morte, principalmente depois que o meu pai morreu. Eu me pergunto se o espírito do Kyle está aqui, sem conseguir seguir adiante depois da morte súbita e violenta, e olho para o nosso jardim.

— Você não pode pensar nisso, porque não temos dinheiro para nos mudar agora. — A voz de Aaron interrompe meus pensamentos mórbidos. — Nós não temos alternativa além de ficar aqui. E, de qualquer modo, nós vamos ter que acreditar que a polícia vai pegar quem está por trás disso. Com sorte, o bilhete foi uma pegadinha cruel e horrível, sem qualquer ligação com o que aconteceu aqui. — Ele se levanta e vira o resto do café. — Eu tenho que ir. — Ele coloca a caneca vazia de lado e eu boto o chá na mesa para fazer um para a minha mãe. Ele beija a minha cabeça. — Te vejo mais tarde. Vou só me despedir da sua mãe e das meninas. Mande lembranças pra Alice. Vou comprar um sanduíche de bacon no caminho.

E ele sai.

Alice está na calçada do lado de fora, a dor estampada no rosto quando ela repara no carro de Kyle. Ela faz um som de "uf" e cruza os braços.

— Sinto muito — digo, logo atrás dela. — Nós não sabíamos o que fazer com ele. Não encontramos a chave. Acho que ainda está com a polícia. Eles tiveram que revistar o carro também.

Ela parece desamparada com a blusa e a calça jeans que eu peguei às pressas no lado dela do armário. Ela estremece. Um vento açoita nossos tornozelos e percebo que eu devia ter levado um casaco. Felizmente, minha mãe se adianta, tendo saído de casa correndo assim que viu meu carro parar, e coloca o cardigã azul-marinho dela nos ombros de Alice.

— Ele amava tanto esse carro — diz ela, a voz chorosa. — Mas é de uma cor horrorosa.

Minha mãe e eu trocamos um olhar por cima da cabeça dela.

— Bom, é bem chamativo mesmo — concorda minha mãe com cuidado. — Vamos entrar agora. Vou botar a água pra ferver. Tasha comprou seu biscoito favorito.

Nossa casa parece cinzenta e deprimente com o céu pálido ao fundo. Minha mãe consegue guiá-la até a porta, mas Alice hesita, a mão indo até a boca e o corpo tremendo.

— Não sei se consigo...

Lanço um olhar de horror para a minha mãe. Acho que a gente devia ter organizado para ela ficar em um hotel, no fim das contas.

— Você não precisa entrar — diz minha mãe com aleno, as mãos ainda nos ombros de Alice. — Eu posso ver se o Grange tem um quarto. — É o único hotel de Chew Norton.

Alice respira fundo e fecha os olhos. Quando eu a peguei no hospital mais cedo, a enfermeira colocou os remédios dela na minha mão com instruções de quando ela precisava tomar. Eu reparei em um sedativo entre os analgésicos, que ela provavelmente tomou de manhã; suas reações estão mais lentas do que o habitual. Ela segura o portão, os nós dos dedos brancos, como se fosse desmaiar.

Minha mãe estreita os olhos para mim como se fosse culpa minha e se vira para Alice.

— Querida — diz ela baixinho —, vamos para o Grange?

Alice abre os olhos. Há lágrimas em suas bochechas, e meu coração se aperta. De repente, odeio a casa por causar tanta dor na minha irmã. Ela balança a cabeça de leve, toca no curativo na têmpora e faz uma careta.

— Eu não posso ficar adiando pra sempre — diz ela. — Preciso fazer isso. Preciso enfrentar.

— Você pode enfrentar quando se sentir mais forte — diz a minha mãe, soltando a mão de Alice do portão e a segurando entre as dela. — Vamos para o Grange. Nós podemos dividir um quarto. Só por alguns dias...

Eu sei que é egoísmo, mas não tenho como não me sentir meio excluída, o que costuma acontecer quando estamos nós três juntas.

Alice se afasta do portão e ergue o queixo em um movimento que me é familiar. É uma coisa que eu a vejo fazer quando está tentando ser estoica: no primeiro dia na escola nova, quando foi para a universidade, no enterro do nosso pai.

— Eu preciso enfrentar isso — afirma ela. — Preciso estar com vocês todos. Com as minhas sobrinhas. Eu quero a distração. O que eu faria em um hotel? Só passaria o dia na cama, com tempo demais para pensar.

— Se você tem certeza... — diz minha mãe.

— Eu tenho.

Ela segura o braço da minha mãe, e eu as sigo pelo caminho de entrada. Estou impressionada com a força de Alice quando ela entra no corredor. Ela desvia o olhar para a sala quando passamos, mas a minha mãe a guia para a cozinha, onde ela se senta à mesa, como se não restasse energia emocional nela. Seus olhos se enchem de lágrimas, mas ela não diz mais nada, e a minha mãe começa a trabalhar para servir chá e pegar o biscoito recheado de creme, o favorito da Alice ("Prefiro um biscoito simples que eu possa molhar no chá, não aqueles cheios de frescura", ela sempre dizia), e botar num prato.

— Aqui — diz a minha mãe, colocando o prato à mesa, mas Alice nem toca nos biscoitos. Ela fica sentada olhando ao longe, o olhar perdido.

Eu contei para a minha mãe sobre o bilhete mais cedo, mas nós ainda não tivemos tempo de conversar direito, e não quero tocar no assunto de novo agora, pois prefiro que Alice não saiba no momento.

— Tem alguém pra quem a gente possa ligar? — pergunta a minha mãe quando se senta ao lado dela. — Alguém da família do Kyle?

Alice olha para as próprias mãos. As unhas, normalmente imaculadas, foram roídas.

— Eu era a única pessoa da família dele. Os pais dele morreram. Eu te contei...

— Eu sei disso, querida. Mas ele tinha irmãos? Família mais distante?

— Não. Ele é filho único. E nunca falou de tios ou primos. Se tinha, ele nunca os via.

Eu me sento também e tomo um gole de chá, embora bata mal no estômago. Eu me sinto totalmente impotente, e reviro os olhos para todas as formas práticas pelas quais eu poderia ajudar minha irmã.

— Posso ligar para o seu trabalho? Explicar o que está acontecendo?

Ela balança a cabeça.

— Eu já pedi pra minha amiga Ellen fazer isso.

Eu me lembro de Ellen. Ela é amiga de Alice desde a universidade. Absurdamente brilhante e motivada, ela cresceu em uma propriedade rural com cavalos. Eu sempre me senti meio intimidada por ela e sua voz alta e segura.

— Amigos do Kyle?

Alice rói uma das unhas.

— Ellen já resolveu. Ela falou com Will. Ele é um dos amigos mais próximos do Kyle. Ele disse que vai avisar todo mundo. Eu... eu não consigo.

— Mais alguma coisa? — pergunta a minha mãe.

Acho que é cedo demais para perguntar sobre os arranjos funerários ou sobre quando o corpo de Kyle vai ser liberado, então fico calada.

— Não agora — responde Alice com rispidez, mas depois pede desculpas pelo tom.

Minha mãe dá um tapinha na mão dela e diz para ela não se preocupar, mas aí, evidentemente achando que precisa tentar distrair Alice em vez de bombardeá-la com perguntas, começa a falar das aulas de arte na França. Alice continua olhando para a mesa, os dedos entrelaçados segurando a caneca. Ela fica em silêncio depois que a minha mãe termina a história, e a minha mãe lança para mim um olhar de pânico como quem diz "agora é a sua vez" por cima da cabeça de Alice.

Mergulho um biscoito no chá e falo sobre Elsie e Flossie e a creche "adorável e acolhedora" onde elas ficam, e isso parece funcionar, pois Alice levanta a cabeça e me encara, envolvida. Ela toma um gole de chá com um sinal de interesse no rosto quando conto uma história engraçada sobre Elsie e uma lata de tinta.

— Naquela última noite… — diz ela, a voz rouca. — Nós estávamos arrumando as coisas das gêmeas e Kyle ficou com os dedos todos sujos de tinta… — Um sorriso mexe brevemente nos cantos de sua boca. — Eu me senti tão próxima dele naquele momento. Ele era tão gentil com as meninas. — Os olhos verdes dela grudam em mim. — Me desculpa por você ter precisado interromper sua viagem romântica.

— Ah, Alice, nada disso é culpa sua. Se é de alguém, é minha…

Minha mãe me olha com expressão de advertência.

Alice franze a testa.

— O que você quer dizer?

— Bom, se nós não tivéssemos inventado isso de trocar de vida…

— Nem vem — diz Alice, se empertigando. Ela toma chá, os olhos ainda nos meus. — Como estava a viagem pra Veneza? Espero que vocês tenham conseguido recuperar uma parte da magia, mesmo não tendo ficado muito lá. O que vocês fizeram no aniversário de casamento?

Começo a falar sem pensar.

— Bom, começou bem romântico. — E aí eu conto sobre a chuva e quando nos perdemos.

— Lá é assim mesmo. Kyle e eu já fomos um monte de vezes, mas nós ainda não sabemos andar direito.

O queixo dela treme e eu continuo.

— Aí aconteceu uma coisa assustadora. Nós fomos seguidos por um homem com uma faca.

— O quê? — dizem minha mãe e Alice ao mesmo tempo.

Fico tão aliviada de ter conseguido distrair a minha irmã por um momento que continuo descrevendo aquela noite, como foi enquanto ele nos seguia no meio das pessoas e como conseguimos nos livrar dele.

Quando eu termino, minha mãe parece estar prestes a desmaiar, e Alice está me olhando com os olhos arregalados. Eu fui longe demais e me arrependo na mesma hora.

— Que horror — diz minha mãe, a mão indo até o pescoço. — Aaron não devia ter te levado por ruas desertas assim. — É a primeira vez que eu a escuto criticar Aaron. Normalmente, ela o trata como o filho que nunca teve.

Eu tento voltar atrás.

— Ele não tinha como saber, e nós logo conseguimos voltar para as ruas principais. O homem falou o que achamos ser algo como "Você me deve" em italiano.

— Espera aí. O quê? — pergunta Alice, alarmada. — Por que ele diria isso?

— Eu não sei. — Não consigo contar que Aaron acha que viramos alvo porque eu estava usando uma roupa chique dela e com a bolsa de marca também dela.

Ela está me olhando atentamente, os olhos semicerrados. A atadura está apertando a testa dela e dando a ela uma aparência severa. Ela bota a mão na têmpora.

— Acho que vou me deitar, se não houver problema. Estou com uma dor de cabeça lancinante e esses analgésicos são a mesma coisa que nada…

Eu me levanto.

— Claro. Mamãe foi dormir com as meninas pra te dar um pouco de paz. Eu vou com você. — Eu sei que vai ser difícil para ela ver o quarto onde ela dormiu com Kyle pela última vez.

— Não. — Ela levanta a mão para me impedir. — Eu quero ficar um pouco sozinha. Eu… vou ficar bem.

Minha mãe também se levanta.

— Avisa se precisar de alguma coisa.

E nós ficamos olhando quando ela sai da cozinha, eu me sentindo totalmente inútil.

16

Tasha

Sexta-feira, 18 de outubro de 2019

Donna, a outra recepcionista, e Lola, uma enfermeira odontológica estagiária, erguem o rosto de trás da recepção com surpresa quando me veem chegando.

— Tasha! — exclama Donna, se levantando. Ela é uma mulher impressionante com 1,80 metro, e me olha, os olhos enormes por trás das lentes bifocais grossas. — Nós soubemos o que aconteceu. Que horror. Nem dá pra acreditar.

Lógico que elas sabiam do assassinato de Kyle. O vilarejo é pequeno e nada fica em segredo por muito tempo. Largo a bolsa ao lado da cadeira e conto tudo que aconteceu.

Lola, que deve ter uns vinte e tantos anos e é muito gentil, não diz nada. Ela só me observa com os olhos azuis enormes enquanto morde a ponta da caneta e Donna fica me olhando de queixo caído. Donna é uns 15 anos mais velha do que eu, com um ex-marido e um filho adulto, mas está sempre procurando amor, normalmente on-line, e, como ela mesma diz, sempre encontrando "os errados". O olhar dela é crítico.

— E você deveria voltar ao trabalho tão rápido? Espero que você não se importe de eu dizer que você parece exausta.

Eu não fico ofendida. Sempre admirei como Donna é sincera. Pelo menos eu sei que esse é o jeito dela.

Pela visão periférica, vejo Lola se levantar da cadeira para ir até a máquina de café no canto. Ela volta com um copo de papel.

— Aqui. Eu peguei um *latte* pra você. Sinto muito pela sua irmã e pelo seu cunhado — diz ela com timidez por baixo da franja loira e volta para o lugar dela.

— Obrigada, Lola — digo, com os olhos marejados pela gentileza dela.

— Você não deveria estar aqui. — Donna está parada ao meu lado com uma das mãos no quadril, parecendo uma matrona com o uniforme azul. Ela está com uma prancheta embaixo de um braço sardento.

— Eu vim pedir a semana que vem de folga — digo. — Minha irmã está ficando comigo e...

— Ah, meu Deus, lógico. Colin daria licença de luto. — Colin é um dos sócios, o mais antigo.

Lola, que está encostada na mesa, sorri e assente.

— Eu concordo com a Donna. Você devia estar em casa com a sua família. Como está a sua irmã? — pergunta ela.

Tudo em Lola é suave e tranquilo, até a voz dela, que é pouco mais de um sussurro. Tem algo quase infantil nela, com o cabelo claro trançado, e o uniforme parece pendurado no corpo pequeno. Desde que começou, dois meses atrás, ela se tornou muito popular com os pacientes, pois tem um efeito calmante neles, e é comum que ela seja levada para o consultório quando Colin está tratando alguém que fica muito nervoso. Eu sempre me perguntei por que ela nunca foi fazer enfermagem hospitalar, pois ela seria incrível nisso.

— Ela não está muito bem — admito. — Quer dizer, fisicamente ela teve sorte, mas emocionalmente...

O rosto bonito de Lola se fecha e ela parece perturbada ao pensar na minha irmã, que ela não conhece, passando por qualquer tipo de angústia mental, e eu me dou conta de que não, ela provavelmente não gostaria de trabalhar em uma enfermaria de hospital porque se envolve muito. Pelo menos como enfermeira odontológica ela não precisa lidar com a morte, nem com cuidados no fim da vida, fora a vez em que o velho sr. Langley morreu na cadeira do dentista. Isso, ao que parece, não teve nada a ver com Colin, nem com a coroa que ele estava colocando, mas com um coração fraco.

Tem um momento curto de silêncio e Lola murmura de novo o quanto lamenta e vai buscar o primeiro paciente na sala de espera.

Donna abre a boca para falar quando somos interrompidas pelo tilintar de um sino. Um homem de mais de setenta anos com uma camisa passadinha e calça marrom entra pela porta. É Arthur, meu vizinho. Quando ele me vê, a aura dele muda para uma de compaixão; foi a esposa dele, Maureen, que foi salvar as meninas naquela noite.

— Oi, Tasha — diz ele. — Eu lamento muito pela sua irmã e o marido dela. Que coisa horrível. — Ele balança a cabeça com tanto vigor que fico com medo de sua dentadura cair.

— Obrigada. — Eu fui atrás de Maureen algumas vezes desde que voltamos porque queria perguntar o que ela tinha ouvido naquela noite, mas não houve resposta. — Agora que vocês voltaram, eu adoraria passar lá pra agradecer a Maureen pelo que ela fez pelas minhas meninas — digo.

— Ela vai adorar te ver. Ela não me vê muito. — Ele ri. — Assim que nós voltamos ontem, tarde da noite, eu fui para o meu barracão. Se bem que eu acho que ela prefere assim.

— Ah, sei que não prefere, sr. Medley — diz Donna enquanto empurra uma prancheta com um formulário pelo balcão na direção dele. — Você pode preencher esse formulário da NHS, por favor? — Ela pega uma caneta. — Aqui.

— Obrigado. — Ele pega a prancheta e a caneta e começa a escrever com a mão trêmula.

— Há, espero que você não se importe de eu perguntar — digo depois que ele devolveu o formulário para Donna e está quase indo para a sala de espera. — Algum de vocês ouviu alguma coisa além de uma agitação naquela noite?

Donna ainda está parada atrás de mim, fingindo não estar ouvindo.

— Ora, sim. Nós fomos acordados por um estrondo alto e por passos do lado de fora, acho que no seu jardim. E aí, uns cinco minutos depois, um som de coisa quebrando. Nós sempre dormimos de janela aberta.

Penso no que Flossie disse, sobre um "barulho alto".

— Vocês viram alguém?

Ele faz que não.

— Infelizmente, não. Maureen chamou a polícia porque sabia que você tinha viajado e achou estranho. Você mora ao nosso lado há tantos anos e nós nunca ouvimos nada assim.

Penso de novo no bilhete que recebi.

— Nos últimos dias, você viu alguém além da polícia rondando a nossa casa? É que eu recebi... — diminuo o tom de voz — ... um bilhete. Um bilhete nada bom.

Ele franze a testa enquanto tenta lembrar.

— Não, acho que não...

Nessa hora, Catherine, a higienista dental, aparece.

— Está pronto, sr. Medley? — pergunta ela com animação. Ela pega o formulário com Donna e leva Arthur para um dos consultórios.

Quando eles saem, Donna se vira para mim.

— Que bilhete? Tem alguém te ameaçando? — Ela cruza os braços sobre o peito grande.

Donna e eu trabalhamos juntas há dez anos e ela se tornou minha amiga, apesar de sermos completamente opostas e de ela me assustar um pouco com a atitude prática. Ela é do tipo que se levantaria primeiro para cantar no karaokê, sóbria em um salão lotado, ou que conversaria com estranhos em pontos de ônibus e filas de supermercado. Se nós sairmos e eu fizer uma pergunta, ela responde como se estivesse falando não só comigo, mas com todo mundo. Eu fico morrendo de vergonha com isso, mas gosto dela.

E confio nela para falar sobre o bilhete.

Donna tem um rosto tão expressivo que todo mundo sempre sabe exatamente o que ela está pensando. Ela levanta as sobrancelhas com surpresa e horror quando lhe conto o que estava escrito no bilhete.

— Então você acha que quem escreveu atacou Alice por engano, achando que ela era você?

Eu passo a mão no rosto. Sei que devo estar com uma aparência péssima, pois quase não dormi na noite anterior.

— Não sei. Cada hora Aaron e eu achamos uma coisa. Uma hora eu acho que sim, mas depois me pergunto se é só alguém que tem raiva de mim.

Vejo as engrenagens no cérebro da Donna girando.

— E só dizia isso? "Era para ter sido você"?

— Só...

Nessa hora, Andrew, um dos dentistas, chega com um sorriso preocupado para me dar as condolências e dizer que eu devia tirar licença pelo tempo que precisar.

Começa a chover quando eu saio de lá. Só preciso pegar as meninas na creche mais tarde, então vou ao supermercado e faço umas compras antes de ir para casa. Estou andando até a entrada de casa quando a porta dos Medley é aberta e Arthur aparece.

— Que bom que eu te encontrei — diz ele, indo até a cerca-viva na altura da cintura que separa nossos jardins. Ele está de chinelos e cardigã, sem se importar que a chuva, agora mais forte, esteja molhando seus óculos. — Mas eu estava pensando no que você me perguntou mais cedo no dentista. Sobre ter visto alguém do lado de fora da sua casa nos últimos dias.

Eu paro, meu coração batendo rápido quando me aproximo da cerca.

— Sim?

— Bom, depois que a polícia foi embora, eu vi uma mulher por aqui. Primeiro, achei que ela era da polícia, mas não estava bem-vestida, nem de uniforme, e não estava com nada no pescoço. Como se chama aquilo? — Ele franze a testa já enrugada.

— Crachá.

— Isso aí.

— Você pode descrever a mulher?

— Bom, ela devia ter a sua idade, era alta e tinha cabelo comprido. Loiro.

Estou decepcionada. A descrição encaixa em muita gente.

— O que mais você lembra dela?

— Infelizmente, não muito.

— Você lembra o que ela estava vestindo?

— Não em detalhes. Calça jeans, eu acho. Uma jaqueta de couro.

— E você tem certeza de que a viu depois que a polícia foi embora?

Ele tira os óculos para limpá-los com a barra do cardigã.

— Sim, logo depois. Foi estranho. Parecia que ela estava esperando que eles fossem embora.

Fico enjoada só de pensar.

— E você viu essa mulher colocar algo na caixa de correspondência?

— Não tenho certeza disso… mas ela ficou perto da sua porta. — Ele bota os óculos. — Espero mesmo que tudo esteja bem, Tasha. Foi horrível o que aconteceu. Chocou a rua toda. O vilarejo todo.

— Obrigada — digo. — Você foi muito atencioso.

— Na verdade — diz ele quando eu me viro para sair —, tinha mais uma coisa. — Ele aperta o septo. — Ela tinha um piercing de nariz. Bem aqui.

Meu estômago se embrulha. Eu conheço uma pessoa que encaixa nessa descrição.

17

Jeanette

Sexta-feira, 18 de outubro de 2019

Depois de tirar a mesa do café da manhã, Jeanette fica um tempo no sofá perto das portas do quintal, sentindo o silêncio da casa de Tasha, o zumbido tranquilizador da máquina de lavar roupa e as vibrações gentis da lava-louças. Ela sente o cansaço de ter acordado tão cedo com as gêmeas e fica tentada a se deitar, mas Alice pode precisar de sua ajuda. Ela tem ido dar uma olhada na filha de hora em hora. Princesa Sofia está deitada ao lado dela, uma bolota fofa cor de creme. Jeanette se lembra de quando Tasha ligou para ela uns meses antes para contar sobre o resgate da gata persa e qual seria o nome dela. Jeanette tinha brincado: "Que bom que não sou eu que vou ter que chamá-la para entrar de noite."

E Tasha tinha respondido com azedume: "Bom, ela é uma gata de casa, eu não vou precisar chamá-la para entrar."

Jeanette tivera esperanças de que Tasha trabalhasse para um veterinário, e não para dentistas. Ela sempre foi louca por bichos e vivia resgatando vários quando criança, mas não foi muito bem nos exames GCSE, o que acabou com sua confiança, então ela abandonou os estudos aos 16 anos e foi fazer curso de secretariado.

Jeanette se curva para fazer carinho na gata enquanto beberica o chá e olha para o jardim. As árvores estão marrons e douradas e ficam lindas com o céu nublado de fundo. Ainda está chovendo, mas de vez em quando o sol aparece atrás das árvores e banha a cozinha numa luz forte e pontilhada, aquecendo o rosto de Jeanette e acentuando as manchas no vidro das portas. Jeanette promete fazer uma boa limpeza nelas enquanto estiver ali.

Ela pensa no repórter que apareceu na porta da casa mais cedo, quando Tasha estava fora e as gêmeas na creche. Felizmente, Alice estava dormindo no andar de cima. Jeanette ficou nervosa de ver o jovem parado ali, com aquela cara de pau, com uma expressão que era uma mistura de falsa solidariedade e algo parecido com empolgação. Jeanette tinha ido contra todos os seus instintos educados quando o enxotou, antes de fechar a porta na cara arrogante dele. Tudo aquilo a lembra demais de quando Holly desapareceu, e o estômago dela fica embrulhado de lembrar tudo que veio depois do rapto do seu bebê: as pistas falsas, o raio de esperança que virou uma decepção esmagadora, as acusações, as fofocas, o desespero de não saber onde a filha estava nem se ainda estava viva. Ela lembra como Jim lidou com tudo, sem nunca ficar arrasado, sem nunca chorar ou se recusar a sair da cama, como ela tinha feito. Ele foi como um escudo para ela, protegendo-a e permitindo-lhe viver o luto enquanto assumia todas as responsabilidades da vida diária deles, criando as duas filhas pequenas. Mas ela sabe que, apesar de toda aquela resiliência, ele também sofreu. Ela às vezes desconfia que o ataque cardíaco dele foi causado por todas as emoções que ele sufocou para parecer forte.

Ela não quer pensar nisso, naquele dia horrendo em 1989, mas ele vem à sua mente mesmo assim. As lembranças muito vívidas, mesmo depois de tanto tempo, porém mais ainda naquela época do ano.

Quando ela saiu do mercado, houve um momento rápido, logo antes de ela se dar conta de que Holly tinha sumido, em que ela estava feliz. Feliz mesmo. Ela olhou para o céu azul sem nuvens e se maravilhou com o mundo, olhou para as árvores ficando vermelhas e laranja, para a rua linda de paralelepípedos, para aquela dádiva preciosa de uma manhã ensolarada e fria de outono, sabendo que estava prestes a ir para casa, para o marido bonito e as filhas lindas e saudáveis. Apesar da mastite e das hemorroidas e da pura exaustão de cuidar de três crianças com menos de cinco anos, naquele breve momento ela se sentiu satisfeita.

Foi a última vez que se sentiu tão leve.

Quando percebeu que Holly tinha sumido, largou a bolsa e o repolho comprado conforme cada emoção foi explodindo nela: horror de encontrar o carrinho vazio, desespero ao se dar conta de que seu bebê tinha sido roubado, culpa por tê-la deixado do lado de fora, medo de ter que contar ao Jim e destruir a vida dele. Foi sufocante. Totalmente sufocante. Ela desabou na calçada, Viv ao lado dela de repente, ajudando-a a se levantar, correndo para dentro do mercado a fim de ligar para a polícia e depois para o Jim. A polícia foi incrível, fechou a rua e ocupou o vilarejo, e todos se juntaram para procurar no bosque, na lagoa e nos lagos. Pedófilos conhecidos da área foram levados para interrogatório, e buscas extensas de casa em casa foram feitas. Jeanette e Jim foram até aconselhados a fazer um apelo na televisão, que Jeanette nunca conseguiu assistir.

Tinha havido algumas pistas nas semanas e meses seguintes: testemunhas relataram terem visto uma mulher de meia-idade andando pelo vilarejo nas horas depois que Holly desapareceu, com roupas sujas e cabelo imundo, segurando um urso de pelúcia velho junto ao peito, mas essa linha de investigação morreu quando foi descoberto que a mulher tinha escapado de um hospital psiquiátrico depois que Holly foi levada. Outra pessoa tinha relatado ter visto uma mulher jovem entrando em um carro azul com um bebê nos braços, mas a pessoa não conseguiu se lembrar da marca nem do modelo, nem como a mulher era. A polícia tentou, Jeanette acredita muito nisso.

Nem uma vez, em todos os anos seguintes, Jim a culpou por deixar Holly no carrinho do lado de fora do mercado, apesar de ela sempre se culpar. O relacionamento deles poderia ter acabado, mas Jim ficou ao lado dela. E, depois, ele morreu. A fortaleza dela a abandonou, sem nunca saber o que tinha acontecido à filha mais nova deles, forçando-a a carregar o fardo sozinha. E ela tentou recolher os caquinhos da vida. Começar de novo.

Ela pensa na vida que deixou na França com tanta pressa. O que Eamonn vai pensar? Ele estava planejando ir à casa dela naquele dia para eles poderem ir à aula de arte juntos. Ela deveria mandar uma mensagem para ele. Ela o imagina parado à porta do chalé na cidadezinha francesa que ela agora chama de lar, de avental e chapéu, parecendo ter saído de outra época, e sente uma pontada de... o quê? Ela ainda não sabe. Carinho, talvez. Ela está com saudade dele?

Ela olha para o relógio na parede. Já são onze e meia. Ela pega o celular na mesa da cozinha e envia uma mensagem rápida. *Precisei vir pra Inglaterra com urgência. Não sei quando volto.* Ela pensa em mandar um beijo e decide não fazer isso. Ainda está nervosa, se perguntando se o texto foi abrupto demais, quando Alice aparece na porta. O olho dela parece mais machucado e inchado hoje e já assumiu um tom de verde amarelado, o que contrasta muito com o rosto pálido. O cabelo ruivo cai pelas costas e precisa ser escovado, porque parece que ela passou a noite rolando na cama. Ela está usando um roupão elegante de seda em um tom neutro, mas a roupa não disfarça a angústia que está sentindo. Os olhos estão vermelhos pela falta de sono e pelas lágrimas, e cada movimento é carregado de luto, desde o caminhar meio curvado até os dedos que tremem quando ela toca na atadura da cabeça.

— Senta aqui, meu bem. Vou fazer uma xícara de chá pra você — diz Jeanette, se levantando da mesa, o coração pesado de ver a dor da filha mais velha. — Conseguiu descansar um pouco?

Alice puxa uma cadeira e se senta.

— Não muito. Os sedativos me apagaram por um tempo. A investigadora Jones me ligou mais cedo pra ver como eu estava. Ela me disse que Aaron teve a gentileza de fazer a identificação formal do Kyle e que eu posso... posso ir vê-lo quando o corpo for liberado — diz ela, hesitando.

Jeanette leva duas canecas até a mesa e coloca uma na frente de Alice antes de se sentar ao lado dela. Ela se lembra de quando teve que identificar Jim depois do ataque cardíaco. Ela não deseja isso para ninguém, principalmente Alice, depois de tudo que ela passou. Foi uma chance de Jeanette se despedir, mas, mesmo assim, estava óbvio que seu Jim já tinha partido.

Alice fecha os dedos em volta da caneca.

— Alguém chamado Philip Thorne vai ser o investigador sênior do caso. Eu perguntei... perguntei sobre o enterro. Vai haver um exame e aí o legista vai liberar o... o corpo... — O rosto dela desmorona e ela afasta a caneca. — Eu quero que o funeral seja em Londres, na nossa igreja. Não que ele fosse à igreja, mas... enfim, cremação. É isso que eu quero. Não que a gente tenha conversado sobre isso.

Jeanette segura as mãos trêmulas da filha.

— Ah, querida, não pense nisso ainda. E você tem a mim pra ajudar, e Tasha.

Alice assente e engole em seco, e Jeanette quase consegue vê-la se controlando. Tão parecida com o pai.

— Onde está Tasha, aliás?

Jeanette afasta as mãos das de Alice.

— Ela foi falar com as colegas do trabalho sobre tirar uns dias e depois ligou para dizer que passou no supermercado. Deve estar chegando. Que tal comer alguma coisa? Você precisa se alimentar. — A filha está definhando perante os olhos dela.

— Eu não consigo, mãe. — Ela toma chá e bota a caneca na mesa. — Até isso está me enjoando. — Ela suspira. — Eu quero ir pra casa, mas também não quero. Não consigo lidar com isso.

— Você não precisa lidar ainda — insiste Jeanette. Ela queria que houvesse um jeito de tirar a dor da filha. Ela se lembra muito bem da sensação devoradora de dor e desespero. Ela se levanta e coloca uma fatia de pão na torradeira. Quem sabe Alice consiga mordiscar mesmo não estando com fome.

Alice está calada enquanto Jeanette se ocupa passando manteiga no pão. Quando se vira para a filha, Jeanette vê lágrimas escorrendo por suas bochechas.

— Ah, querida — diz ela de novo, correndo para o outro lado da mesa e passando os braços em volta dos ombros da filha. Ela sente os ossos de Alice pelo tecido fino do roupão. — Eu queria poder fazer alguma coisa...

Alice permite o abraço por um tempo, então se afasta e seca as lágrimas.

— Eu tenho sorte de ter você.

Ela funga e Jeanette pega o prato de torrada ainda na bancada. Alice sorri com gratidão e, como Jeanette esperava, pega a torrada e começa a mordiscar as pontas. Percebe que a filha está tentando ser corajosa e quer dizer para ela que tudo bem chorar, demonstrar emoção. Ela não precisa ser forte o tempo todo. É melhor botar para a fora do que deixar apodrecendo por dentro, como aconteceu com Jim. Mesmo quando pequena, Alice raramente chorava. Quando levava bronca, o que não era com frequência, o lábio dela podia tremer e trair suas emoções por alguns segundos, mas aí uma luz desafiadora brilhava no olhar dela e ela erguia a cabeça e saía andando.

— Mãe?

Jeanette ergue o olhar da caneca e vê a filha a encarando com um olho semicerrado.

— Posso perguntar uma coisa?

— Lógico. — Ela imagina sobre o que vai ser. Sobre a vida dela na França, sobre a possibilidade de conhecer uma pessoa nova? Sobre como é viver com a morte súbita de um marido? Ah, como ela queria saber a resposta para essa última.

Alice parece incomodada enquanto brinca com a torrada.

— Eu não sei se é por causa do… por causa do Kyle, mas toda hora fico pensando na Holly.

Jeanette engole em seco. Elas raramente falam sobre Holly, mesmo ela estando nos pensamentos de Jeanette todos os dias. Tinha sido sugestão do Jim eles não falarem, porque ele queria que as meninas tivessem uma "vida normal" que não fosse à sombra do rapto da irmãzinha delas. E agora, quando elas tentam falar sobre Holly, não soa natural e parece ter o peso do luto coletivo escondido. Não tem túmulo para visitar, nem encerramento para a história, mas Jeanette sempre disse a si mesma que, se não há corpo, há esperança.

— Tudo bem — diz Jeanette com cautela. — É compreensível.

— Eu sei que são circunstâncias diferentes, mas… você deve se perguntar sobre Holly o tempo todo. Eu sei que eu me pergunto.

— Bom, sim. Eu penso na Holly todos os dias. Eu só espero que quem a levou tenha dado a ela uma boa vida e… — Ela sente um nó na garganta.

Alice limpa o olho sem hematoma e de repente parece mais exausta do que quando desceu.

— Eu vou ficar um pouco na cama. Quando as meninas chegarem, você me acorda? Eu quero vê-las.

— Claro, amor.

Quando Alice está saindo da cozinha, ela para na porta.

— Eu te amo, mãe.

O coração de Jeanette se infla.

— Eu também te amo. — Sua garota linda e corajosa.

E aí, ela vai embora.

Jeanette está prestes a jogar a comida que sobrou na lata de lixo orgânico quando a outra filha entra pela porta com o rosto parecendo um trovão.

— Está tudo bem, querida? — pergunta ela, embora esteja óbvio, pela expressão de Tasha, que não está tudo bem. Diferentemente de Alice, Tasha nunca conseguiu esconder as emoções.

Tasha balança a cabeça. Ela está com olheiras fundas.

— Não. Acabei de falar com Arthur, o vizinho. Ele acha que viu quem trouxe aquele bilhete horrível. Foi uma mulher, mãe. Uma mulher. Quem faria uma coisa assim? E a descrição que ele deu… bom, bate com a Zoë.

18

Tasha

Sexta-feira, 18 de outubro de 2019

Eu ando pela cozinha enquanto conto minha conversa com Arthur. Minha mãe nem se mexe na cadeira, com a saia comprida e a blusa branca, as pernas cruzadas nos tornozelos. Ela está segurando um prato com uma torrada pela metade, que acaba botando de volta na mesa.

— Zoë? Quem é Zoë?

Sou tomada de náusea.

— Ela trabalha com Aaron.

Minha mãe parece preocupada.

— Por que Zoë faria isso? Ela tem algum ressentimento com você? Você acha mesmo que ela poderia ter atacado Kyle e Alice?

— Eu… — Paro de andar. — Eu não sei. Nem fomos apresentadas.

Balanço a cabeça. Estou atirando no escuro? Eu não posso sair acusando uma pessoa com base numa descrição genérica de cabelo loiro e jaqueta de couro. Mas o piercing no nariz… Não conheço ninguém que tenha no septo além de Zoë.

Minha mãe suspira.

— Tem muita gente maluca por aí. Deixa a polícia trabalhar. Está nas mãos deles agora.

— Acho que sim — digo, me sentando numa cadeira. — Eu só queria saber o que o bilhete significa. — Sinto uma dor pressionando as minhas têmporas.

Eu não quero admitir para ela as dúvidas que ando tentando abafar desde que vi Aaron e Zoë lá fora na outra noite. Se Zoë tiver mandado aquele bilhete, o único motivo que eu vejo para ela fazer isso seria Aaron. Talvez ela queira que eu saia do caminho para ficar com ele.

— Que foi? — pergunta minha mãe, me observando com atenção.

— Eu... É bobagem. Mas, antes de nós irmos pra Veneza, eu vi uma mensagem de texto no celular do Aaron. Eu não pretendia olhar, não tenho o hábito de verificar o telefone dele nem nada. Mas nós tínhamos nos afastado um pouco, sabe, depois que as gêmeas nasceram. Nada importante — acrescento, para tranquilizá-la, quando reparo o rosto dela se enchendo de preocupação —, só não estávamos passando tanto tempo juntos, sempre enrolados cuidando das gêmeas ou trabalhando... — Paro de falar, constrangida. A minha mãe assente de forma encorajadora. — Ele tinha deixado o celular na mesa pra ir ao banheiro e o aparelho vibrou e a tela se acendeu. Então eu... eu olhei e vi uma mensagem da Zoë... Foi meio paqueradora, e eu perguntei a Aaron sobre a mensagem, sobre ela, e ele disse que eles eram só amigos. Que ela tinha começado na oficina no verão e eles tinham se dado bem. — Engulo a sensação incômoda que tive desde que vi a mensagem.

— Aaron pode ter amigas, querida — diz minha mãe com gentileza.

— Eu sei. Eu sei disso.

— Ele ama você e as meninas demais, qualquer um pode ver. Aaron jamais faria nada que destruísse isso.

Eu me agito.

— Só que ele já fez. Uma vez.

— O quê? — Minha mãe se senta mais ereta. — Quando? Quando ele fez isso com você?

— Quando nós tínhamos 19 anos e eu descobri que ele estava me traindo com Joanne Parker da estadual. Lembra?

— Bom... sim, mas vocês eram adolescentes na época.

— Ainda dói — digo com rispidez.

Por um momento, minha mãe parece surpresa, mas sua expressão se suaviza.

— Desculpa, meu bem, eu não quis desmerecer sua dor. Lógico que deve doer. Eu lembro como você ficou arrasada. — Sei que ela também está lembrando o que veio depois, o constrangimento e a preocupação ao receber aquela ligação da polícia, meu pai tendo que ir me buscar numa cela de cadeia. — Mas não quer dizer que Aaron faria uma coisa assim agora. Ele é marido e pai e ama você.

Eu me sinto mal por ter sido ríspida com a minha mãe. Lógico que as coisas estão diferentes agora. E, depois de seis meses terríveis em que bebi demais e tive alguns casos ruins e infelizes com estranhos em banheiros de boates para tentar superá-lo, eu me recompus. Alguns meses depois, ele admitiu que tinha cometido um erro terrível. Nós ficamos bem depois. Felizes de um modo geral, da forma que relacionamentos longos são, com altos e baixos no caminho, mas nada grandioso que destruísse nosso amor um pelo outro. Mas, desde que as gêmeas nasceram e nossa intimidade diminuiu, tenho medo de nosso relacionamento ter mudado demais.

Sempre achei que os anos em que elas eram bebês seriam os mais desafiadores, e foram, por vários motivos, como o sono interrompido e ter que me acostumar a ser responsável por manter um ser humano indefeso vivo (dois, no nosso caso), mas ninguém fala sobre os anos que vêm depois, quando a euforia e a novidade de ter criado um bebê juntos passa e você tem que criar filhos que ama mais do que tudo no mundo e que vêm em primeiro lugar. Seu relacionamento com o pai vai para o fim da fila. Até a Princesa Sofia ganha mais atenção do que Aaron na maior parte do tempo. Mas aí eu fico com raiva porque não é só *minha* responsabilidade fazer nosso casamento funcionar. *É* de Aaron também, e se ele vai pular nos braços de uma mulher atraente que dá um pouco de atenção para ele toda vez que nosso relacionamento fica meio difícil ou chato, talvez ele não seja o homem para mim.

Suspiro.

— Enfim... como você diz, está nas mãos da polícia agora.

— Exatamente — concorda minha mãe. Ela se levanta e aperta meu ombro quando vai levar o prato até a pia. — Ah — diz ela, se virando para mim. — Acho que é melhor não mencionar nada disso com Alice ainda. Ela já tem coisas demais pra enfrentar e eu não quero que ela se preocupe com isso também. Eu sei como ela é protetora com você.

— Eu não vou contar. Nós já combinamos de ainda não contar sobre o bilhete.

— Ótimo — diz minha mãe, então se vira para a pia e enfia a mão no armário embaixo para pegar um pano e um limpa-vidros. — Vou limpar as vidraças da porta.

Eu me irrito, mas lembro que ela só está tentando ajudar e não está me julgando pela casa bagunçada.

É meio-dia e meia e eu só preciso pegar as gêmeas à uma hora, mas, quando a minha mãe começa a tirar o pó dos lustres, sei que preciso sair de casa. Pego o carrinho duplo no porta-malas do carro e o abro na rua. As gêmeas costumam voltar cansadas da creche e sem querer andar, e, sem o carrinho, o trajeto de dez minutos vai levar mais de uma hora. Não estou muito concentrada, minha cabeça está tomada por Alice e Kyle, o bilhete misterioso e minha conversa com Arthur, e, quando uma mulher se aproxima de mim, não reparo nela de primeira.

— Com licença — diz ela, bloqueando meu caminho. — Você é Natasha Harper?

— Há... — Olho para ela, sem entender. Ela é alta e magra, com cabelo loiro comprido preso em um rabo de cavalo. Está usando uma calça jeans rasgada, uma jaqueta de camurça cinza e tênis All Star rosa. Meu primeiro pensamento é que ela é jornalista. Já recebemos várias ligações em casa desde que Kyle foi morto. Eu fico tensa. — É Pritchard agora. Por quê?

Nessa hora, reparo que os olhos dela estão vermelhos, como se tivesse chorado.

— Desculpe por pegar você de surpresa assim. Eu sou... — os dedos elegantes encontram a borla no zíper da bolsa dela — ... eu sou Eve Milligan. Cresci nas redondezas e voltei a morar aqui recentemente com o meu noivo.

— Você é repórter?

— Há? Não, não, nada do tipo. — Ela abre um sorriso triste. Ela é muito bonita, num estilo meio Sienna Miller. — É meio estranho, mas...

A impaciência cresce em mim. O que ela quer?

— Eu conhecia Kyle. Nós... Bom, nós saímos por um tempo. Muito tempo atrás.

Meu interesse desperta na mesma hora.

— Você foi namorada do Kyle? — Eu lembro quando ele contou que saiu com uma pessoa de uma cidade próxima.

Ela assente, ainda mexendo na bolsa.

— E eu acabei de saber que ele… que ele está morto, e é tão horrível. Acho que vou enlouquecer se não conversar com alguém sobre isso. Não posso conversar com o meu noivo porque ele é ciumento e não ia gostar se soubesse que eu mantive contato com o Kyle, mas… — Ela funga e enxuga os olhos. — Então vim para Chew Norton na esperança de ver você.

— Espera. — Eu aperto o cabo do carrinho. — Por que eu?

— Porque sei que aconteceu na sua casa, e não posso falar com Alice sobre isso. Não agora que ela está passando por tanta coisa.

Um pensamento me ocorre.

— Como você sabia onde me encontrar?

Ela fica vermelha.

— Desculpa. Eu perguntei por aí e descobri quem você era e como era sua aparência. Juro que não sou nenhuma perseguidora.

Penso no bilhete. Ela é alta e loira, mas não tem piercing no nariz. Mesmo assim, ela poderia ter tirado.

— Só preciso conversar com você.

— Eu não entendo. Por quê?

Ela baixa a voz e olha ao redor furtivamente, mas, fora o casal idoso andando de braços dados à frente, a calçada está vazia.

— Eu o vi no dia que ele morreu. Ele me ligou querendo me encontrar.

— Minha irmã sabia disso?

— Ele não contou pra Alice. Nem pra ninguém. Foi tudo meio… bom, meio esquisito, pra falar a verdade. E agora ele morreu, assassinado, e eu me sinto… — Ela leva a mão ao pescoço. — Eu preciso conversar com alguém sobre isso. Podemos ir tomar um café?

— Eu não posso agora, desculpa. Estou indo buscar as minhas filhas.

— Ah, sim, sim, lógico. — Ela parece decepcionada.

Isso poderia ser importante. Por que Kyle foi se encontrar com ela sem contar para Alice? Por que tanto segredo? Ela sabe alguma coisa sobre o assassinato dele?

— Mas podemos nos encontrar mais tarde? — proponho. — Umas quatro horas?

O rosto dela se ilumina de alívio.

— Ah, você iria? Seria fantástico. Obrigada. Que tal no Trudi's Tearoom?

— Perfeito — digo.

— Ótimo. — Ela encosta a ponta do dedo delicadamente em uma lágrima no canto do olho e sai da minha frente. — A gente se vê mais tarde.

Assinto e continuo andando, pensando na nossa conversa, intrigada para saber sobre o que ela quer conversar.

Depois que volto e deixo as meninas com a minha mãe, subo correndo para ver Alice, na dúvida se ela vai estar acordada ou ainda sedada.

Ela está apoiada nos travesseiros quando bato e entro no quarto. Ela está com aparência péssima, com um círculo escuro debaixo de um dos olhos, o outro meio fechado, com um hematoma amarelado em cima. Ela tirou a atadura e eu vejo os pontos atrás da divisão no cabelo. Ela tenta sorrir para mim e meu coração se parte. Eu me sento ao lado dela na beira da cama. Ela se ajeita.

— Eu preciso me levantar — diz ela. — Quero ver as gêmeas.

— Precisa de ajuda?

— Por favor — pede ela. — Esses sedativos estão me deixando tonta e trêmula e confusa. Eu preciso... preciso organizar meus pensamentos. Tem tanta coisa pra fazer, pra providenciar...

— Alice. Para. Você acabou de passar por uma situação horrível e ainda está se recuperando. A mamãe e eu vamos ajudar com tudo.

— Eu sou a única pessoa da família dele — choraminga ela. — É responsabilidade minha.

— Dá pra esperar. — Tento falar com o máximo de firmeza que consigo. Eu não sei quanto tempo leva para um corpo ser liberado depois de um assassinato, mas não acredito que vá ser rápido. — Você tem tempo pra organizar tudo. Mas agora precisa se concentrar em melhorar. Você foi atacada, Alice. Deixada como morta. Você poderia... — Engulo uma onda de emoção ao pensar que ela poderia ter morrido também.

Ela aperta a minha mão, os olhos se enchendo de lágrimas. Não posso contar sobre Eve. Ainda não. Só quando eu souber por que ela se encontrou com Kyle no dia que ele morreu.

Eu ajudo minha irmã a sair da cama e a vestir o roupão de seda. Ela se apoia em mim e descemos a escada juntas, como se ela tivesse envelhecido quarenta anos.

Elsie vem correndo até nós assim que entramos na cozinha. Ela está segurando o coelho de pano que ganhou de Alice e Kyle.

— Você pode me ajudar com esse vestido, tia Alice? — pede ela, com a vozinha que tem um pouco de ceceio. Ela está segurando um vestido cinza bonito com detalhes de renda, e Alice o pega.

— Lógico, querida — responde minha irmã, indo até o sofá velho de dois lugares que fica ao lado das portas do quintal e se sentando. Já tem um monte de brinquedos espalhados no chão.

Elsie sobe no colo dela e eu as observo, com Flossie no chão, enquanto Alice brinca com as minhas filhas. Olho para a minha mãe, que ergue as sobrancelhas para mim.

Dou uma checada no relógio. Tenho algumas horas até precisar ir me encontrar com Eve, mas não faço ideia de que desculpa dar, nem como vou sair sem ninguém achar estranho.

19

Quando chego, Eve já está sentada junto à janela do Trudi's Tearoom com um café em um copo grande e olhando o celular. Fico do lado de fora por um momento, olhando para ela, vendo o jeito como relaxa na cadeira, as pernas cruzadas, balançando um pé calçado no tênis All Star. Ela está tão composta e confiante, apesar do quanto pareceu chateada por causa do Kyle. Parte de mim quer sair correndo, mas a outra parte, maior, precisa descobrir o que ela quer.

Respiro fundo e entro. Ela levanta o rosto na mesma hora e sorri para mim. Mas é como se esse fosse um cumprimento automático, porque o rosto dela se transforma ao me ver. Ela deve ter lembrado por que está ali e que Kyle está morto.

— Oi — digo, indo em sua direção e puxando a cadeira em frente a ela. — Desculpe, estou um pouco atrasada. — Estou suada e sem fôlego depois de ter precisado quase correr até o lugar. — Foi difícil sair de casa.

— Tudo bem. O que você quer? É por minha conta.

— Ah, obrigada. Um cappuccino seria ótimo.

— É pra já. — Ela se levanta e eu tiro meu casaco enquanto ela está no balcão. Dois minutos depois, ela volta. — Vão trazer até aqui — diz enquanto se senta de novo.

— Obrigada — digo, me sentindo constrangida de repente.

— Sei que é meio estranho — diz ela — eu pedir pra gente se encontrar.

Eve está prestes a falar mais quando somos interrompidas por uma adolescente trazendo o meu cappuccino. A xícara está cheia demais e o café derrama no pires.

— Obrigada — digo, pegando-o com cuidado. A garota parece aliviada de eu o ter tirado das mãos dela.

Quando ela se afasta, Evie diz:

— O que você precisa entender sobre mim e Kyle... — ela pisca para segurar as lágrimas — ... é que nós fomos o primeiro amor um do outro e sempre fomos especiais um para o outro. Acho que foi por isso que ele pediu pra me encontrar com ele naquele dia. Alguém do passado em quem ele confiava, eu acho. Nós tínhamos uma conexão, mas... — O rosto dela fica sério. — Quando terminamos a faculdade, ele me largou. Pulou fora do nada. Eu fiquei arrasada. — Ela funga e enfia a mão na bolsa enorme para pegar um lenço. — Nossa, eu estou péssima. Fiquei muito abalada com a morte dele, mas preciso disfarçar e parecer feliz para o Owen. Ele nem sabe sobre o Kyle. — Ela assoa alto o nariz. — Enfim, fiquei uns cinco anos sem ver o Kyle, talvez mais. E aí, um dia, quando eu estava morando em Londres, esbarrei com ele. Nós nos encontramos pra tomar um drinque e botar a conversa em dia. Não tivemos nada nessa época, se é isso que você está pensando — acrescenta ela, como se estivesse lendo meus pensamentos. — Nós éramos só amigos. Acho que, em algum nível, eu ainda o amava. Ele era lindo, né? — Ela dá uma risada triste. — Mas éramos só amigos. Às vezes eu passava anos sem ter notícias dele. Eu me lembro de quando ele me contou que tinha conhecido a sua irmã. Ele a adorava, sabe. Eu nunca achei que Kyle fosse do tipo que queria se casar, mas ele a deixou louca por ele. Ou é o contrário? — Ela fica em silêncio e toma um gole do *latte*. É por esse motivo que ela quer se encontrar comigo? Para relembrar Kyle? Estou achando que não.

— Qual foi o motivo pra ele querer se encontrar com você no dia que morreu? — pergunto.

Ela franze a testa e lambe a espuma do café dos lábios.

— Bem, ele disse... — Ela olha ao redor, e embora o local esteja praticamente vazio, fora o grupo de estudantes em um canto e os funcionários atrás do balcão, baixa a voz. — Ele me disse que estava com medo.

— O quê? — indago, mais alto do que pretendia, fazendo um dos estudantes se virar para me olhar. Por que Kyle estaria com medo?

— Ele me pediu que eu não contasse a ninguém sobre o nosso encontro. Ele não tinha contado pra Alice. Ele queria se encontrar perto dos lagos. Acho que estava com medo de alguém nos ver. Lógico que eu aceitei, do jeito que sou boba... — Ela levanta uma sobrancelha como se me desafiasse a discordar. Como não falo nada, ela continua: — Quando cheguei lá, ele estava com roupa de corrida.

Foi assim que ele explicou a ausência para Alice.

— O que ele disse?

— Bom — ela tosse de leve —, Kyle me disse que tinha cometido uns erros, se metido com gente estranha, e que estava com medo de estar sendo seguido. Ele tinha sido ameaçado, pelo que parecia.

— Gente estranha? Tipo quem?

— Pareceram investidores, talvez. Ele não estava falando nada com nada, pra ser sincera. Falava rápido, como se estivesse com medo de o tempo estar se esgotando. Disse que Alice tinha visto alguém se esgueirando em torno da casa, da sua casa, e que acreditava que eram essas "pessoas estranhas" o procurando. E que estava com medo. Ele disse isso algumas vezes. — Ela engole em seco. — Meu Deus, eu devia ter levado a sério, né? Eu devia ter chamado a polícia.

— Devia — digo. — Acho que você tem que falar com a polícia. Com certeza.

No fim das contas, parece que Kyle era o alvo, e não eu, e o bilhete foi uma tentativa maliciosa de alguém de me assustar.

Ela apoia a cabeça nas mãos e solta um gemido.

— Ele disse alguma coisa sobre a Alice? Ela sabe que ele estava sendo ameaçado?

Eve levanta a cabeça.

— Ele disse que Alice não sabia e que não podia contar pra ela porque ele se preocupava com ela. Ele disse que ela faz cara de corajosa, que parece forte, mas que, no fundo, é vulnerável.

Vulnerável. Essa não parece a Alice que eu conheço. Ela é durona, ambiciosa, confiável. Ela teria sido a pessoa perfeita a quem confidenciar algo. Talvez Kyle estivesse com vergonha de dizer para ela.

— Então Alice não sabia que uns sujeitos estranhos tinham investido no negócio do Kyle? — Eu me lembro do que Aaron me contou, sobre um investidor que pulou fora. Alice devia saber disso.

— Não. Kyle estava convencido de que Alice achava que seus investidores eram todos honestos.

— Certo. — Minha mente está em disparada. — O que mais ele disse?

Ela brinca com as mãos, que estão apoiadas na mesa.

— Ele disse que se sentia perdido, solitário. Que tinha cometido alguns erros. Ele falou brevemente sobre o irmão também.

— *Irmão?* Alice disse que ele era filho único.

— Não, ele tem um irmão. Mais novo, eu acho. Lembro que o conheci quando Kyle e eu éramos estudantes. Ele é viciado. Perdeu o controle no final da adolescência e eles se afastaram, depois que os pais morreram naquele acidente. O nome dele é Connor. De qualquer modo, Kyle pareceu lamentar por causa de Connor. E, basicamente, ele estava preocupado, então... é. — Ela para de falar. — É isso. Nós nos despedimos, ele me abraçou com força, disse que esperava me ver de novo em breve e foi embora. Foi correndo na direção do vilarejo. Eu ofereci carona, mas ele não quis. Disse que correr deixava a cabeça mais lúcida. É difícil acreditar que naquela mesma noite ele foi assassinado. — Os olhos dela se enchem de lágrimas e ela pisca rapidamente.

Eu a encaro em estado de choque, tentando assimilar tudo. Por fim, digo:

— Você precisa contar pra polícia.

— Eu sei — murmura ela. — Estou sofrendo por causa disso há dias.

Nós trocamos números, nos levantamos e saímos. São quase cinco horas da tarde e os funcionários estão recolhendo as cadeiras atrás de nós. Aaron já deve ter voltado, e minha mãe e Alice devem estar querendo saber onde eu estou.

Quando estamos na rua, prestes a seguir cada uma o seu caminho, ela diz:

— Ah, tem outra coisa que Kyle disse e que está na minha cabeça. Eu queria ter perguntado mais na hora, mas pareceu um comentário muito aleatório. A conversa foi muito corrida.

— O que foi?

— Bom — ela muda o peso do corpo de um pé para o outro —, quando ele estava falando sobre Alice e os motivos pra não querer preocupá-la, ele disse algo tipo: "Não agora que ela está lidando com tudo isso que está acontecendo, sobre a irmã desaparecida."

Eu a encaro.

— O que ele quis dizer com isso?

— Não sei. Eu achei que sua irmã tinha sido raptada muito tempo atrás, quando era bebê.

— Isso mesmo. Trinta anos atrás. Por que ele diria "agora"?

Ela cruza os braços.

— Sei lá. Pode não ser nada, mas ele fez parecer que... bom, que Alice talvez... — ela baixa a voz — ... estivesse procurando por ela.

20

Quando chego, Aaron está em casa, brincando com as gêmeas no jardim. Ouço os gritos animados quando ele corre atrás delas, pega as duas pela cintura e os três caem na grama úmida, rindo, as pernas no ar. Fico tão feliz de ver Aaron brincando com as filhas que não consigo ficar irritada com o fato de que as meninas provavelmente vão estar cobertas de lama quando entrarem.

Minha mãe está na cozinha, e o cheiro de uma torta vem do forno.

— Aí está você — diz ela, jogando cascas de batata no lixo orgânico. — Nós estávamos querendo saber aonde você tinha ido.

— Alice ainda está no quarto?

Minha mãe assente com expressão séria.

— Ela disse que está falando com a terapeuta pelo telefone.

— Alice tem terapeuta? — pergunto, colocando a bolsa na mesa.

— Parece que já tem tempo. Fico feliz de ela estar falando com uma profissional sobre os sentimentos dela. Não quero que ela guarde tudo... bom, como seu pai sempre fez. — O rosto da minha mãe se fecha quando ela diz isso, e ela se vira de costas para mim para botar uma panela de legumes e verduras no fogão.

Eu sei que a minha mãe sempre achou que o meu pai não expressava os sentimentos o suficiente, principalmente sobre o desaparecimento de Holly. Ele se enterrou de trabalho para o conselho. Eu era pequena demais para lembrar como foi depois do rapto de Holly, mas lembro que nunca vi meu pai chorar nem falar sobre ela. Uma vez, quando eu tinha uns nove anos, Alice e eu estávamos no mercado com o nosso pai e, quando chegamos em casa, encontramos a nossa mãe na sala segurando um dos bichos de pelúcia da Holly, um cachorrinho colorido que nós chamávamos de Arco-Íris, e chorando no sofá. Lembro que meu pai explodiu de reprovação e ela se recompôs rapidamente, fazendo as lágrimas sumirem em um passe de mágica junto com o brinquedo, como se nada tivesse acontecido. Ao longo dos anos anteriores, tínhamos recebido visitas ocasionais da polícia, sempre o mesmo detetive, George Benning, que tinha investigado o desaparecimento de Holly, que a minha mãe levava para a sala junto com o meu pai, me deixando com Alice para tentarmos ouvir tudo pela porta. Ele ia regularmente no começo, relatava qualquer possível avistamento, e Alice e eu trocávamos olhares empolgados, as orelhas encostadas na porta, imaginando nossa irmã perdida voltando para casa e, quando ela chegasse, qual de nós dividiria quarto com ela. Mas esses avistamentos nunca se materializaram em uma Holly viva e respirando, e, com o passar dos anos, as visitas de George Benning ficaram cada vez menos frequentes, até que, há cinco anos, ele se aposentou.

Aaron e as meninas entram, trazendo ar fresco e cheiro de grama. Flossie começa a contar, com as bochechas rosadas e a voz estridente de empolgação, que eles viram uma família de sapos. Elsie vem contar também, junto com a irmã, e eu abraço as duas com mais força do que o habitual.

— Venham, meninas — diz minha mãe com sensibilidade, porque ela sabe que eu quero falar com Aaron. — Vamos para o banho.

Ela leva as duas. Aaron e eu ficamos constrangidos no meio da cozinha. Ele ainda está com o macacão do trabalho. Eu tenho tanta coisa para contar, mas não sei por onde começar.

— Chá? — ofereço, indo na direção da chaleira.

— Não, tudo bem. Você não viu minha chave, viu? Eu estava procurando mais cedo, mas não estava na minha caixa de ferramentas.

— Chave?

— É, a chave de roda. É lá que eu sempre deixo.

Eu balanço a cabeça. Não sei nem como é isso.

— Que saco. — Ele suspira. — Acho que vou entrar no chuveiro. Como está Alice?

— Eu quase nem a vi hoje. Ela passou praticamente o dia todo no quarto e quase não comeu, mas parece que ela tem uma terapeuta, e tem falado com ela no telefone.

— Ah, certo. Isso é bom, né? — Ele ergue uma sobrancelha para mim.

— É. Claro que é.

Ele não diz, mas eu imagino o que ele está pensando: Alice vive num mundo diferente do nosso. Um mundo com terapeutas caros e plano de saúde particular e clubes só para sócios.

Ele franze a testa e vem na minha direção.

— Você acha que precisa de um? — A voz dele está cheia de preocupação.

— Não sei. Talvez. — Eu penso em tudo que aconteceu com a nossa família. Holly, meu pai... Tanta dor. E o quanto eu me preocupo com Elsie e Flossie. — Eu me sinto meio sobrecarregada às vezes, só isso.

Ele me toma nos braços.

— Se você precisar, nós arrumamos dinheiro — diz ele, beijando minha cabeça. Isso era tudo que eu precisava ouvir.

Eu me afasto.

— Preciso conversar com você sobre uma coisa.

— Tudo bem... Devo ficar preocupado? — Ele está sorrindo quando fala, mas vejo um toque de apreensão em seu rosto.

Seguro a mão dele, puxo-o até a mesa e, o mais rápido que consigo antes de sermos interrompidos pela minha mãe ou pelas gêmeas, eu conto tudo. É um alívio desabafar.

— Meu Deus — diz ele quando eu termino.

— Eu sei.

— Eve vai contar pra polícia o que contou pra você?

— Ela disse que sim. Nós trocamos números.

— E Alice não sabe nada sobre isso?

— Parece que é isso que Eve acha.

Ele não mencionou Zoë, nem quando eu contei sobre a minha conversa com Arthur e a descrição dele de uma mulher loira com piercing no nariz vista perto da nossa porta.

— Então você acha que Kyle foi um alvo deliberado? Que alguém, talvez alguém pra quem ele devesse dinheiro, o seguiu até Chew Norton e o matou?

Eu faço que sim, lentamente.

— É uma possibilidade, não é?

— É, sim — diz ele com um suspiro. — E espero que signifique que você não era o alvo pretendido.

Eu coço o pulso e Aaron estende a mão para me impedir. Eu puxo a manga por cima da mão para me impedir de passar as unhas ali.

— É o que parece. O bilhete deve ter sido de alguém que me odeia a ponto de desejar minha morte. — Dou uma risada seca.

Aaron balança a cabeça.

— Pode não ser ninguém que a gente conheça. Pode ser só pegadinha. Algum babaca horrível que gosta de mexer com as pessoas. Mas isso tudo — ele levanta as mãos — me faz pensar no que Kyle estava envolvido...

— *O que você quer dizer?*

Alice está parada na porta.

21

Alice puxa a cadeira ao meu lado e se senta. O olho roxo abriu um pouco e parece meio inchado, mas ela ainda está de camisola, cheirando a cabelo sujo e lençol.

Troco um olhar preocupado com Aaron, que está sentado em frente.

— Como assim? — insiste ela, o olhar indo de um para o outro, a expressão pétrea. — Eu ouvi o que você disse sobre o Kyle. — Como eu posso contar que o marido dela talvez tenha mentido para ela? — Tasha? — Sua voz está fria. — Para de pensar que eu sou uma coisinha frágil de quem você precisa esconder as coisas. É irritante, porra. Eu sou adulta. Me conta o que você sabe.

Eu olho para Aaron, que assente, e conto com cautela sobre meu encontro com Eve.

A pele já pálida de Alice fica mais clara ainda e ela fica sem falar por um tempo depois que eu termino.

— Você sabia? — pergunto. — Sobre investimentos de gente estranha? Ou investidores que pularam fora?

A voz dela está rouca.

— Eu sabia que um investidor tinha pulado fora, mas achei que era tudo honesto. Eu nunca soube de nada suspeito nos negócios dele e não acredito nisso. Kyle era um cara íntegro, um empresário fantástico. Não é possível que ele tenha feito nada ilegal ou "estranho", como você diz.

— Ele nunca disse nada sobre ser seguido ou estar com medo?

— Não. Nada. — Ela parece zangada, e sinto minhas entranhas encolhendo. Queria que ela não tivesse ouvido. Eu devia ter levado Aaron para o jardim para contar. Lógico que ela não vai querer acreditar que o marido, o amor da vida dela, estava envolvido em algo ilegal.

— E você nunca sentiu que estivesse sendo seguida em Hampstead, nem quando você e Kyle estavam em Veneza?

— Nunca. Eu não acredito nessa Eve e, sinceramente, estou fula da vida de você ter ido se encontrar com ela.

Minhas bochechas ficam quentes e olho para Aaron. Ele está com a boca apertada em uma linha de reprovação, como se ele concordasse com Alice. Eu me viro para a minha irmã, me sentindo mal pela ideia de tê-la chateado, quando ela já está passando por tanta coisa.

— Desculpa. Eu devia ter te contado.

— Tudo bem.

— Não está tudo bem. Desculpa mesmo.

— Olha — ela suspira —, Kyle já tinha falado comigo sobre Eve. Ela não o deixava em paz, vivia querendo marcar um encontro, vivia querendo vê-lo. Está na cara que ela ainda estava apaixonada por ele. No final das contas, ele teve que dar um gelo nela pra se livrar dessa mulher. Aposto que Eve não contou isso. Eu acho que ela está mentindo. Está tentando chamar um pouco de atenção e se fazer de importante.

Pela primeira vez, começo a duvidar da versão dos fatos que Eve deu.

— Eu só não acredito que Kyle fosse dizer isso tudo pra alguém que ele encontrou por acaso numa corrida. — Ela puxa o roupão em volta do corpo, com uma expressão determinada. Eu sei que não devo forçar a barra.

— Eve disse mais uma coisa. — Eu nem contei essa parte para Aaron ainda e não sei se devo contar para Alice. E se Eve estiver mentindo e eu deixar Alice ainda mais chateada e zangada?

Alice ergue o queixo.

— Fala.

Eu hesito, sabendo que é uma bomba.

— Ela... ela disse que o motivo de Kyle não ter contado pra você foi porque ele não queria te chatear, porque você estava procurando a... a Holly.

A mudança no ar é quase imperceptível, mas está lá. Eu vejo que a postura de Aaron mudou: ele está mais alerta, inclinado sobre a mesa.

— Certo. — Alice pensa sobre isso, e uma miríade de emoções passam por seu rosto. E aí, ela se senta mais ereta. — Bom, isso é outra mentira. Eu não estou procurando Holly. Nem saberia por onde começar.

Nessa hora, minha mãe entra, e nós olhamos para ela com expressão de culpa. Ela franze a testa, primeiro para mim e depois para Alice, como fazia quando éramos crianças e estávamos aprontando.

— O que está acontecendo?

— Nada — digo e me levanto. — Só estávamos conversando.

— É, eu preciso botar as gêmeas na cama — diz Aaron, seguindo minha deixa.

Minha mãe não parece convencida, mas ela é interrompida pelas gêmeas, que entram correndo na cozinha, recém-saídas do banho, e vão direto para a tia. O rosto da minha irmã se ilumina ao vê-las. Ela parecia meio murcha antes, mas se empertiga quando Elsie pula em seu colo e Flossie se senta na cadeira de onde eu saí, segurando o coelho de pano.

— Tia Alice — pergunta Elsie, se acomodando —, o tio Kyle está com os anjos?

Eu fico paralisada, e reparo que a minha mãe e Aaron também. Essa é a primeira vez que uma das gêmeas fala em Kyle na frente de Alice. Prendo o fôlego e olho para a minha irmã. O que ela vai dizer? Vai ficar irritada comigo porque eu falei com minhas filhas sobre anjos e céu sendo que ela é ateia?

Seu queixo treme, mas ela se recompõe e ajeita o lindo cabelo ruivo de Elsie.

— Está, meu amor. O tio Kyle está com os anjos.

— Espero que estejam cuidando dele — diz Flossie em tom sério, as pernas no pijama macio penduradas na cadeira, curtas demais para alcançarem o chão.

Alice estende a mão e faz carinho na bochecha rechonchuda de Elsie.

— Eles vão cuidar bem dele — diz ela delicadamente, os olhos brilhando.

Respiro aliviada. Fico olhando para ela com as gêmeas por um tempo até Aaron as levar para a cama. A atenção da minha mãe está na comida, mas, quando Alice passa por mim, ela se inclina e sussurra:

— Eu preciso te contar uma coisa. Mas agora não. Não na frente da mamãe. Outra hora, tá?

E ela sai antes que eu possa perguntar o que é.

22

Tasha

Sábado, 19 de outubro de 2019

— E aí, como você realmente está? — pergunta Donna, me passando uma taça grande de vinho branco da casa e se sentando ao meu lado.

Estamos no Duck and Toad, o único gastro pub no vilarejo. O outro pub, o Packhorse, aonde Aaron e os amigos vão com frequência e onde Viv às vezes trabalha no bar, é bem menos salubre, com os móveis marrons feios, as poltronas rasgadas, o tapete grudento e o alvo de dardos. Nós preferimos a lareira aberta rústica, as paredes de lambris encaixados pintados com tintas Farrow & Ball, as mesas de carvalho encerado e as pizzas feitas na pedra que tem ali. No Packhorse, uma cestinha de frango já seria um golpe de sorte.

Nossa mesa fica ao lado de uma janela de pedra com vista para o vale. Já está escuro, mas dá para ver as luzes cintilantes do vilarejo ao lado ao longe, como cem animais piscando e nos olhando.

— Eu me sinto culpada de sair hoje — digo em resposta, agradecendo pelo vinho.

Alice ficou quase o dia todo na cama e ainda não me contou a coisa que ela não pode dizer na frente da minha mãe. Houve algumas vezes hoje em que ela quase contou, mas aí a minha mãe entrava no quarto, como se soubesse que estávamos escondendo algo. Aaron está no Packhorse com o pessoal do trabalho, e quando Donna me convidou para um drinque, minha mãe insistiu para que eu fosse. "Você precisa sair de casa, amor", disse ela. "As meninas estão na cama e eu fico feliz na frente da televisão com o meu tricô." Agora, quando tomo um gole do vinho gelado, sinto que estou relaxando pela primeira vez desde que voltamos de Veneza.

— Mas eu estou bem — digo, soltando o ar. — Eu me sinto melhor por ter saído.

— Ainda não consigo acreditar no que aconteceu — diz Donna, pegando os cardápios que estavam ao lado dos condimentos e me entregando um. — Coitado do Kyle. E a sua irmã... nem consigo imaginar o que ela está passando.

Todas as vezes que penso em Alice, sinto a mesma onda de ansiedade no estômago.

— Você se importa se falarmos de outra coisa?

Donna ergue o olhar do cardápio.

— Tudo bem. Mas, se houver qualquer coisa que eu possa fazer, de verdade, é só pedir. Promete?

Eu faço que sim com gratidão. Eu sei que Donna fala com sinceridade. Ela pode ser meio tagarela, mas tem um coração de ouro. Ela ainda visita toda semana a mãe do ex que não pode sair de casa e leva compras, faz companhia e conversa um pouco. E ela faz tudo pelo filho de 22 anos, Tyler, que está sempre passando na clínica para pedir dinheiro ou o carro emprestado.

Nessa hora, Catherine, nossa higienista, entra, seguida por Lola. Elas estão conversando e eu vejo, fascinada, Lola jogar a cabeça para trás e gargalhar. Eu só saí com ela uma ou duas vezes em grupo e ela normalmente é bem tímida, mas ela parece bem relaxada com Catherine. Mas Catherine é do tipo que deixa qualquer um à vontade na hora: ela é calorosa, engraçada e faz piadas autodepreciativas mesmo tendo a aparência de uma líder de torcida de escola estadunidense, com dentes perfeitos e pele clara. Ela tem a minha idade, talvez alguns anos a mais, e é atlética. Ela faz Lola parecer mínima.

Loira e alta.

Penso na descrição de Arthur da mulher que botou o bilhete na minha porta enquanto observo a jaqueta de couro de Catherine. O cabelo dela é mais de um tom caramelo do que loiro e ela não tem piercing no nariz.

Donna repara que estou olhando para elas no bar.

— Está tudo bem? Você está com uma cara séria.

Afasto o olhar delas.

— Lembra que eu contei sobre o bilhete que recebi? O que dizia "Era para ter sido você"?

— Lembro.

Conto o que Arthur me disse e, quando termino, ela olha para Catherine.

— Você não está achando...?

— Não. — Eu faço que não. — Não. Não mesmo. Passou rapidamente pela minha cabeça, mas não pode ser. Catherine *é* um amor. Mas... caramba, Donna, isso está me deixando paranoica, sabe? Toda vez que eu vejo alguém que bate com essa descrição, eu me pergunto na mesma hora se pode ter sido essa pessoa.

Donna enrola a manga do suéter para revelar os braços sardentos e usa o cardápio para se abanar. Ela está na menopausa, e sinto o calor irradiando dela.

— Bom, sim. Eu ficaria igual. — Ela semicerra os olhos enquanto observa Catherine, que está no meio de uma conversa com Lola no bar. — O que nós sabemos sobre a nossa Cath? — pergunta ela alto demais.

— Donna! — murmuro. — Para. Sua voz parece uma sirene.

Ela sorri.

— Tudo bem. Calma. Eu só estou falando.

Penso no que sei sobre Catherine. Ela está no consultório desde abril e mora algumas ruas depois da minha com o marido Thomas, que é professor. Ela fala (muito) sobre a vontade de ter uma família, mas que ainda está esperando "a hora certa". Ela costuma ser a primeira a iniciar uma vaquinha no trabalho, ou a organizar reuniões. Eu nunca a vi de mau humor.

— Lola também é loira. O quanto sabemos sobre ela? — Donna toma um gole de cerveja.

— Lola tem o cabelo loiro-escuro, quase castanho-claro — digo. — E ela não é alta. Além do mais, nenhuma das duas tem piercing no nariz.

— Podia ser um daqueles piercings falsos. Quem mais nós conhecemos que se encaixa na descrição? Que divertido! — Ela repara na minha expressão e acrescenta rapidamente: — Desculpa, meu bem. Eu não quis dizer isso. Deve ser assustador receber um bilhete assim. Eu me deixei levar.

— Tudo bem. É... — Mas eu não termino a minha frase porque Catherine e Lola chegam à nossa mesa. Eu me levanto para abraçá-las e reparo que Catherine está segurando uma sacola de presentes floral linda. Ela a entrega para mim do outro lado da mesa quando nos sentamos.

— É um presente de todas nós. Espero que não tenha problema, queríamos que você soubesse que estamos pensando em você — diz ela enquanto tira a jaqueta.

— Obrigada — digo, comovida.

— Abre — diz Lola, ansiosa. Reparo que ela está segurando uma limonada. Eu nunca a vi beber nada alcoólico.

De repente, fico tímida quando enfio a mão na bolsa e tiro uma vela em um potinho de cerâmica azul-ciano.

— Foi ideia da Lola — diz Catherine. — É pra ser calmante.

— É linda, obrigada. — Guardo de volta na bolsa, comovida de verdade e achando que talvez eu devesse dar para a minha irmã. Talvez a ajudasse a dormir.

— Bom... — diz Catherine, pegando um dos cardápios. — O que nós vamos pedir? Estou morrendo de fome. — Catherine está sempre morrendo de fome e costuma ter chocolate e doces escondidos na gaveta no trabalho. Ela passa o cardápio para Lola, que pega óculos de leitura.

— Eu não sabia que você usava óculos — digo.

— Eu sou cega como um morcego — diz ela com um sorriso tímido. — Eu deveria usar o tempo todo, mas odeio.

— É porque o formato não combina com o seu rosto — diz Donna com segurança, e eu me encolho. — Seu rosto é muito pequeno. Você precisa de uma armação delicada, não dessa coisa feia.

Lola fica bem vermelha e tira os óculos.

— Donna! Não seja grosseira! — repreendo-a, apesar de ela ter razão. Lola tem um rosto bonito em formato de coração e a armação a esconde.

— Por que a gente não vai até a Maddy um dia depois do trabalho? — sugere Catherine delicadamente, se referindo à ótica na esquina. — Pra procurar um mais adequado.

— Esse é do meu pai — admite ela, virando os óculos na mão. — São óculos de leitura. Mas é que... bom, me lembra dele.

— Ele faleceu? — pergunta Donna, e Lola faz uma careta e pisca rapidamente. Tenho vontade de dar um chute em Donna por baixo da mesa por ser tão insensível e xereta.

Antes que Lola possa responder, a porta se abre e fico surpresa de ver Eve entrando de braços dados com um homem de cabelo escuro cacheado. Suponho que seja o noivo dela, Owen. Eu não contei a elas sobre meu encontro com a mulher ontem, mas, quando Catherine a vê, solta um murmúrio baixinho:

— Puta que pariu.

— O que foi? Você a conhece? — pergunto.

— Conheço. Infelizmente. Thomas trabalha com o namorado dela e eu já tive que aguentar alguns eventos beneficentes da escola com ela.

Nunca ouvi Catherine reclamar de ninguém, então fico surpresa.

— O que tem ela? — pergunta Lola, fechando os óculos e pegando o celular para tirar uma foto do cardápio.

— Ela é do tipo que vive querendo ser o centro das atenções. Sabe como é? Tudo tem que ser sobre ela. Nunca faz perguntas, sempre fala sobre ela, e a vida dela, e que foi modelo em Londres, e sobre todas as celebridades com quem andava e blá-blá-blá!

Donna ri.

— Nossa! Ela te irrita mesmo, né?

Lembro-me do que Alice disse, sobre Evie querer os holofotes.

— Ela namorou o Kyle — digo baixinho, e todas me olham com surpresa.

— O quê? Não acredito! — exclama Donna.

Falo sobre o encontro "acidental" com ela ontem. Mas não conto o que ela me disse sobre os investidores estranhos e Kyle estar com medo. Não parece certo, ainda mais com Alice tendo afirmado que era mentira.

Donna me cutuca.

— Ela é loira e alta — diz ela. — Se bem que não consigo imaginá-la com um piercing no nariz.

— Alta e loira?

Catherine ergue uma sobrancelha para mim e aí, é óbvio, eu tenho que contar sobre o bilhete e a descrição que Arthur fez.

— Eu não ficaria surpresa se ela tivesse escrito — diz Catherine em tom sombrio, depois que eu termino. — Não que eu ache que ela atacaria Kyle ou Alice nem nada do tipo, nem que ela tem algum ressentimento com você. Não, se ela escreveu, teria sido pelo drama. Pela atenção.

Eu franzo a testa, meus olhos em Eve e no noivo que estão agora, felizmente, indo para uma mesa do outro lado do salão com as bebidas. Acho que ela não me viu.

— E eu acho estranho — continua Catherine, parecendo bem incomodada agora — ela ter encontrado você por acaso na rua.

— Bom, ela estava me procurando, ao que parece.

— Está mais pra perseguindo.

— Como você sabe — diz Donna — que ela não estava perseguindo o Kyle? É impossível mesmo que ela tenha entrado na sua casa, matado Kyle e atacado Alice em um surto de ciúme?

Catherine, Lola e eu olhamos para Donna em choque.

— O quê? — questiona ela. — A gente ouve histórias assim. Uma mulher rejeitada, essas coisas...

— Mas não explica o bilhete, né? Por que ela diria "Era para ter sido você" e botaria meu nome, se estava obcecada com Alice e Kyle?

Donna dá de ombros.

— Sei lá, né. Quem sabe o que se passa na mente de uma psicopata?

Lola estende a mão por cima da mesa e encosta de leve os dedos nos meus, o rosto preocupado.

— Você está assustando a Tasha — diz ela suavemente.

Donna parece arrependida.

— Desculpa, meu bem — diz ela, me cutucando com gentileza. — Vamos parar de especular e pedir um rango.

— Isso aí — concorda Catherine com gentileza. — Eu já vi um monte de policiais no vilarejo desde o assassinato do Kyle.

— O que isso tem a ver? — pergunta Donna com deboche.

— Eu só quis dizer que tem muitos policiais por aí no momento. Ela está segura, é só isso que eu estou dizendo.

Eu sei que Catherine tem boas intenções, mas, apesar do calor da lareira, um arrepio desce pela minha espinha.

23

Tasha

Segunda-feira, 21 de outubro de 2019

Está mais frio e o tempo está seco, com um céu azul. Eu deixo as gêmeas na creche e volto andando devagar, apreciando o tempo sozinha.

Quando chego em casa, vejo a investigadora Jones na porta com um detetive diferente, um homem mais velho com cabelo grisalho e um rosto fino e severo que na mesma hora deixa as palmas das minhas mãos suando. Parece que eles acabaram de chegar. Minha mãe abre a porta quando estou me aproximando.

— Ah, vocês chegaram juntos — diz minha mãe quando nos deixa entrar. Parece que ela os estava esperando.

Eu tiro as botas à porta. Nós passamos pela soleira e seguimos a minha mãe pelo corredor na direção da cozinha. Tento não me sentir como visita na minha própria casa. Alice já está sentada à mesa segurando um copo de água. Minha mãe oferece uma bebida aos policiais, mas eles recusam e se sentam. Eu me sento no banco ao lado de Alice, e minha mãe se senta à cabeceira da mesa. Ela parece cansada e tem uma tristeza em seu olhar. Sinto um amor tão forte por ela que preciso engolir o nó na minha garganta.

Alice passou o dia de ontem todo na cama, e cada vez que eu aparecia por lá, para ver como ela estava ou ver se estava acordada para poder perguntar sobre o comentário enigmático da sexta, ela parecia estar dormindo.

— Alice — diz a investigadora Jones com uma voz que assume um tom formal e ao mesmo tempo caloroso —, este é meu colega, o investigador sênior do caso, inspetor-detetive Philip Thorne. Nós queríamos vir contar que falamos com Eve Milligan, que nos contou sobre o último encontro com seu marido no dia que ele morreu.

Alice assente e toma um gole de água.

A investigadora Jones tira um caderno de dentro da jaqueta e o abre.

— Você disse no seu depoimento que se lembra de ter sentido que estava sendo observada — lê ela na página, estreitando um pouco os olhos. — Isso está correto?

Alice assente.

— Está. Eu estava com medo de alguém estar vigiando a casa.

— Kyle disse alguma coisa pra você sobre estar com medo?

Ela faz que não.

— Não. Nunca. Ele também nunca pareceu estar com medo. Eu... — ela passa um dedo pela borda do copo — ... eu não sei se acredito em Eve. Kyle me contou que ela nunca conseguiu superar a separação. Não acho que ele teria dito isso pra ela. Acredito que ela esteja inventando.

A investigadora Jones escreve alguma coisa no caderno.

— Então Kyle nunca te disse nada sobre "investidores estranhos"?

— Não. Eu sei exatamente quem são os investidores do Kyle. E são todos honestos. Ele tem um gerente de negócios, Craig Morrison. Você pode falar com ele se precisar de confirmação. Mas eu estou bem envolvida com o projeto mais recente dele. Era... — Ela engole em seco e o queixo treme. Ela se recompõe. — É um produto incrível que teria mudado tudo. — Ela não elabora sobre como ou por que mudaria tudo, e ela está falando no passado, mas alguém ainda pode terminar o que ela e Kyle tinham começado.

— Tudo bem, obrigada. Vou falar com Craig Morrison — diz a investigadora Jones.

Alice fala o número do telefone dele, e fico impressionada de ela saber de cor. Mas ela sempre teve memória fotográfica. Eu não sei o número do telefone de ninguém de memória, nem do Aaron.

O inspetor Thorne pigarreia e nós nos viramos para olhar para ele.

— Essa mensagem ameaçadora que você recebeu, Natasha — diz ele, o olhar austero voltado para mim. — Você tem alguma ideia de quem a teria escrito?

Merda. Eu ainda não contei para a minha irmã sobre o bilhete. Ela se vira para mim agora, os olhos apertados.

— Mensagem ameaçadora? O que dizia?

Eu conto sobre o bilhete entregue no dia em que voltamos para casa e o que ele dizia.

— O quê? Por que você não me contou?

— Você já está sobrecarregada demais.

— Tasha…

Encaro a expressão frustrada dela e levanto as mãos.

— Eu sei, eu sei, tenho que parar de pisar em ovos com você… Não sei quem escreveu o bilhete — digo para os policiais. — Se bem que meu vizinho disse que viu uma pessoa rondando a casa na manhã em que eu acho que o bilhete foi colocado aqui. — Conto o que Arthur me disse.

O inspetor Thorne se inclina para a frente.

— E você conhece alguém que se encaixa nessa descrição?

— Bom, muita gente que eu conheço se encaixa. Não é exatamente uma aparência incomum, né? Exceto pelo piercing no nariz. Só tem uma pessoa que eu conheço que tem um piercing no septo, se bem que não a conheço de verdade, mas ela trabalha com o meu marido. — Eu dou a ele o nome de Zoë e a investigadora Jones anota.

— Nós recebemos alguns resultados do laboratório — diz o inspetor Thorne. — Como você sabe, nós pegamos amostras de DNA de todos vocês, inclusive Kyle, e comparamos com o DNA encontrado na cena do crime. O DNA de uma das fontes de sangue encontradas na cena não pertence a nenhum de vocês.

Meu coração acelera.

— Havia uma mancha de sangue no tapete da sala e um pouco no chão da cozinha, perto das portas de vidro — acrescenta a investigadora Jones.

Alice empalidece, e eu sei que ela está se punindo por ter se esquecido de trancá-las.

— Mas tem mais — continua o inspetor Thorne, e a investigadora Jones olha para a minha mãe com preocupação. — Por essa amostra, o que encontramos foi o que chamamos de DNA familiar. — Ele faz uma pausa e observa Alice com atenção. — Isso significa que, embora não pertença a nenhuma de vocês, tem similaridade suficiente para nos dizer que pertence a alguém da família.

— Alguém da família? — pergunta minha mãe, a testa franzida.

— Sim. Da sua, sra. Harper — diz o inspetor Thorne.

— Mas... — minha mãe parece perplexa — ... não tem mais ninguém na família, só nós três. Meus pais já morreram e eu não tenho irmãos.

— É mais provável que venha de um filho ou filha — explica o inspetor. — Eu não vou entrar em detalhes técnicos, mas você tem algum outro filho ou filha, sra. Harper?

PARTE TRÊS

Então você continua aqui. Continua bem. Eu não consegui me livrar de você ainda.

Mas tem tempo. Estou trabalhando nisso.

Acho que você quer saber por que tenho tanto ódio de você. Bom, isso é bem simples. É porque você tem o que eu quero. Se tivesse crescido na minha família, veria como tem sorte. Mas você não sabe. Não valoriza.

Você não o valoriza.

A sua vida é a que eu deveria ter tido.

A sua vida é a que eu TEREI.

24

Bonnie

Fevereiro de 2019

Bonnie sempre soube que sua família não era como a dos outros. Sua mãe, Clarissa, passava a maior parte do tempo acamada havia 17 anos. Para Bonnie, quando a mãe ficou de cama pela primeira vez, foi como uma estranha contradição, porque ela parecia perfeitamente saudável, com a pele clara de pêssego, o cabelo loiro brilhante e os grandes olhos azuis, embora passasse os dias deitada usando um pijama de cetim. Bonnie tinha quase 13 anos quando voltou da escola um dia e viu que a cama tinha sido levada para a sala de jantar e a mãe estava deitada em cima como uma princesa da Disney. Ela perguntou ao pai por que a mãe ficara doente tão de repente, e ele murmurou alguma coisa sobre um diagnóstico recente de algo no pulmão e a tirou do local. Seu pai trabalhava em uma plataforma de petróleo e ficava longe semanas seguidas. Quando sua mãe caiu doente, ela se perguntou se ele ficaria para cuidar dela, mas ele não ficou. Depois de duas semanas, em que ensinou Bonnie a usar o micro-ondas para esquentar a comida congelada e a ligar a máquina de lavar, ele voltou para a plataforma de petróleo no mar do Norte, onde estava trabalhando, e deixou Bonnie para se virar sozinha.

Eles não eram ricos, ela sabia, mas também não eram pobres, graças ao dinheiro que seu pai ganhava. Ele era bem recompensado pelas horas longe de casa, e eles podiam pagar por uma enfermeira que ia uma vez por dia e uma faxineira que ia duas vezes por semana. E, felizmente, moravam na cidade, um subúrbio comum de Birmingham com ruas idênticas de casas dos anos 1950 com três quartos e jardins grandes, um mercado virando a esquina e, a uma caminhada curta, a estação de trem que a levava direto para o centro. Mas, apesar da ajuda externa, ela logo viu que a mãe contava com ela e que, fora a enfermeira, a faxineira e o pai, que ia para casa em intervalos de poucos meses, elas não viam ninguém. Bonnie nunca podia convidar as amigas para visitá-la, fora sua melhor amiga, Selma, porque tinha vergonha da mãe sempre deitada e da casa pouco mobiliada, que parecia desprovida de alegria, decorada em tons variados de creme e bege. Quando ela ia para a casa da Selma, era como entrar em outro mundo. Selma tinha uma família grande e animada e vários irmãos, que brigavam e se provocavam e enchiam a casa de barulho. Voltar para casa depois só para ser recebida por um muro de silêncio era de destruir a alma e a fazia se sentir mais solitária do que nunca. Selma sempre dizia para ela que cada família era de um jeito, que não havia "normal", mas isso não fazia Bonnie se sentir melhor com sua própria situação.

Quando terminou a escola, viu as amigas e os amigos irem para a universidade, e foi obrigada a estudar perto de casa para poder continuar cuidando da mãe, pegando o trem todos os dias para a Universidade de Birmingham, perdendo noitadas e encontros, nunca tendo tempo para um namoro sério. Como ela poderia ter um relacionamento honesto com alguém se tinha que esconder uma grande parte de sua vida? Ou encontrar tempo depois, quando tinha um emprego cansativo e era basicamente uma cuidadora, fora a vez a cada oito semanas em que o pai ia para casa por alguns dias. Nunca havia férias e os familiares raramente faziam visitas. Cada dia era igual, e às vezes, quando passava pela porta e sentia o cheiro familiar de lixeiras cheias e ar parado e ouvia o silêncio estático, ela precisava lutar contra a vontade de gritar.

Sua mãe, antes linda, envelheceu mal ao longo dos anos. O tempo passado dentro de casa transformou sua pele, antes macia, em fina como papel, e a falta de exercícios provocou atrofia muscular. Agora, aos 62 anos, ela precisava de um tanque de oxigênio ao qual estava sempre conectada. Em um dia bom, conseguia andar até as portas de vidro da sala de jantar/quarto para se sentar no quintal e tomar ar fresco, o rosto virado para o sol, os olhos fechados. Bonnie sempre ficava triste, sua mãe uma flor murchando que estava se curvando e morrendo, desesperada por um último raio de sol, de vida.

Mas, mesmo antes da doença e do confinamento, Bonnie percebeu que as coisas estavam diferentes. Uma tristeza pareceu envolver sua mãe antes mesmo de ela ficar acamada. Na época, ela andava pela casa com os vestidos largos que pendiam do corpo magro, como se não soubesse bem o que fazer. Ela não trabalhava nem socializava, e só saía de casa para comprar comida ou levar Bonnie à escola. Mesmo antes de Clarissa ficar doente, ela nunca vivera de verdade. Pelo menos não que Bonnie lembrasse. Ela era doce e cuidadosa e amava Bonnie, disso a filha sabia. Sua mãe ficava à vontade quando a ensinava a desenhar ou a ler, ou quando elas ficavam aconchegadas no sofá vendo televisão juntas, mas ela nunca parecia ter vida própria. Nenhuma paixão, nenhum interesse, nenhuma carreira. Era como um passageiro numa estação, esperando eternamente um trem que não chegava nunca.

— Como você conheceu a mamãe? — perguntou ao pai um dia, quando ele tinha voltado da plataforma, alguns anos depois de sua mãe ter ficado doente.

Bonnie tinha uns 16 anos, e a ideia de garotos e amor romântico ocupava uma posição de destaque em sua mente. Ela não conseguia imaginar o que Jack Fairborn, seu pai forte e bonito, com o amor que tinha por motocicletas, rock e comida apimentada, tinha visto (ela se sentia mal por pensar isso) na mãe sem graça, fora talvez a beleza. Os dois estavam sentados na sala bege com os pratos cheios de curry caseiro, feito pelo pai, equilibrados em bandejas no colo depois que Clarissa tinha recusado a comida.

Os olhos castanhos profundos se iluminaram com uma lembrança e ele olhou para a filha.

— Ela era fantástica, Bombom — disse ele com um toque de tristeza na voz, chamando-a pelo apelido que tinha escolhido para ela. — Ela estudava arte, tinha acabado de fazer 21 anos e era tão vibrante, tão cheia de vida.

Bonnie ficou chocada. Aquilo era a antítese da mãe que ela conhecia.

— Ela era estudante de arte?

— Ela era boa em escultura.

O que tinha acontecido com aquela pessoa?, perguntou-se Bonnie.

— Nós estávamos em uma festa — continuou ele, botando o garfo no prato e tomando um gole de cerveja. Sorriu para si mesmo, e Bonnie imaginou que o pai estava visualizando a cena, o primeiro encontro, a aparência da mãe dela. Eles tinham trocado olhares pelo salão? Os pais bonitos dela, um alto, moreno e deslumbrante, a outra pequena e delicada. — Ela estava na pista de dança. Minha nossa, isso deve ter sido no verão de 1978.

Ela não tinha inibições e era a cara da Debbie Harry. — Ele parou de falar, a tristeza enchendo seus olhos. Pegou o garfo e continuou comendo. — Enfim — disse depois de um tempo ao engolir —, nós tivemos alguns anos bons antes... — Ele fez silêncio.

— Antes? — incitou ela, olhando para o pai com atenção.

As sobrancelhas escuras se uniram, e algo que ela não conseguiu identificar surgiu no rosto dele, mas foi suficiente para deixá-la com um pouco de medo.

— Vamos só dizer que a vida não foi gentil com a sua mãe.

— Aconteceu alguma coisa com ela? — perguntou Bonnie, com uma sensação estranha no estômago. Porque devia ser isso, refletiu ela. Por que outro motivo sua mãe passaria de estudante de arte divertida e vibrante, que dançava com vontade e se parecia com Debbie Harry, para o fantasma que havia se tornado?

Seu pai balançou a cabeça e fechou a cara.

— Coma o curry antes que fique frio — disse ele, e ela soube que a conversa estava encerrada.

Ela achava que em algum nível aquilo era inevitável, e há anos temia que fosse acontecer, sem nem perceber. Ainda assim, quando finalmente aconteceu, Bonnie foi atingida com toda a força. Ela tivera um dia cheio no trabalho e estava atrasada, tinha perdido o trem, e quando passou pela porta, estava com calor e cansada, só querendo se sentar na frente da televisão. Sabia que a enfermeira tinha ido naquele dia (ela ia com mais frequência agora que sua mãe precisava dos tanques de oxigênio), então não havia ficado muito preocupada com o atraso. Sua mãe dormia muito agora e nem se animava mais quando o pai voltava da plataforma. Mas, quando Bonnie passou pela porta, sentiu que algo estava errado. O ar parecia ainda mais parado do que o habitual e o tanque de oxigênio não estava mais zumbindo. Quando andou pela casa, notou que a porta da sala de jantar, onde sua mãe dormia, estava fechada.

Bonnie abriu a porta, o coração na boca, sem saber o que esperar. Observou a cena à sua frente e sentiu um peso no estômago ao reparar que o tanque de oxigênio não estava ligado. Sua mãe estava deitada sobre os travesseiros, os olhos fechados, o rosto sereno, o cabelo, já branco, espalhado em volta da cabeça. Ela estava deitada em cima da colcha com o pijama de cetim rosa favorito, as mãos cruzadas.

— Mãe! — disse Bonnie, correndo até a cama. Havia um tom quase azul na pele de Clarissa. — Mãe? — repetiu, quase gritando dessa vez. Ela tocou na bochecha da mãe, que estava fria, e o medo pesou em seu estômago. Olhou para o chão e viu o tubo de oxigênio caído no tapete como uma enguia, e uma sensação intensa e dolorosa se espalhou por seu peito e fez seu coração se apertar. — Ah, mãe — sussurrou ela, tirando, com as mãos trêmulas, uma mecha de cabelo grisalho da testa de Clarissa. Ela se ajoelhou ao lado da cama, segurou uma das mãos da mãe e a levou aos lábios. — Eu queria estar com você. Por que você não me esperou?

Algo caiu do colo da mãe para a cama. Um pedaço de papel. Bonnie o pegou, com um nó na garganta, as palavras dançando no papel.

Eu te amo, Bonnie. Sempre amei. Me desculpe.

25

Tasha

Segunda-feira, 21 de outubro de 2019

Alice e eu ficamos em choque enquanto a nossa mãe leva os policiais até a porta.

— Mas o que foi isso? — pergunto subitamente. — Eles estão dizendo que Holly esteve aqui? Eu não... não estou entendendo nada.

Alice está com uma expressão estranha nos olhos.

— O que é? — pergunto. — O que você está escondendo?

Ela toma um gole de água e aperta os lábios.

— Nada. É que... — ela baixa a voz — ... como falei no outro dia, tenho uma coisa pra contar. Uma pena que não consegui contar antes, mas não queria falar na frente da mamãe e a encher de esperanças quando...

Ela para de falar quando a minha mãe volta para a cozinha.

— Bom... — diz minha mãe, se sentando na cadeira e parecendo nervosa. As mãos vão automaticamente para o medalhão de ouro no pescoço. — Eu não sei o que pensar disso tudo. Eles acham mesmo que pode ser da Holly?

— Acho que é o que estão supondo — diz Alice gentilmente.

— Então você está dizendo que acredita que Holly esteve na minha casa? — pergunto.

— Bom, é a ciência que está falando. Não eu.

Olho para a minha mãe. Ela está encarando a mesa e eu não consigo interpretar sua expressão. Não consigo nem imaginar o que ela está pensando ou sentindo. Tem provas de que sua filha perdida, que ela não vê há trinta anos, entrou na minha casa. Ela não só está viva, como também veio até nós. Mas, se isso é verdade, por que ela não tentou entrar em contato? Não pediu para se encontrar conosco? Por que ela invadiria a minha casa?

— Isso significa que suspeitam de Holly ter te atacado e matado o Kyle? — pergunta a minha mãe. Os olhos dela estão vermelhos, e algo parece estar entalado na minha garganta quando a implicação disso tudo fica evidente para mim. — Estão dizendo que Holly é suspeita de assassinato?

— Eu... eu não sei... — Alice hesita e pega um pedaço de tinta seca na mesa da cozinha. — Parece que não encontraram outro DNA. Porém, isso não quer dizer que não havia outra pessoa aqui naquela noite. Só quer dizer que a pessoa pode ter tomado cuidado. — Ela olha para a minha mãe. — Mas eu sinto muito, mãe... — Ela bota a mão na cabeça e o olhar se desvia de mim para a minha mãe. — Eu tenho que contar uma coisa pra vocês duas.

Respiro fundo. Estou enjoada e meus joelhos começam a tremer. Acho que não aguento mais revelações hoje.

— O que é? — pergunta minha mãe com voz tensa.

— Eu não ia dizer nada porque achei que talvez fosse enganação. Mas, depois de hoje, bom, agora eu não tenho tanta certeza de que era mentira.

— Fala — diz minha mãe, cruzando os braços como se para se proteger das palavras de Alice.

— Em maio, dei uma palestra sobre bioquímica no setor de saúde de um congresso em Liverpool e, depois, uma mulher me procurou. Ela foi simpática, e conversamos sobre a palestra. Ela pareceu inteligente, e que entendia do assunto, mas aí começou a me fazer perguntas bem pessoais, então ficou óbvio que sabia coisas da minha vida, que eu estudei em Oxford, que sou de Chew Norton, que eu tinha uma irmã mais nova e uma irmã bebê que havia sido raptada. Foi uma conversa esquisita.

— Ela disse o nome dela? — pergunto.

— Não. Mas pouco depois desse encontro comecei a receber cartas dela.

Eu fico mais enjoada.

— As cartas eram sempre enviadas para o meu endereço do trabalho e eram digitadas em uma folha de papel A4. Assinadas com "Holly".

Minha mãe fica pasmada.

— O quê?

— Essa mulher no congresso era Holly? — pergunto, minha mente girando.

— Era o que ela dizia nas cartas. Mas eu achei que era enganação. Mãe, você deve ter recebido cartas assim no passado.

Minha mãe assente com pesar.

— Algumas. No começo.

— Então eu achei que era coisa de alguma maluca que tinha pesquisado sobre mim no Google. Mas agora...

— Você tem as cartas? Posso ver? — pergunto.

Ela balança a cabeça com lamento.

— Estão na minha casa em Londres. Se bem que, na verdade, eu tirei uma foto da primeira, porque Kyle estava fora na época e eu queria mostrar pra ele. Vou pegar o celular. Está no quarto. — Ela se levanta e sai.

Não sei o que dizer para a minha mãe. Ela está sentada em silêncio, o corpo todo rígido, as mãos unidas, como se estivesse rezando, e eu me pergunto o que está passando por sua cabeça. Isso é uma coisa gigantesca para ela.

— Pronto — diz Alice, sem fôlego, quando entra na cozinha e se senta de novo. Ela mexe na galeria de fotos do celular. — Aqui. — Ela oferece o telefone para a minha mãe primeiro, mas a minha mãe diz que está sem os óculos de leitura, então ela passa o aparelho para mim e eu leio em voz alta.

Querida Alice,

Eu sei que é uma carta estranha para você receber do nada, e peço desculpas porque sei que vai ser um choque, mas não sabia o melhor jeito de falar com você. Eu não podia te contar no congresso, não uma coisa assim. Tudo bem, respira fundo! Vou contar de uma vez. Acho que eu sou a sua irmã. Acho que sou Holly Harper.

Esta carta não é uma brincadeira. É a verdade. Pelo menos, é o que eu acho. Não tenho todas as provas ainda, mas estou tentando encontrar. Não quero voltar para sua vida — para a vida dos seus pais (meus pais) e da Natasha — sem ter toda a certeza possível de que o que acho que sei é verdade. Então, acredito que vou precisar fazer um teste de DNA. Mas, até lá, vou ficar longe, escondida nas sombras.

Vou te escrever de novo em breve.

Bjs,

Holly

Expiro devagar, tentando me acalmar.

O rosto da minha mãe desmorona.

— Você acha que isso é legítimo? O que as outras cartas dizem?

— Mais do mesmo. Que ela está de olho em nós. Que tem certeza de que é Holly. Que vai sair das sombras em breve. Ela não revela nada sobre si mesma.

— Ela disse *pais*. Isso significa que ela não sabe sobre o papai? — comento, devolvendo o celular. Sem esperar que Alice responda, continuo: — Como era a mulher do congresso? Ela era como você imaginava que Holly seria?

— Bom, tinha cabelo loiro e olhos azuis como Holly. E parecia ter a idade que ela teria agora. É difícil saber com certeza, mas ela parecia ter vinte e tantos ou trinta e poucos anos.

Minha mãe faz um som baixo, como o de um passarinho, e Alice se levanta e a abraça.

— Desculpa, mãe. Me desculpa. Eu não queria contar porque podia não ser verdade. Eu não queria que você se enchesse de esperanças, mas agora, com o DNA, isso significa que Holly ainda está viva.

E que ela pode ter atacado Alice e Kyle. Mas eu não digo isso porque sei que é o que estamos pensando.

Minha mãe dá um tapinha no ombro da minha irmã.

— Acho que temos que contar à polícia sobre essas cartas.

Alice solta a minha mãe e assente. A cor sumiu de suas bochechas e vejo que ela está ficando fraca.

— Vou ligar pra investigadora Jones — diz Alice. Ela pega a mão da minha mãe e a aperta. — Eu não sei o que isso tudo quer dizer, mãe, nem por que o DNA dela foi encontrado na cena, mas pode haver uma explicação simples.

Alice não parece muito convincente.

— Eu não acredito que Holly ia querer machucar você — diz minha mãe com lágrimas na voz.

Minha irmã e eu nos entreolhamos.

Holly era bebê quando foi levada. Quem sabe que tipo de pessoa ela se tornou?

26

Jeanette

Segunda-feira, 21 de outubro de 2019

Jeanette passou os últimos trinta anos procurando Holly nos rostos de estranhos. Cada ano é marcado por um novo aniversário e uma pessoa um pouco mais velha para procurar. Será que ela conseguiria reconhecer, tanto tempo depois, se sua filha passasse por ela, uma pessoa adulta, de trinta anos, como se os anos da infância não tivessem acontecido? Jeanette nunca tinha tido o privilégio de ver o rosto de bebê de Holly virar o de uma criança, de uma garotinha, de uma adolescente. Ela não a viu se transformar na mulher de trinta anos que seria agora.

E agora parece que Holly andou escrevendo para sua filha mais velha, tinha até se encontrado com ela. Se aquelas cartas fossem verdade, lógico. As cartas podiam ser enganação, mas o DNA não pode ser. Há provas irrefutáveis de que Holly esteve na casa de Tasha na noite em que Kyle foi morto.

Por um lado, Jeanette fica feliz de haver provas, finalmente, de que Holly está viva. Mas, por outro, as provas a colocam na cena de um crime. Que explicação poderia haver para o sangue dela no tapete? Ela tinha atacado Kyle e se machucado? Mas por que ela o atacaria? E, em particular, Alice. A própria irmã. Não faz sentido para Jeanette, mas ela não consegue impedir o turbilhão de pensamentos incessantes em sua cabeça. Sente como se estivesse ficando louca.

Holly podia ter tido uma vida tão terrível que acabou virando assassina? Jeanette não consegue suportar pensar nisso.

Quando chegou a hora de pegar as meninas na creche, todas decidiram ir. É a primeira vez, desde que teve alta do hospital, que Alice sai de casa, a notícia sobre Holly dando-lhe uma injeção de energia, ou de propósito, e Jeanette fica grata.

Jeanette está agora sentada no Trudi's Tearoom, arrastada até lá por Elsie e Flossie para tomar um babyccino. Alice e Tasha ainda estão paradas na entrada. Pela janela ela as vê apontando para alguém ao longe: uma jovem de cabelo loiro comprido. Jeanette só consegue ver o perfil da mulher. Ela tem um andar confiante, Jeanette pensa enquanto toma café. A mulher desaparece de vista, mas Alice e Tasha continuam lá. Elas parecem gêmeas de costas, com o cabelo e o tipo de corpo idênticos. As duas sempre falam rápido quando estão juntas, uma confusão de cabelo ruivo e gestos amplos. Ela brincava com Jim que parecia que elas tinham uma linguagem própria, pois mais ninguém conseguia entendê-las. Às vezes imaginava como a dinâmica delas seria se Holly estivesse com a família. Talvez elas estejam falando sobre Holly agora.

É inevitável que tenham sentido uma dor diferente da de Jeanette. Como mãe, a dela é inigualável. A única pessoa que podia entender de verdade era Jim, e ele não está mais neste mundo. O que ele acharia da perspectiva de a filha ter reaparecido tantos anos depois? De que talvez ela fosse uma criminosa? Uma psicopata? A pequena Holly, bochechuda, com o sorriso banguela e os olhos azuis grandes e inocentes?

— Vozinha quer?

Ela se vira e vê Flossie oferecendo um marshmallow rosa com a mão gordinha. As gêmeas estão sentadas em frente a ela, comendo a espuma dos babyccinos com colher.

— Não, obrigada, meu anjo. Pode comer — responde ela, sorrindo para a neta amada. Flossie puxa a mão e coloca o marshmallow na boca, os olhos azuis, que a lembram os de Holly, arregalados.

Ela tem vergonha de lembrar que, quando estava grávida de Holly, torceu para ser menino. Lembra-se visceralmente dessa vontade. Tinha passado, lógico, assim que Holly nasceu. Ela se apaixonou na mesma hora. Mas, agora, está tomada de remorso. Por anos, depois que Holly foi levada, ela teve medo de ter sido porque, por um curto período, não sentira gratidão.

A porta do café é aberta de repente, o que faz o sininho tilintar, e ela vê as filhas se aproximarem com expressão séria.

Ela se lembra de todos os avistamentos nos dias, meses e anos depois que Holly foi levada, a montanha-russa de sensações de euforia, esperança e depois decepção e desespero. Aqueles "avistamentos" nunca tinham dado em nada. Era como se Holly tivesse sido engolida pela terra.

— Mamãe — diz Elsie, com a boca cheia de marshmallow, quando Tasha e Alice chegam perto da mesa.

O rosto de Tasha se ilumina quando ela se senta ao lado das filhas e elas conversam sobre o dia. Alice se senta ao lado de Jeanette e, quando a garçonete chega, pede um cappuccino para si e outro para Tasha. Se Jeanette tivesse pedido para Tasha sem perguntar, ela sabe que levaria uma bronca, mas sua filha lança um sorriso grato para Alice por cima da cabeça de Elsie.

— Pra quem vocês estavam apontando? — pergunta Jeanette quando a garçonete se afasta. — Aquela mulher loira.

— Ah, aquela era a Zoë — diz Alice —, que trabalha com o Aaron.

Tasha repuxa os lábios, mas não diz nada, e Alice suspira, parecendo triste.

Jeanette vê que tem tanta coisa que a filha quer dizer, mas não sabe por onde começar. Ela não consegue imaginar o que as duas filhas devem estar sentindo: Holly esteve na casa de Tasha. Ela pode ter atacado Alice e matado o marido dela.

— Naquela noite... — diz Alice. Ela para e respira fundo. Jeanette percebe que ela tem dificuldade de falar. Ela lança um olhar para as gêmeas e baixa a voz até quase um sussurro. — ... eu senti alguém me empurrar. Kyle já estava no chão, e aí, quando eu ia me curvar pra ajudá-lo, fui empurrada com força em cima da televisão. Será que a Holly poderia mesmo ter feito isso comigo?

Ela está prestes a dizer mais, porém Tasha balança a cabeça sutilmente e indica as gêmeas, e Alice muda de assunto e conta que está pensando em ir para casa na quinta e, depois do funeral de Kyle no sábado, voltar para o trabalho na semana seguinte.

— Mas você não pode fazer isso — diz Jeanette, chocada.

Ela sempre soube que a filha é viciada em trabalho, mas Alice está de luto, e ainda está com aquele olho roxo, e de um lado de seu lindo cabelo tem uma parte com pontos no couro cabeludo por causa do machucado na cabeça. A polícia ainda não encontrou a arma que matou Kyle, mas especulou que pode ter sido um cano de ferro. Descreveram como um ataque cruel. Em todas as encarnações de Holly que ela imaginou ao longo dos anos, uma versão violenta e assassina nunca havia passado por sua cabeça.

— Não posso ficar longe pra sempre, mãe. É importante eu voltar. Vai ser bom pra mim. Vai ajudar a afastar meus pensamentos do... — Ela para de falar. — Eu preciso enfrentar as coisas. Não posso ficar enfurnada no quarto de hóspedes da Tasha pelo resto da vida.

— Tudo tem seu tempo — declara Jeanette, brincando com a asa da bela xícara de porcelana. — Você não devia apressar as coisas.

Tasha está conversando com as filhas e não parece ouvi-las. Jeanette sabe que Tasha vai apoiá-la. É cedo demais para Alice voltar para a vida dela.

— O funeral é sábado, ao meio-dia. Se voltar pra casa na quinta, vou ter tempo de botar a casa em ordem. Eu estava pensando que a Tasha poderia ir comigo na quinta, se ela não se importar, e você e Aaron podem ir na sexta. Você pode levar as gêmeas, Tash, se não quiser deixá-las.

Jeanette repara em como o rosto de Tasha parece alarmado.

— Vou pensar. Não sei se quero que elas vão ao funeral.

— Organizar um funeral dá muito trabalho, querida — diz Jeanette delicadamente. — Você já começou? Já entrou em contato com a funerária? Escolheu as flores?

Alice revira os olhos.

— O que você acha que ando fazendo enfiada no quarto de hóspedes esse tempo todo, sem conseguir dormir? — retruca ela. — Lógico que eu providenciei tudo. Minha amiga Ellen me ajudou.

— Nós oferecemos ajuda — diz Jeanette, com medo de não ter feito o suficiente.

— Eu sei, e foi muito gentil, mas é mais fácil pra Ellen porque ela está em Hampstead também, e ela conhece alguns dos amigos do Kyle.

Jeanette abafa um suspiro. Alice tem 35 anos. Tem ph.D. da Universidade de Oxford e uma carreira ilustre de bioquímica. Jeanette não pode tratá-la como um bebê.

Alice se vira para o café e, quando ergue a xícara até os lábios, Jeanette repara que a mão treme. Isso faz seu coração doer pela filha mais velha.

Eu sei que você não é tão durona quanto tenta demonstrar.

Bonnie

Fevereiro de 2019

Bonnie não conseguia tirar o bilhete da mãe da cabeça. Era a única coisa em que conseguia pensar desde a sua morte. Por que ela tinha pedido desculpas? O que aquilo significava?

Seu pai não conseguiu voltar imediatamente, pois tinha que esperar um voo que sairia de uma plataforma de petróleo no mar do Norte, então foi para sua melhor amiga, Selma, para quem ela ligou depois que a mãe foi levada. Selma tinha observado a casa agora vazia, com as paredes bege, os tapetes da cor de cogumelos e a pouca mobília, e insistido para que Bonnie ficasse com a família dela por alguns dias. Quase não havia espaço na casa de Selma, mas Bonnie não se importava. Estar com a família grande e barulhenta de Selma foi como receber um abraço quentinho. Se ela se casasse, ia querer uma casa como a da melhor amiga, cheia de barulho, risadas e vida.

Ela pensava na mãe com frequência, perguntando-se se ela tinha soltado o tanque de oxigênio de propósito, cansada de viver e querendo acabar com tudo. O bilhete sugeria que esse poderia ter sido o caso, mas talvez ela estivesse pedindo desculpas por outra coisa. Bonnie sempre achou que a mãe estava escondendo um segredo. Um segredo tão grande que a consumia, a adoecia. O funeral foi pequeno. Quase ninguém foi. Só estavam seu pai, ela, Selma e a enfermeira que cuidava da mãe dela de pé na igreja ampla. Não houve velório, nem despedida tradicional. Sua mãe morreu como tinha vivido, e Bonnie ficou triste com isso.

— O que aconteceu com os pais da mamãe? E por que ela não manteve contato com os irmãos? — perguntou Bonnie naquela noite, quando estava na frente da televisão com o pai, o peixe com batata frita, comprado em um restaurante, equilibrado em bandejas no colo deles.

Ela não conseguia se lembrar da última vez que tinham feito uma refeição em família, a uma mesa de jantar, como acontecia na casa de

Selma. Os dois ainda estavam de roupa preta, o terno do pai esticado na barriga e ela com a calça que usava para trabalhar. Bonnie se lembrava de uma tia e um tio que viajavam de longe para vê-los de vez em quando, mas isso havia anos, antes de a mãe ter ficado doente.

— Sua mãe estava afastada da família. Eles nunca gostaram de mim. Eu era... bruto demais pra eles, acho. Os pais dela morreram há muito tempo.

Bonnie tinha se perguntado se devia fazer contato com o restante da família da mãe para avisar, mas decidiu que não. Sua mãe estava afastada deles por algum motivo, e ela se sentiria desleal se fosse contra a vontade da mãe.

— Eu queria que pudéssemos ter feito mais pra ajudar a mamãe — comentou ela. — Sempre achei que a doença dela era tão mental quanto física.

A expressão dele mudou, os olhos voltados para baixo.

— Eu tentei ao longo dos anos, pode acreditar — disse ele, empurrando o peixe de um lado para o outro no prato.

— Talvez, se você tivesse ficado mais por aqui — respondeu ela com rispidez —, se não tivesse ficado longe tanto tempo, nas plataformas...

Ele se virou para ela. Ele estava com olheiras, e o rosto estava irritado por causa do barbeador.

— De que outra forma eu poderia ter ajudado vocês?

— Podia ter arrumado um emprego mais perto.

— As plataformas pagam melhor do que qualquer coisa por aqui. Sua mãe nunca trabalhou, e o custo de tudo... desta casa, a faxineira, a enfermeira...

— Eu tenho um bom salário. E estava disposta a ajudar.

— Eu não queria que você fizesse isso. Clarissa não era sua responsabilidade, Bombom.

Bonnie percebeu que, para seu pai, a questão nunca foi dinheiro. Foi uma fuga. A liberdade. Ela não conseguia culpá-lo por isso. Viver em uma casa adoecida cobrava um preço. Bonnie tirou a bandeja do colo e a botou no chão, a comida intocada.

— Nós vamos vender a casa?

Ela sabia que não queria ficar ali. Ao longo dos anos, aquele lugar tinha se tornado uma prisão. Era grande o bastante para uma família: cômodos grandes e arejados e um jardim fechado comprido, um lugar perfeito para crianças correrem, para uma cama elástica, para um cachorro ficar solto.

Ele pigarreou e espetou uma batata frita com o garfo, mas não comeu.

— Acho que sim. Você pode usar uma parte do dinheiro pra comprar um apartamento. Um novo começo.

Um novo começo. Selma tinha falado sobre uma viagem de melhores amigas. Bonnie nunca tinha podido viajar, com medo de deixar a mãe.

— Selma acha que nós podíamos ir a Tenerife em abril. Ou um lugar quente. — Antes de sua mãe ficar doente, as férias eram uma semana numa excursão para Devon. — Não acredito que nunca viajei pra fora. Eu nunca nem andei de avião.

Seu pai olhou para o prato, e ela reparou que um músculo estremeceu no maxilar dele. A sala estava escura, fora um abajur no canto e sombras que tremeluziam nas paredes. Bonnie teve vontade de fugir para o seio da família de Selma. Ela não queria estar ali comendo comida com gosto de papelão, naquela casa com lembranças demais da sua mãe e da doença dela. Das longas ausências do pai. Era a coisa certa a fazer, vendê-la. Imaginou outra família se mudando, pintando as paredes magnólia e arrancando a madeira feia da cozinha. De repente, quis isso para aquela casa. O lugar merecia coisa melhor.

— Vou pegar uma cerveja. Quer uma? — Seu pai botou o garfo no prato e se levantou, carregando a bandeja, o peixe e as batatas pela metade. Ele se curvou para pegar as coisas dela.

— Não, obrigada. — Ela o viu andar pela sala, equilibrando as duas bandejas com facilidade, ainda forte e de ombros largos aos 63 anos. Ele devia estar perto de se aposentar. Era um fato triste que sua mãe tinha envelhecido tão mais rápido do que ele, apesar de ela ser três anos mais nova.

Quando voltou, ele já estava bebendo da lata, e Bonnie percebeu que estava nervoso.

— O que foi? — perguntou ela assim que ele se sentou, o sofá velho e feio afundando sob seu peso. Era ali que ele ia dar a notícia sobre outra mulher? Talvez até outro filho? Outra família?

— O bilhete que a sua mãe deixou. Ela... — Ele pigarreou e tomou outro gole de cerveja. Bonnie esperou. O que ele estava tentando contar? — Ela estava pedindo desculpas porque... porque você, bom... Não tem jeito fácil de dizer isso, Bombom, mas você é adotada.

De todas as coisas que Bonnie achou que ele diria, essa não era uma delas.

— O quê?

— Clarissa tinha problemas de fertilidade. Ela soube, bem antes de eu a conhecer, que nunca poderia ter filhos. E isso se tornou uma obsessão, sabe?

Bonnie não sabia. Tinha quase trinta anos e não sentia a menor vontade de ter filhos. Ela achava que havia tempo suficiente para isso. Observou o rosto dele, o maxilar forte, os olhos escuros, a pele bronzeada. Ela não se parecia em nada com ele, mas sempre achara que tinha puxado à Clarissa. Jack Fairborn nunca tinha sido muito paternal, agora que ela pensava no assunto. Bonnie sabia que ele a amava, ele a chamava de Bombom e era gentil com ela, mas sempre houve certo distanciamento. Sua mãe tinha sido o contrário, e a sufocara de amor até ficar doente.

— Acho que a carta que você encontrou significava isso. — A voz dele estava rouca, mas ela nunca o tinha visto chorar. Nem quando ligou para ele para dar a notícia, nem quando ele voltou do mar do Norte alguns dias depois, nem quando o acompanhou para visitar o corpo da mãe na funerária. Ele botou uma das mãos grandes e maltratadas pelo tempo no antebraço dela. — Desculpe por nunca termos te contado. Mas saiba que isso nunca nos impediu de te amar de todo coração.

Ela sentiu um nó na garganta.

— Você... você sabe por que fui colocada pra adoção? Quantos anos eu tinha?

— Você era bebê, eu só sei isso. Nós adotamos você com poucos dias de vida. — Ele se inclinou para a frente para botar a lata vazia na mesa de centro. — Acho que seus pais eram novos demais, só isso. Gravidez na adolescência.

Os pais dela, os pais *verdadeiros*, estavam em algum lugar por aí. Bonnie poderia ter tido uma vida bem diferente, não que aquela tivesse sido ruim. Ela amava Jack e Clarissa, e eles tinham feito o melhor por ela. Não era culpa da mãe ter ficado tão doente por anos. E, de qualquer modo, cuidar de Clarissa a tinha feito crescer, se tornar mais independente; e, sim, às vezes ela se sentira presa, isolada, engolida pela doença da mãe, mas tinha conseguido lidar com aquilo. E agora... agora, todas as preocupações de ela poder ter herdado a doença estranha da mãe ou a morosidade do pai se dissiparam como fumaça. De repente, a vida estava se abrindo com as infinitas possibilidades e os caminhos diferentes que poderia seguir.

— Eu sei que é muita coisa pra assimilar. E eu sinto muito. — A voz impassível do pai a trouxe de volta para o presente. — No que me diz respeito, você é minha filha e sempre será.

Ela piscou para afastar as lágrimas. Ele tinha se esforçado, e isso era tudo que qualquer um deles poderia fazer. Ela o abraçou.

— Obrigada, pai.

Selma não conseguiu entender por que a amiga não estava com raiva.

— Eles esconderam de você por quase trinta anos! — exclamou ela quando Bonnie contou.

Elas estavam no quarto de Selma, que não tinha mudado desde que as duas eram crianças. Selma, com tanta conversa sobre independência, nunca pareceu ter pressa de sair de casa. Ela ficava na casa do namorado algumas vezes por semana, e isso lhe bastava. Seu trabalho de médica em início de carreira envolvia uma longa carga horária e salário baixo, mas ela sempre brincava que não tinha motivo para sair de casa, pois gostava dos pais, apesar de Bonnie desconfiar que tinha mais a ver com a moradia de graça e as comidas deliciosas que a mãe dela fazia.

— Você vai procurar seus pais biológicos?

— Não sei. Eu pensei nisso, mas parece ser muito cedo para fazer isso, depois da mamãe.

Selma se sentou ao lado de Bonnie na cama.

— Você pode procurar a Agência Nacional de Adoção. Eu vi uma reportagem sobre isso. Parece que, se uma pessoa quiser fazer contato com os pais biológicos, precisa se registrar. E aí, se os pais biológicos também se registrarem, indicando que estão abertos a ser encontrados, a agência pode botar a pessoa em contato com eles.

— Eu ainda não estou pronta.

— Mas não vai fazer mal se registrar, vai?

Bonnie tinha pensado no assunto até chegar em casa e durante semanas depois disso. Seu pai voltou para alguma plataforma de petróleo distante no mar do Norte, a casa estava à venda e o hospital levou de volta a cama da mãe, os tanques de oxigênio e todos os outros equipamentos de que ela precisara ao longo dos anos. Bonnie estava procurando apartamentos e tinha perguntado se Selma queria dividir um lugar. Ela ficou feliz da vida quando a amiga concordou.

— Desde que não seja longe da casa dos meus pais. Eu ainda preciso de uma boa comidinha caseira de vez em quando.

Foi no terceiro sábado depois da morte da mãe que ela encontrou.

Ela estava no sótão, na esperança de preparar as coisas para quando a casa fosse vendida (eles já tinham recebido uma proposta), quando ela encontrou uma caixa de papelão com as palavras PARA SER ABERTA SOMENTE DEPOIS DA MINHA MORTE escritas com caneta permanente na tampa. O coração de Bonnie foi parar na boca quando ela puxou a fita adesiva. Ela ficou atordoada, com um zumbido estranho dentro da cabeça, enquanto se perguntava o que havia dentro. E ficou surpresa ao encontrar uma pilha de jornais com data de 1989, o ano em que ela nasceu, até 1992, amarelados e se desfazendo nas bordas. Talvez fossem informações sobre sua adoção, pensou quando enfiou a mão na caixa para tirar um dos jornais. E aí viu a primeira manchete e levou um susto.

"AMADA" BEBÊ RAPTADA DO CARRINHO. PROCURAM-SE TESTEMUNHAS.

Enquanto folheava todas as matérias de jornal, a náusea aumentando a cada palavra que lia, tudo começou a se reorganizar em sua cabeça.

Ela pensou de novo no bilhete da mãe. Agora estava ganhando um novo significado.

Eu te amo, Bonnie. Sempre amei. Me desculpe.

28

Tasha

Segunda-feira, 21 de outubro de 2019

Aaron entra no quarto com cheirinho de banho tomado, o cabelo molhado, usando uma camisa Fred Perry preta e vermelha. Ele passa loção pós-barba no queixo e repara em mim na cama. Então me avalia com um sorriso.

— Está bonita — diz ele, e eu olho para minha calça jeans cinza e minha blusa preta de gola redonda.

Brinco com o colar de prata no pescoço. Não quero sair, e teria trabalho no dia seguinte se não fosse a generosidade de Colin em me deixar tirar licença pelo luto. Mas, quando Aaron chegou em casa dizendo que era aniversário do Rob, do trabalho (parecia que era aniversário de alguém toda semana naquele lugar), e se estava tudo bem se ele fosse ao pub "tomar umas brejas", minha mãe sugeriu que eu fosse também.

"Quantas vezes vocês dois conseguem sair juntos?", ela disse. "Vocês precisam de um descanso e de um tempo juntos." Ficou subentendido que eu tinha que conversar com ele sozinha sobre Holly e o DNA. Não tive tempo de contar para meu marido ainda, pois ele chegou do trabalho há menos de uma hora. Temos tanta coisa para conversar. Eu só queria que estivéssemos indo para algum lugar sozinhos, e não beber no aniversário do Rob. Mas espero que dê para sair cedo e talvez ir comer alguma coisa e poder conversar direito.

Aaron passa gel no cabelo e eu digo que vou dar boa-noite para as gêmeas. Elas ainda estão acordadas. As camas estão juntas para abrir espaço para o colchão inflável da minha mãe. Eu queria que a minha mãe dormisse com Alice em vez de dormir no chão, mas ela insistiu que minha irmã precisa de espaço por causa do luto. Digo para mim mesma que não é por muito tempo, pois Alice planeja ir para casa em alguns dias, e parece que eu vou com ela. A ideia de deixar as gêmeas de novo tão rápido deixa meu estômago embrulhado.

As duas estão na cama, os edredons de fada idênticos puxados até o peito.

— Você pode ler uma história? — pedem em coro assim que eu entro.

— A vozinha já leu uma.

— Nós queremos uma sua — insiste Elsie. Flossie assente e enfia o dedo na boca.

Sei que elas estão tentando adiar a hora de dormir, mas pego um livro na estante mesmo assim, o favorito delas, *Tabby McTat*. Eu o li tantas vezes que seria capaz de recitá-lo de cor.

— Você está bonita, mamãe — diz Flossie quando termino de ler. Estou parada ao lado da estante, colocando o livro de volta no lugar, e me viro para olhar minha filha. Ela está sentada na cama, o edredom em volta do corpo, me observando com a testa franzida. — Vai sair?

— Vou, com o papai.

O queixo dela treme.

— Eu não quero que você saia.

Meu coração se aperta e eu me sento na cama dela.

— Por quê? — pergunto delicadamente, apesar de imaginar o que ela está sentindo, mesmo sendo pequena demais para se expressar.

— Acontece coisa ruim quando você não está aqui.

— Você está falando do que aconteceu com o tio Kyle?

Ela faz que sim.

— Como o tio Kyle morreu? — pergunta Elsie, na cama ao lado.

— Ele bateu a cabeça — respondo. Nós não contamos que alguém entrou e o matou. — Mas não vai acontecer nada hoje.

— E se a vozinha morrer quando você estiver fora? — pergunta Flossie, as bochechas ficando vermelhas.

— Ela não vai morrer, querida — asseguro, pegando as mãos de Flossie e as beijando. — O que aconteceu com o tio Kyle foi muito triste, mas não vai acontecer com a vozinha. E nós não vamos demorar, prometo.

Só saio do quarto quando tenho certeza de que as duas estão mais calmas. Porém, assim que desço a escada, digo para Aaron ir sem mim. Só depois que ele e minha mãe me convencem, e quando sei que as gêmeas pegaram no sono, me sinto capaz de deixá-las.

* * *

— Estou preocupada com a forma como isso as está afetando — digo para Aaron enquanto andamos até o Packhorse, mais tarde do que o planejado. — Espero que elas não tenham nos ouvido falar sobre o ataque a Kyle. Nós temos que tomar muito cuidado com o que dizemos quando elas estão por perto.

Ele aperta a minha mão.

— Nós só precisamos nos lembrar sempre de tranquilizá-las.

Está escuro agora e parece bem mais tarde do que oito horas da noite. O ar está úmido, grudando no meu cabelo e nas minhas pernas.

— Minha mãe está trabalhando no pub hoje — diz Aaron.

Eu só vi Viv uma vez desde que a minha mãe chegou, mas falei com ela para lhe perguntar se poderia cuidar de Elsie e Flossie quando formos a Londres, para o funeral do Kyle. Tenho a sensação de que ela está nos evitando porque minha mãe está hospedada conosco; convidei Viv algumas vezes para ir lá em casa e todas as vezes ela deu uma desculpa para não ir.

— Vai ser bom vê-la. A... há... Zoë vai estar lá?

Ele dá de ombros.

— Não sei. Por quê?

— Eu gostaria de ser apresentada a ela — digo. — Tem uma coisa que eu ainda não tive oportunidade de te contar.

— Ah, é? O quê?

Eu conto tudo sobre Holly.

— Porra. — Ele leva uma das mãos à nuca quando termino de falar. — Que loucura.

— Eu sei.

— Por que você não me contou antes?

— Não tive tempo. Mas nós temos que conversar sobre isso direito. Você acha que a gente pode ir embora cedo pra ir comer alguma coisa? Talvez no restaurante italiano novo?

Ele faz que sim e está prestes a dizer alguma coisa quando dois homens vêm correndo pela rua, pulam nas costas de Aaron e o seguram com o braço no pescoço. Meu coração está na boca, mas percebo que meu marido os conhece.

— Por que você está aqui no frio? Vai beber uma cerveja, rapaz — diz um homem corpulento com carinha de bebê, esfregando a cabeça de Aaron com os nós dos dedos.

Aaron os apresenta como Toby e Wyatt, e seguimos juntos para o pub. Eu não vou lá há um tempão, mas o local não mudou. Aaron e os amigos vão lá provavelmente desde que têm idade para beber, ou mesmo antes disso. Tem cheiro de cerveja derramada e feromônios masculinos. Ainda tem o mesmo bar feio de madeira marrom, o tapete estampado desbotado e as mesas de mogno com cadeiras antiquadas. Tem um grupo de rapazes em volta de um alvo de dardos tomando cerveja, e, quando nos veem, eles comemoram e dizem coisas como "Chegou o bonitão" e "Você me deve uma birita". Meu coração despenca. Eles são legais, mas eu quero Aaron só para mim hoje, nós dois sozinhos num jantar à luz de velas onde possamos ter uma conversa decente sem medo de a minha mãe entrar, ou de chatearmos Alice, ou de botar medo nas gêmeas.

Aaron vai até eles, e todos dão tapinhas nas costas uns dos outros. Um cara atarracado com cabelo espetado se apresenta para mim como Rob. Ele é o único que se oferece para comprar uma bebida e eu acabo indo até o bar com ele.

— Feliz aniversário — grito para ele em meio à barulheira dos outros.

— Obrigado. Então você é a Tasha. Já ouvi muito sobre você. — Rob sorri. Sua pele está corada, e percebo que ele já tomou algumas. — A gente achou que ele tinha inventado você.

— Não, eu sou real — digo.

— Ele é um cara de sorte.

Eu fico vermelha.

— Obrigada. Espero que ele saiba disso.

— Ah, ele sabe. — Rob me dá uma piscadela.

Nessa hora, Viv aparece atrás do bar com o cabelo meio desgrenhado, usando uma camisa xadrez de mangas curtas, carregando canecas de cerveja vazias. Nós somos as únicas mulheres no local.

Os olhos dela se iluminam ao me ver.

— Tash! Que surpresa vê-la por aqui! Veio ficar de olho no meu filho, espero. — Ela ri, e uma onda de calor sobe pelo meu corpo. Não quero parecer a esposa desesperada e grudenta. Eu nem queria vir. Se bem que, lá no fundo, sei por que eu fui. Tenho esperança de encontrar Zoë. — O que você quer? — Ela pendura os copos e esfrega as palmas das mãos na calça jeans.

— Quero uma caneca de lager, por favor, Viv, e... — Rob se vira para mim.

— Uma taça de vinho branco, por favor — peço. — O da casa está ótimo.

— É pra já. — Ela sorri para mim e conversa com Rob enquanto serve a cerveja dele. Viv fica tão à vontade com ele, com todos eles, mas trabalha ali há anos e tem experiência. Olho para Aaron e os amigos. São uns 15, variando entre vinte e poucos a cinquenta e muitos anos. Não é possível que todos trabalhem na oficina com ele. Alguns eu reconheço como amigos da escola de cujas esposas eu gosto. Tem Steve, Lee e Greg — nós já saímos em encontros duplos com eles e suas metades da laranja. Lee trabalha com Aaron na oficina. Reconheço Tim, o chefe de Aaron, que fez cinquenta anos na semana anterior. Os outros são um borrão, homens parecidos de camiseta e calça jeans e loção pós-barba demais.

A porta se abre, deixando um sopro de vento entrar, e me viro para poder ver quem está entrando, torcendo para ser Zoë. Mas é só um grupo de mulheres jovens que se reúne no bar. Viv se afasta de nós para servi-las.

— A... hum... a Zoë vem hoje? — pergunto a Rob quando nos juntamos aos outros.

Ele assente.

— Deve vir. Ela não gosta de perder uma noitada, a nossa Zoë.

A nossa Zoë. Só mais um dos rapazes. Estou determinada a falar com ela sozinha hoje. E ver se ela pode ter sido a pessoa que me passou uma mensagem ameaçadora pela minha porta.

Preciso esperar uma hora até ela chegar. Uma hora de estômago embrulhando toda vez que a porta se abre. Uma hora repassando nossa futura conversa na minha cabeça, avaliando cada possibilidade. Quando Zoë passa pela porta, estou quase terminando minha segunda taça de vinho e já tive inúmeras conversas imaginárias com ela.

Estou conversando com Lee sobre a vez que ele ficou de castigo na escola por soltar uma bomba de fedor em uma reunião, quando ouço alguém dizer "Ei, ela chegou!", e uma loira alta vem andando na direção do bar, onde Lee e eu estamos. Ela está usando um terninho preto, decotado e arrumado demais para uma noitada de segunda no pub. O cabelo comprido parece brilhoso demais, artificial demais nesta luz, mas não há dúvidas de que ela é uma mulher muito atraente com um corpão que eu seria capaz de matar para ter.

Ela não está com piercing no nariz. Mas ela tinha um na última vez que eu a vi… que, admito, foi do outro lado da rua. Mas foi difícil não ver.

Olho na direção de Aaron, que está no meio do agito com os amigos. Ele reparou que ela entrou? Ele está conversando com Tim.

— Oi — diz ela, cutucando Lee com o cotovelo, um gesto camarada, e os olhos dela se viram para mim. — Esposa do Aaron — diz ela, estendendo a mão. — Nós não nos conhecemos. Sou a Zoë.

— Tasha — respondo, me obrigando a sorrir. — É um prazer te conhecer, finalmente.

— Digo o mesmo — devolve ela. Então se volta para Lee e conversa com ele, e de repente fico constrangida, parada ao lado deles, segurando minha taça de vinho como se estivesse segurando vela.

Eu me pergunto o que Alice acharia dela. Minha irmã sempre soube avaliar bem o caráter das pessoas. Consigo imaginá-la achando que Zoë é uma mulher que prefere a companhia de homens. E tudo bem, mas algo me diz (talvez pela forma como vejo os olhos dela percorrendo a multidão e parando no meu marido) que ela pode ver outras mulheres como concorrência. E aí ela entra na minha frente e pede uma caneca de cerveja para Viv.

Alguém botou uma música antiga do Bryan Adams no jukebox. "Summer of 69." Sinto meus batimentos pulsando nos ouvidos. De canto de olho, vejo que Viv entregou uma caneca de cerveja para Zoë e foi para a outra ponta do bar servir outra pessoa.

Agora que estou ali com ela, não sei o que dizer. Não posso perguntar se ela está de olho no Aaron. Nem se deixou aquele bilhete na minha casa.

Nem se pode ser minha irmã perdida. Ela parece ter a idade que Holly teria agora.

Mostrei Zoë para Alice mais cedo, quando a vimos na rua, e perguntei se ela podia ser a mulher que minha irmã conheceu no congresso, mas, fora o cabelo loiro comprido, Alice não soube dizer. "Ela está muito longe e eu não consigo ver o rosto direito", dissera.

— E como você está, Zoë? — Eu começo a chegar mais perto dela.

— Estou... bem — diz ela simplesmente enquanto pega a caneca.

— Eu... há... sinto muito pelo que aconteceu com a sua irmã e o marido dela.

— Obrigada — murmuro com a boca perto da taça de vinho. — Aconteceu quando Aaron e eu estávamos fazendo uma viagem romântica em Veneza. Foi a primeira vez que nós viajamos juntos desde que as gêmeas nasceram... — Eu sei que estou tagarelando.

As sobrancelhas arqueadas impressionantes fazem uma forma de V e ela bate com as unhas cor de laranja na caneca de cerveja. Zoë desvia o olhar para onde Aaron está e olha para mim. Sinto que ela preferiria estar em qualquer outro lugar a estar ali, falando comigo.

Eu a avalio, tentando ver uma semelhança, se não comigo e Alice, ao menos com a minha mãe e o meu pai. Porém, fora o tom de pele e a cor do cabelo parecidos com os da minha mãe, eu não consigo ver nada em suas feições.

Percebo que ela está prestes a se afastar para ficar com os outros. Seu olhar fica toda hora se desviando para Aaron. Preciso fazer com que ela continue falando.

— Você não tinha um piercing no nariz? — comento em desespero. Ela volta a atenção para mim com a testa franzida. — Lembro que achei bem legal...

Ela toca a ponta do nariz.

— Ah, sim, tinha. Tirei tem um tempo. Enfim, foi um prazer te conhecer — diz ela em tom monótono.

Abro a boca para falar, mas ela já está indo na direção de Aaron e dos amigos.

Eu me viro para o bar e encontro o olhar solidário de Viv. Fico vermelha.

— Não precisa se incomodar com aquela lá, amor — diz ela com gentileza. — Aquela lá é uma pedra de gelo.

— Foi o que pensei. — Dou uma risada para disfarçar meu constrangimento. — Ah, bem, tentei ser simpática. Não sei o que Aaron vê nela.

— Aqui está, Tasha, meu bem. — Viv empurra uma taça de vinho pelo balcão do bar. — Toma isso. Você está bem?

— Eu estou ótima — minto.

Tento pagar pela bebida, mas Viv diz que é por conta dela. Eu só quero ir para casa. Respiro fundo enquanto penso no que fazer. Devo ir até Aaron e pedir para ir embora? Mas aí vou parecer a esposa chata na frente dos amigos dele. Na frente de Zoë. O tempo está passando, e o jantar íntimo que eu tinha imaginado já era. Não vai acontecer hoje. Aaron sabe que eu queria conversar com ele sobre Holly e o DNA. Holly esteve na minha casa uma semana antes. Ela poderia até ser Zoë. Sinto uma onda de raiva dele.

Faço uma careta para Viv quando ouço a risada de Zoë.

— Acho que vou pra casa.

Viv parece arrasada.

— Você sabe como ele é quando está com os amigos, mas aquela Zoë… Ela é encrenca, eu acho.

Fico tão agradecida por ela concordar comigo que tenho vontade de dar um beijo nela.

— Eu também acho.

— Aaron te ama. Você não tem com o que se preocupar.

Tomo um gole de vinho.

— Espero que você esteja certa, Viv.

— Eu estou. — Ela estende o braço por cima do balcão para dar um tapinha tranquilizador no meu. — Vai lá e fica com eles — diz ela, como se eu fosse uma criancinha numa festa de aniversário. — Não deixa ela achar que venceu. Ele é seu marido.

Olho para eles. Zoë está marcando território, os homens assentindo, segurando as canecas de cerveja como se ela fosse uma rainha. Eu poderia ir até lá. Poderia passar o braço pela cintura de Aaron, sorrir para Zoë e fingir que não a acho grosseira e desdenhosa. Mas nunca fui boa em fingir. Se eu fosse até lá, diria algo de que me arrependeria. Eu constrangeria Aaron e a mim.

— Não. Eu acho… acho melhor ir embora agora.

— Chama Aaron pra te acompanhar até em casa.

— Não precisa. Não são nem nove e meia. Aaron vai ficar até a hora de fechar, imagino.

Ela abre um sorriso solidário.

— Não se preocupa, amor. Vou ficar de olho no meu filho pra você.

— Obrigada, Viv.

Estou indo para a porta, vestindo a jaqueta, quando sinto um toque no meu ombro. Eu me viro e vejo Aaron, com um olhar preocupado.

— Aonde você vai?

— Pra casa.

— Achei que a gente ia jantar.

— Já está meio tarde para isso.

A decepção toma conta de seu rosto.

— Desculpa, Tash. Eu me deixei levar bebendo e conversando.

Seguro um suspiro.

— Tudo bem. Nós podemos conversar sobre Holly amanhã.

— Você não deveria voltar sozinha. Não é seguro.

— É logo ali na esquina. Vou ficar bem — digo, me virando para ir embora.

Ele segura a minha mão e, neste momento, desejo que ele vá comigo. Desejo que largue a cerveja, diga tchau para os amigos e saia pela porta comigo. Mas vejo que ele já tomou algumas e não está a fim de parar agora.

— Eu te amo — diz ele, beijando a minha mão.

Eu me estico e dou um beijo nos lábios dele, sabendo que Zoë deve estar olhando. E me afasto.

— Te vejo em casa.

29

Tasha

Terça-feira, 22 de outubro de 2019

Quando acordo na manhã seguinte, percebo que Aaron não está na cama. Eu me sento devagar, a cabeça girando conforme os acontecimentos da noite anterior voltam com tudo. Eu saí do pub às 21h40, voltei para casa e contei para a minha mãe sobre Zoë. Alice já estava na cama quando subi, de olhos vermelhos, emotiva e meio bêbada. Aaron chegou a voltar para casa ontem?

Olho o celular. São seis horas. Não tem mensagem nem chamada perdida dele.

Saio da cama com cuidado, o álcool ainda no estômago. Só tomei três taças de vinho, que não teriam sido nada nos meus anos de bebedeira, quando eu era adolescente, mas agora que não estou mais acostumada, tudo dói. Eu me olho no espelho. Meus olhos estão inchados, meu cabelo está um ninho de rato e estou com cara de quem está fedendo. Visto o roupão. Depois de tomar um banho, posso enfrentar o dia, penso. Tento não imaginar as pernas compridas da Zoë em volta da cintura do meu marido. Ah, Deus, eu não consigo encarar isso. Não consigo encarar nada. Caio na cama, a cabeça apoiada nas mãos, lutando contra a vontade de vomitar.

Amo Aaron, apesar das nossas diferenças. Sempre amei.

— Nossa, ainda fraca, é?

Levanto a cabeça ao ouvir a voz de Aaron e dou uma risada de alívio. É óbvio que ele não passou a noite com Zoë. Ela pode estar a fim dele (depois da noite passada, tenho certeza de que está), mas isso não significa que meu marido me trairia com ela.

Porém o alívio é curto quando penso que ela ainda pode ter escrito o bilhete e, pior de tudo, que pode ser a Holly. Mas esse é o pior cenário possível, digo para mim mesma. Mesmo se ela tivesse escrito o bilhete, isso não quer dizer que entrou em casa. Não quer dizer que foi o DNA dela o encontrado no sangue do nosso tapete.

Eu preciso encontrar uma foto dela para mostrar para Alice. Aí Alice vai poder me dizer se ela era a mulher do congresso.

Aaron está encostado no batente da porta, de macacão, sorrindo para mim.

— *Quanto* você bebeu ontem à noite?

— Que horas você chegou em casa?

Ele dá de ombros.

— Não foi tarde. Umas onze. — Ele se senta ao meu lado na cama e segura a minha mão. — Desculpa por não ter sido legal pra você ontem. A galera é muito masculina. Desculpa também por não termos ido jantar. Você está bem?

— Eu… eu conversei com a Zoë. Ela te contou? Ela não pareceu muito interessada em conversar comigo. Mal podia esperar pra meter o pé.

Ao ouvir a menção a Zoë, algo sombrio surge no rosto dele.

— Ela não contou.

Eu encosto o rosto no peito dele, sinto o tecido grosso do macacão áspero na minha bochecha, e o cheiro dele, o cheiro almiscarado da loção pós-barba e o de amaciante. Reconfortante. Seguro.

— Ei. — Ele beija o topo da minha cabeça. — Está tudo bem?

Ergo o rosto para olhar nos olhos dele, as íris que eu amo tanto, castanhas e verdes, como o casco de uma tartaruga.

— Tem tanta coisa que a gente precisa conversar. Tanta coisa pra dizer.

— Eu sei. Tem, sim. — Sua expressão fica mais séria. — Na verdade, tem uma coisa que eu queria te contar — começa ele, mas não termina a frase porque minha mãe entra correndo no quarto, o rosto pálido, os olhos transbordando preocupação e medo. Na mesma hora, fico alerta, pensando em Elsie e Flossie.

— Elas estão bem. Estão lá embaixo vendo televisão — diz minha mãe, lendo a minha mente. — É que… entrei no quarto delas pra abrir a cortina e fazer a cama e… Bom — ela bota a mão na cabeça —, tem uma coisa estranha. Vocês podem dar uma olhada?

Aaron e eu trocamos olhares intrigados e seguimos a minha mãe até o quarto das meninas.

— Já não enxergo tão bem quanto antes — diz ela —, então não posso ter certeza. Mas olha, ali... — ela encosta no vidro — ... na lagoa. Tem alguém na água?

Chego mais perto para olhar melhor, com Aaron logo atrás de mim, espiando por cima do meu ombro. O contorno das árvores está escuro contra o céu branco leitoso, e a névoa da manhã paira sobre a lagoa, mas, na água, bem ao lado da margem e no meio dos juncos, há algo que parece ser um corpo.

Minha mão voa até a boca.

Sinto Aaron ficar tenso ao meu lado.

— Caramba! Chama uma ambulância! — grita ele, e sai correndo do quarto.

Minha mãe já está com o telefone na mão e eu sigo Aaron quando ele desce a escada dois degraus de cada vez, enfio os pés em galochas e o sigo pela porta dos fundos e pelo jardim. Sinto a fria brisa da manhã em meus joelhos e aperto o roupão em volta do corpo, consciente de que ainda estou de roupa de dormir.

— Volta lá pra dentro, Tash — grita Aaron, olhando para trás ao destrancar o portão.

— Não. Minha mãe está chamando a ambulância. Eu talvez possa ajudar. Se alguém estiver em perigo...

Mas ele já está abrindo o portão, desaparecendo por ele. O chão está lamacento e quase perco a galocha quando vou atrás de Aaron, em direção à lagoa. Mas fico paralisada. Não sei o que eu estava esperando ver. Talvez em algum nível achasse que era um engano, que seriam peças aleatórias de roupa que tinham caído na lagoa. Mas não tem engano.

Tem um corpo virado para baixo na água.

Sinto vontade de vomitar e coloco a mão na boca.

O cabelo já está emaranhado nas algas. O tecido preto inflou na água. Chego mais perto, um zumbido nos ouvidos quando tudo ao meu redor parece desacelerar: Aaron entrando na lagoa, Arthur, da casa ao lado, de roupão falando sobre ambulâncias, Nick, o vizinho do outro lado, com vinte e tantos anos, musculoso, também indo para a água para segurar a mulher.

O cabelo é loiro e ela está usando o mesmo terninho preto da noite anterior. Os pés estão descalços, a pele pintada, e solto um grito.

Eu observo, paralisada de choque, quando Nick e Aaron a tiram da água e carregam o corpo imóvel demais para a grama lamacenta. Os olhos dela estão fechados e tem uma marca em sua cabeça, um corte ou uma ferida, talvez. Ela caiu? Estava bêbada? Eu sei que ali é um atalho para o pub, mas por que tão perto da nossa casa? Nick inclina o queixo dela para trás e sopra na boca enquanto faz massagem cardíaca. Aaron balança a cabeça, sinalizando o que nós já sabemos, o que está óbvio.

Quando percebe que não adianta de nada, Nick se senta nos calcanhares e fala um palavrão.

O rosto de Aaron perdeu toda cor. Ao longe, ouvimos sirenes. Eu me viro e vejo Alice e minha mãe junto ao portão, ainda de roupão, com expressões horrorizadas quando corro na direção delas.

— É a Zoë — digo ao alcançá-las. — Ela... ela está morta.

30

Jeanette

Terça-feira, 22 de outubro de 2019

Morte. Tanta morte. Jeanette não suporta. Precisa sair de casa, ir para longe dos rostos sombrios e da melancolia que paira no ar, como fumaça de cigarro antiga. Ela dá a desculpa de que eles precisam de pão e leite e sai pela porta antes que possam protestar.

Ela não tem conseguido pensar em nada além de Holly desde que os detetives deram a notícia no dia anterior. Sua mente está confusa com pensamentos e imagens de sua filha perdida entrando escondida na casa e atacando a irmã e o cunhado. Jeanette não quer acreditar que esse seja o tipo de pessoa que seu precioso bebê se tornou. A culpa se intensifica e parece pressionar seu peito, dificultando a respiração.

Os fundos da casa de Tasha e Aaron estão infestados de policiais, e uma fita cerca a parte da lagoa e da margem onde Zoë foi encontrada, isolando a cena do crime. Felizmente, Jeanette não vê policiais na rua em frente à casa.

No caminho para o supermercado, ela encontra duas antigas amigas, Lorraine e Denise, que dizem ter ouvido que ela havia voltado, e que lamentam por Kyle e Alice.

— Se precisar conversar, estamos aqui — diz Lorraine, colocando a mão no braço de Jeanette, e minha mãe sente uma pontada de culpa por ter perdido contato com as amigas desde que se mudou para a França.

Jeanette trabalhava com Lorraine em uma sala de secretárias quando tinham vinte e poucos anos, antes de Jeanette sair para ter Alice, e ela também conhece Denise há muito tempo. Ela as afasta da mente quando dá uma desculpa para ir embora. Não há espaço em sua mente para as duas agora. Sua família precisa dela. Ela não voltou para socializar, mas para cuidar deles.

Jeanette mantém a cabeça abaixada no supermercado, torcendo para não encontrar mais ninguém. Não está com vontade de conversar; como pode fingir normalidade quando seus nervos estão tensos como um elástico esticado? Ela enfia na cesta um pão, um pote de homus para as gêmeas e duas garrafas de leite. Elsie e Flossie bebem uma quantidade enorme de leite, embora ela própria não aguente nem o cheiro. Paga pelas compras (depois de não conseguir resistir a comprar chocolates para as gêmeas) e está colocando na bolsa quando vê Viv na saída. Ela está fumando furiosamente, o buldogue francês esquisito aos pés, enquanto conversa com uma mulher de jaqueta branca acolchoada, que também tem um cachorro, algum tipo de cruzamento de poodle. Viv não está de casaco, parece que foi para lá correndo. Ela deve estar com frio, pensa Jeanette distraidamente. Não consegue ouvir o que elas estão dizendo, mas, quando Jeanette passa pela saída, a outra mulher se afasta, se despede de Viv e puxa a guia do cachorro, com uma mecha loira escapando do capuz.

— Tchau, querida — diz Viv para a mulher que está se afastando. Ela se vira para Jeanette com a testa franzida, como se irritada com a interrupção.

— Desculpa, você não precisava se despedir da sua amiga por minha causa — diz Jeanette, pegando o guarda-chuva. Ela tenta não tossir com a fumaça do cigarro de Viv.

— Ah, eu nem a conheço direito, é só uma passeadora de cachorros. — Viv apaga o cigarro com a ponta do tênis, pega a guimba e guarda.

— Como estão as coisas? — Jeanette faz um esforço para ser educada, como é o jeito dela, apesar de sempre ter sentido que Viv não gosta dela. Embora ela estivesse lá no dia em que Holly desapareceu e tenha sido atenciosa na ocasião, nos anos seguintes Jeanette percebeu que Viv a evita. Principalmente quando Aaron e Tasha começaram a namorar. Ela acha que as duas são extremos opostos e Viv queria impor limites logo cedo. Além disso, Jeanette tinha Jim, e Viv estava sozinha, então não dava para eles terem feito amizade de casal.

Viv olha para ela agora, com olheiras, a pele pálida. Há uma pausa constrangida entre elas e Jeanette pensa em alguma coisa para dizer.

— A Zoë não teve sorte — diz ela depois de um tempo.

— Zoë? — Viv parece intrigada.

— Você sabe, a mulher que trabalha com Aaron na oficina. Ela foi encontrada morta hoje de manhã, afogada na lagoa atrás da casa da Tasha e do Aaron.

Viv parece congelar e seu rosto empalidece.

— O quê? Você tem certeza?

— Tenho. Eu tenho certeza absoluta. Desculpa — diz Jeanette, perplexa consigo mesma por ter falado daquele jeito. — Você era próxima dela?

Viv balança a cabeça.

— Não — murmura ela. — Não era. — Ela segura a guia do cachorro com tanta força que os nós dos dedos ficam pálidos. — Ela ia muito ao pub. Estava… estava lá ontem. Eu tenho que ir. — Viv se afasta de Jeanette e vai correndo na direção oposta, sem se despedir, o cachorro estranho andando ao lado, tentando acompanhar.

Jeanette se pergunta se deveria ir atrás para ver se ela está mesmo bem. Mas decide que não. Ela acha que Viv não vai gostar e não quer piorar as coisas.

Jeanette tinha acabado de conhecer Zoë na noite anterior.

31

Tasha

Terça-feira, 22 de outubro de 2019

Donna e Catherine me olham boquiabertas, como se eu não estivesse bem da cabeça — o que parece ser mesmo verdade, considerando meu cabelo despenteado, a roupa vestida às pressas, junto com uma das capas de chuva floridas da minha mãe, que peguei quando saí correndo de casa. Acabei de deixar as gêmeas na creche e passei no consultório a caminho de casa para pegar uns formulários.

— Caramba, ela se afogou? Como? Ela caiu lá dentro?

— Não sei. Não nos contaram nada ainda. Um policial veio e pegou nossos depoimentos de manhã. — Ele disse que um dos colegas iria mais tarde para nos entrevistar direito.

O que aconteceu depois que eu saí do pub? Aaron foi com ela até em casa, como já tinha feito antes?

E aí, outro pensamento, mais horrível, surge em seguida. *Eles brigaram? Ela admitiu que era Holly, talvez, e ele a empurrou?*

Não, para. Não posso deixar minha mente seguir esse caminho. Aaron nunca faria algo assim, e eu nem sei ainda se um crime foi cometido. Pode ter sido um acidente trágico. Talvez Zoë tenha bebido demais e escorregado na lagoa quando estava voltando para casa. Mas então penso na ferida na cabeça dela. Pode ser que ela tenha batido em uma pedra ou em alguma coisa quando caiu.

Eu me pergunto se a polícia vai testar o DNA de Zoë agora. Se fizerem isso, vamos descobrir se ela é mesmo Holly. Mas como seria injusto com a minha mãe se acabasse sendo verdade. Apesar das circunstâncias, se nós a encontrássemos de novo e ela estivesse morta seria desolador.

— Que horror — diz Donna. — Eu não a conhecia, mas já a tinha visto por aí. Ela se mudou para o vilarejo alguns meses atrás, não foi?

— Acho que no começo do verão. É uma tragédia. — E é mesmo, apesar de eu não gostar dela.

Lola entra parecendo cansada, o cabelo molhado.

— Desculpem o atraso — diz, parecendo sem fôlego. Ela abre o casaco e o pendura no gancho, depois se vira para nós. — Você vai gostar de saber, Donna, que fiz óculos novos. — Ela sorri, mas deve ter notado algo estranho em nossa expressão, pois pergunta: — O que houve?

Donna conta tudo e Lola arregala os olhos.

— Lagoas são muito perigosas — diz ela suavemente. — Quando eu era pequena, tínhamos uma no quintal e meu pai mandou aterrar porque a minha mãe vivia com medo de que eu caísse e me afogasse.

— A lagoa sempre me preocupou — admito. — Nós sempre verificamos se o portão dos fundos está trancado para as meninas não poderem sair.

Fiquei com o pé atrás sobre morar lá por isso, mas a casa era a única que podíamos pagar na época e Chew Norton é cercada de lagos.

— A cachorra da minha família se afogou em uma lagoa — diz Catherine solenemente. — Ela tinha artrite e não conseguiu sair.

— Que horror, uma conversa alegre dessas logo cedo numa terça.

Colin, um dos sócios, entra todo arrumadinho com o uniforme azul-claro e todas olhamos para ele.

— Por que vocês estão falando sobre afogamento?

— Você não soube, Col? — Donna olha para ele com uma prancheta nos braços. — Uma mulher foi encontrada morta na lagoa nos fundos da casa da Tasha, hoje de manhã.

O rosto simpático se transforma.

— Ah, não, eu sinto muito. Você a conhecia?

— Não exatamente — digo. — O nome dela era Zoë Gleeson. — Eu descobri o sobrenome mais cedo, quando o policial chegou. — Ela só tinha trinta anos.

Colin olha para mim e franze a testa.

— Não que não seja ótimo te ver, mas você deveria estar de licença, lembra? Não me diga que não consegue ficar longe daqui.

Sinto falta da distração do trabalho, mas Alice precisa de mim, e a minha mãe também, agora que descobrimos isso sobre Holly.

— Obrigada pela gentileza sobre a licença. Volto na semana que vem, com certeza.

— Não é nada — diz Colin, o olhar se suavizando. — Mas é melhor você ir embora antes que eu mude de ideia.

Quando passo pela porta, quase esbarro em Alice no corredor. Ela está imaculadamente vestida, com uma calça verde-bandeira e um suéter creme de caxemira mais larguinho. Arrumou o cabelo para tentar esconder os pontos. Percebo que estava me esperando voltar.

— Onde você estava? Os detetives estão na cozinha com Aaron.

Meu coração aperta. Estão falando com ele porque ele encontrou Zoë? Ou por outro motivo? Eu penso de novo na cama vazia de manhã. Aaron tinha falado a verdade quando disse que tinha voltado para casa umas onze horas da noite?

— Cadê a mamãe? — pergunto, engolindo meus medos.

— Ela foi ao mercado, disse que tinha acabado o pão e o leite.

Estranho. Tinha leite quando saí mais cedo, e se não tinha mais, ela devia ter me pedido para comprar na volta da creche. Ela deve estar desesperada para voltar à vida na França. Eu me pergunto se vai retornar depois do funeral do Kyle.

Eu sigo a minha irmã até onde Aaron está, com o inspetor Thorne e a investigadora Jones, à mesa da cozinha. Os dois estão com um copo d'água em frente. Aaron ainda está com o macacão de mecânico, manchado na parte onde ele tinha tirado Zoë da água. Todos estão com expressões sérias iguais.

Tem alguma coisa em Thorne que me deixa particularmente nervosa. Ele não sorri, nem faz nenhum esforço para nos deixar à vontade, quase como se desconfiasse de nós termos empurrado juntos Zoë na lagoa.

Eu me sento no banco ao lado do meu marido e Alice se senta à nossa frente, ao lado de Thorne. Ele pigarreia.

— Eu estava perguntando ao seu marido aqui sobre o que ele fez ontem à noite. É procedimento, estamos falando com todo mundo que estava no Packhorse com Zoë ontem à noite.

Eu me viro para Aaron. Estou curiosa para ouvir o que ele tem a dizer.

— Então você estava dizendo que saiu do pub por volta das onze? E você estava sozinho?

Aaron assente.

— Isso mesmo.

— E Zoë ainda estava no bar quando você saiu?

— Correto.

Procuro em Aaron sinais de que ele possa estar mentindo. Seu rosto está pálido e lembro que, mesmo com todos os defeitos, Zoë era amiga dele. Estendo a mão por baixo da mesa e seguro a dele. Ele aperta minha mão, mas não me olha.

O inspetor Thorne se recosta na cadeira e cruza os braços.

— Um dos homens que estavam no bar com você ontem à noite, um senhor... — ele se inclina para a frente a fim de ler no caderno aberto na mesa — Lee Barnsley. Ele disse que você e Zoë discutiram.

Sinto Aaron ficar tenso.

— Não foi exatamente uma discussão. Mas, sim, eu estava meio puto com ela. Ela... disse uma coisa sobre a minha esposa, uma coisa... depreciativa, e eu chamei a atenção dela por isso.

— O que ela disse? — pergunta Thorne, para o meu alívio.

Aaron olha para o copo de água.

— Ela disse que Tasha não era uma pessoa muito boa e que ela não me merecia. Zoë... ela deixou óbvio que tinha uma... há... — ele tosse de leve e eu me remexo no banco — uma quedinha por mim.

Eu sabia! Sabia que não estava sendo paranoica, mas não digo nada, apesar de ter vontade.

Thorne olha para mim com expressão severa. Depois volta a encarar Aaron, com a mesma rispidez.

— E os sentimentos dela eram correspondidos?

— Lógico que não. Eu via Zoë como uma colega, nada além disso.

Troco um olhar com Alice, que está do outro lado da mesa, e ela ergue as sobrancelhas.

— E você disse isso pra ela? — pergunta Thorne a Aaron.

— Disse, sim. E ela falou que entendia, mas aí... ela tentou me beijar e eu a empurrei.

Uma raiva quente e branca cresce dentro de mim, mas eu a engulo. A mão de Aaron ainda está na minha e eu não a afasto, apesar de as minhas palmas estarem suadas.

— Alguém viu isso?

— Sim — respondeu Aaron calorosamente. — Todo mundo viu. Falei que ela estava bêbada e que eu ia embora.

— E ela estava bêbada?

— Estava. Muito, eu diria. Foi tudo estranho e constrangedor, e eu fui embora. Voltei andando pra casa e cheguei aqui no máximo umas onze e meia.

Thorne assente lentamente e me olha.

— E ouvi dizer que você também foi ao pub ontem.

— Isso mesmo. Fui embora umas 21h40.

— E eu estava na cama dormindo, antes que você pergunte — diz Alice secamente. — A noite toda. Eu não fui ao pub. E a minha mãe estava na sala, tricotando. — Thorne anota isso. — Você está dizendo que acha que a morte de Zoë é suspeita? — acrescenta Alice.

— Zoë foi encontrada com uma ferida na cabeça. Precisamos verificar como isso aconteceu.

— E a minha irmã contou que Zoë batia com a descrição da mulher que colocou aquele bilhete horrível pela porta?

— Não contou, não.

Ele me olha com expressão questionadora e eu digo que Zoë confirmou para mim na noite anterior que usava piercing no nariz. Eu tinha tentado achar uma foto de Zoë na internet para mostrar para Alice, para que ela pudesse confirmar se aquela era a mulher do congresso, mas ela não está nas redes sociais.

— Vocês vão testar o DNA da Zoë pra ver se ela pode ser a Holly? — pergunto.

Ele assente. E acrescenta, com um tom de voz seco:

— Vamos, sim. — Ele pigarreia. — Então você chegou antes do seu marido? Pode confirmar que ele voltou às onze e meia, como ele diz?

Meu olhar se desvia para Aaron, que está encarando a mesa. Sinto uma onda de calor no pescoço, mas acabo assentindo.

— Posso — minto. — Eu estava acordada quando Aaron chegou e posso confirmar que eram onze e meia.

32

Bonnie

Fevereiro de 2019

— Você precisa conversar com o seu pai sobre isso — disse Selma, observando os recortes amarelados de jornal na frente dela no tapete da cor de cogumelo, na sala dos pais de Bonnie. — Eu sei exatamente o que você está pensando.

— Como posso não pensar que eu sou o bebê desaparecido? Por que a minha mãe teria guardado todas essas matérias sobre Holly Harper se eu não fosse? E por que ela ia querer que a caixa só fosse aberta depois que morresse?

As duas estavam sentadas de pernas cruzadas no meio da sala, dividindo uma garrafa de vinho. Selma foi a primeira pessoa para quem Bonnie ligou depois que encontrou a caixa, e a amiga tinha ido correndo para lá.

Selma puxou o rabo de cavalo comprido e escuro por cima do ombro, pegou uma das matérias com data de outubro de 1989 e começou a ler em voz alta com o sotaque forte de Birmingham.

"Testemunhas dizem que uma mulher estava se comportando de maneira estranha na cidade de Chew Norton na hora anterior ao desaparecimento de Holly Harper, parecendo meio frenética e murmurando sozinha, segurando um ursinho junto ao peito. A sra. Eileen Heron, de Church Road, disse: 'Minha amiga Pam e eu vimos a mulher olhando todos os bebês. Ela olhou no meu carrinho, para o meu pequeno Ben, e eu mandei que ela fosse embora. Ela parecia estar sob efeito de drogas, talvez.' Ela foi descrita como baixa e magra, com cabelo escuro comprido e aparência malcuidada."

— Não parece a sua mãe — disse Selma, colocando o recorte no lugar. — Sua mãe era linda e loira, e estava sempre perfeita, mesmo doente. Mesmo quando ficou mais velha... — Ela parou de falar, a expressão triste.

Clarissa gostava de Selma, que se sentava por horas depois da aula respondendo com muita paciência as perguntas sobre a família dela. Clarissa tinha muito interesse nos pais e avós de Selma, em todos os irmãos e irmãs e primos. Ela amava ouvir sobre as brigas e as vidas deles, por mais mundanas que fossem, quase como se estivesse ouvindo uma novela. Então dizia que queria ter sido abençoada com uma família grande, que isso era tudo que ela sempre tinha desejado.

— Ah, esta outra, com data de alguns anos depois, diz que a mulher tinha fugido de um hospital próximo — comentou Selma enquanto passava os olhos pelo texto. — Que tristeza. Devia ser paciente de saúde mental. Se bem que — ela se virou para outra matéria — esta aqui fala sobre uma mulher jovem com um bebê entrando em um carro azul. Será que rastrearam o carro? Não estou vendo nenhuma continuação para essas notícias. Meu Deus, que horror. Tantas pistas, ao que parece, e tantos becos sem saída. Outra testemunha diz aqui que um homem foi visto rondando a área na época em que Holly sumiu. Parece tudo fofoca e boato. A questão é que, nos anos 1960, 1970 e 1980, muitas mulheres não achariam problema deixar um carrinho sozinho em frente a um mercado. Minha mãe me contou que me deixava no carrinho no jardim. Dá pra imaginar alguém fazendo isso hoje em dia?

— Hum. Verdade. — Bonnie desdobrou com cuidado outra matéria, o papel fino e a tinta já desbotando. — Holly Harper desapareceu em outubro de 1989. Ela nasceu no mesmo ano que eu. Em abril, no dia 27, de acordo com isto… — Bonnie encostou o dedo indicador na página. — Meu aniversário é… bom, você sabe quando é.

— Dia 31 de março. Mês que vem. Mas você já olhou sua certidão de nascimento?

— Olhei, sim, e lá confirma minha data de nascimento. Eu vi todos os papéis oficiais da adoção também, e minha mãe e meu pai estão listados como meus pais adotivos. Eu tinha dois dias de vida quando eles me levaram pra casa.

— Pois é. Como você pode ser a Holly? Eu não acredito que a sua mãe roubaria você de um carrinho em frente a um mercado e diria para o seu pai que te adotou, se eles já tinham te adotado, e ainda existem esses documentos que comprovam isso. — Selma se recostou no sofá de couro. — O processo de adoção é rigoroso. Mesmo em 1989. Sua mãe não poderia ter feito sem seu pai. Não com ele listado nos documentos. Minha prima em segundo grau, a Kelly, adotou os filhos uns vinte anos atrás. Eu lembro que ela contou pra minha mãe que ela e Gareth tiveram que fazer mil malabarismos, e que o pessoal da adoção queria saber tudinho sobre eles. Kelly chegou a ficar irritada.

Bonnie suspirou. Alguma coisa não parecia certa. Por que outro motivo sua mãe teria tantos recortes de jornal sobre Holly?

— Mas explicaria o comportamento estranho dela todos esses anos. O fato de ela ser basicamente reclusa. Provavelmente, tinha muito medo de ser descoberta. Ela era obcecada por esse caso da Holly Harper.

— Pode ser que ela gostasse de crimes da vida real. Que fosse uma paixão dela, talvez. Algo para ocupar o tempo enquanto seu pai estava longe. Porque você e a Holly têm idades parecidas. Talvez tenha sido um caso de "podia ter sido comigo". Talvez... por favor, não interprete isso mal, porque você sabe que eu te amo — a voz dela se suavizou —, mas talvez você esteja obcecada em preencher a lacuna que cuidar da sua mãe deixou.

Bonnie tomou um longo gole de vinho tinto. De repente, ela teve uma vontade estranha de jogar a bebida no tapete claro, em um ato de rebeldia. Tanta coisa tinha mudado em sua vida em questão de três semanas, e agora ela se sentia à deriva, sem direção, sem saber quem era ou quem seus pais eram.

— Meu pai disse que fui entregue para adoção porque meus pais eram adolescentes. Será que eles ainda estão juntos? Ou estão agora casados com outras pessoas, e têm outros filhos? Talvez eu tenha meios-irmãos. Meu certificado de adoção não diz nada sobre meus pais biológicos.

— Mas você se parece com a sua mãe. Fiquei surpresa quando você contou sobre a adoção — refletiu Selma, avaliando a melhor amiga com um olhar intenso.

— As cores são as únicas semelhanças.

Bonnie botou a taça no tapete com cuidado, o ímpeto rebelde de antes esquecido. Ela não era assim, nunca tinha sido. Era cuidadosa, atenciosa, estudiosa, tímida, carinhosa e leal, e estava ótimo para ela.

Selma se inclinou para a frente para espiar dentro da caixa.

— Você olhou mais no fundo? Tem mais coisa aqui…

— Não tive tempo. Assim que vi as matérias, eu te liguei.

Selma começou a remexer nas coisas.

— Tem umas roupinhas de bebê… uma mecha de cabelo e… Ah.

O estômago de Bonnie ficou embrulhado.

— O quê?

Selma se sentou nos calcanhares com um envelope A5 na mão e uma expressão intrigada no rosto.

— O que é? — Bonnie franziu a testa e pegou o envelope da mão de Selma. Na frente, em letras de forma, estava escrito "LOCAL DE DESCANSO FINAL". Era a caligrafia da mãe dela. — O que é isso?

— O envelope está lacrado.

— Estou vendo — disse Bonnie, virando-o nas mãos. — Estou com medo de abrir. O que significa? A minha mãe… ela fez alguma coisa com a Holly? Foi por isso que ela guardou todas essas matérias? Vou encontrar uma confissão aqui, por acaso?

Selma balançou a cabeça vigorosamente.

— Não, não, sua mãe não teria sido capaz de nada assim. — As duas olharam para o envelope nas mãos de Bonnie. — Você tem que abrir. Você sempre vai ficar se questionando se não abrir…

— Eu sei.

Bonnie respirou fundo, se preparou. Devia ser bem menos sinistro do que ela imaginava. Antes que pudesse mudar de ideia, rasgou o envelope.

Uma fotografia caiu no colo dela.

— O que é? — Selma espiou por cima do ombro da amiga.

Bonnie pegou a foto com a mão trêmula.

— Não sei. — Ela olhou a imagem: tufos de grama alta, um muro de pedra, os galhos de uma cerejeira. A bile subiu pela garganta dela. — Parece a fotografia de um jardim. — Ela virou a foto, mas não havia nada escrito atrás, e o resto do envelope estava vazio. — Eu acho que é no fundo do nosso jardim. Olha, é o nosso muro, e a árvore... a árvore... — Ela se virou para Selma com horror no rosto. — *Lugar de descanso final.* Quem está enterrado no fundo do jardim?

33

Jeanette

Terça-feira, 22 de outubro de 2019

Jeanette não consegue dormir. Ela está ouvindo Aaron e Tasha discutindo aos sussurros no quarto. Não sabe o motivo do desentendimento, mas aposta que é Zoë. Ela sabe que Tasha não vai gostar de Aaron ter escondido aquelas coisas dela e por ter ouvido pela primeira vez dos detetives. Olha o celular. É pouco mais de meia-noite e todo mundo foi para a cama uma hora antes, todos cansados e irritados uns com os outros. Aaron estava em casa porque a oficina tinha fechado por respeito, e havia uma energia estranha e quase tóxica na casa quando Jeanette voltou do mercado, a tempo de ver Alice acompanhando os policiais até a porta. Ela sentiu o ressentimento reprimido entre Tasha e Aaron, que eles tentaram disfarçar sob conversas triviais e educadas.

Jeanette conheceu Zoë na noite anterior, mas não mencionou nada para as filhas, nem para Aaron. E ela não sente orgulho de esconder isso deles. Mas depois que Tasha contou que Zoë combinava com a descrição da mulher vista do lado de fora da casa no dia em que ela tinha recebido o bilhete, Jeanette quis vê-la, falar com ela. E, sim, tem trinta anos que Holly desapareceu, e, sim, esteticamente ela teria mudado muito nesse tempo, mas Jeanette tinha certeza de que simplesmente *saberia*. Que alguma coisa dentro dela, uma espécie de instinto maternal, reconheceria sua filha se a visse de novo.

Jeanette deve ter pegado no sono, porque acorda num sobressalto por volta das quatro da manhã. Ela olha para as meninas nas camas idênticas de madeira marfim. Flossie está com o dedo na boca e Elsie chutou o edredom e está mostrando os pezinhos fofos. Jeanette se levanta do colchão inflável. Suas costas doem. Ela reclamou mais cedo e Alice disse que elas deviam trocar de cama, mas Jeanette recusou. Alice precisava de espaço agora. De um lugar para ficar em paz durante o luto. Ela anda até as gêmeas, ajeita o edredom sobre os pés de Elsie e vai até a janela, puxa a cortina e se pergunta o que a acordou. A lua está cheia, lançando seu brilho prateado sobre a lagoa, fazendo a água parecer mercúrio líquido. A fita de cena do crime isola a área da margem onde Zoë foi encontrada, e ela tenta apagar a lembrança da mulher no meio dos juncos, o cabelo flutuando na água, como uma alga esquisita.

E ela leva um susto.

Tem alguém lá fora. Movendo-se perto da lagoa. Ela pisca quando a pessoa vai na direção do portão dos fundos e entra no jardim de Tasha. Seria quem matou Kyle, de volta para terminar o que tinha começado? Seu coração acelera. Na hora em que está pegando o celular para ligar para a polícia, ela vê que é uma mulher usando um casaco por cima de uma camisola até a panturrilha e galochas. Jeanette reconhece o cabelo ruivo comprido. Ela está andando pelo gramado na direção da casa. É Tasha ou Alice. O alívio imediato de Jeanette é seguido de ansiedade. O que uma de suas filhas está fazendo lá fora, tão pouco tempo depois de uma mulher ter sido encontrada morta?

Jeanette sai correndo do quarto, fecha a porta e desce para a cozinha a tempo de ver Alice trancando a porta dos fundos. Ela está descalça agora, mas ainda usando o casaco.

A filha dá um pulo quando vê Jeanette.

— Que susto, mãe! Você quer que eu infarte?

— Você quer que *eu* infarte? — sussurra Jeanette. — O que você está fazendo? Eu te vi perto da lagoa.

Alice fica vermelha e parece culpada.

— Desculpa. Eu saí pra fumar um cigarro.

— Às quatro da madrugada? Você precisa tomar mais cuidado. E eu não sabia que você fumava.

— Bom, não fumo. Não de verdade. Só quando estou estressada. — Ela se vira de costas para Jeanette para pendurar a chave no gancho.

— Você não devia sair andando por aí de madrugada. É perigoso.

Alice passa os braços em volta do próprio corpo. Ela parece vulnerável e magra demais, mesmo com o casaco grosso. Jeanette tem vontade de envolvê-la com os braços e tirar a dor da morte de Kyle.

— Eu sei — diz Alice, baixinho. — Mas achei que tarde assim não ia ter ninguém por aí. E eu não estava conseguindo dormir. Fico pensando em tudo. No DNA familiar que foi encontrado aqui na noite em que Kyle foi morto. Nos bilhetes, da Tasha e meu. Em Zoë morrendo.

— Zoë não é Holly — diz Jeanette com firmeza —, se é nisso que você está pensando. E nós vamos ter certeza em breve, depois que a polícia tiver feito o teste de DNA nela.

Alice parece surpresa.

— Eu acho agora que qualquer uma pode ser Holly, mãe. Qualquer uma que tenha trinta anos. E estou arrasada porque as provas sugerem que a minha irmãzinha, por quem passamos tanto tempo sofrendo, pode ter feito isso. Por quê… — Ela engole em seco, e mesmo na luz fraca Jeanette vê que os olhos de Alice estão marejados. — Por que ela ia querer nos machucar? Qualquer um de nós?

— Eu não sei, meu bem. Eu não sei — diz Jeanette, indo na direção de Alice e passando os braços em volta da filha. Ela tem a sensação de que está desbotando. — É a única coisa em que consigo pensar desde que nós descobrimos. E eu fico torcendo pra haver uma explicação simples pra isso. Que mesmo que Holly tenha estado aqui naquela noite, isso não quer dizer que ela seja responsável pelo que aconteceu com você e Kyle.

Alice se apoia no ombro dela.

— Eu também espero que haja outra explicação — diz ela com tristeza. Então dá um abraço de boa-noite na mãe e vai para a cama, deixando-a na cozinha.

Jeanette fica diante das portas de vidro por um tempo, olhando para o jardim banhado na luz prateada, a mente tomada por Holly.

— Cadê você? — sussurra, a respiração embaçando o vidro.

Porque ela sabe, tem certeza de que Zoë não é Holly. Sua filha ainda está por aí.

O rosto de Zoë surge na mente dela. Os olhos duros, o queixo determinado. A expressão de desprezo nos lábios.

Não. Aquela criatura, aquela mulher rancorosa que ela conheceu na noite anterior, não podia ter sido sua filha.

34

Tasha

Quinta-feira, 24 de outubro de 2019

É estranho ser passageira no carro de Kyle, mas estou aliviada porque ele não vai mais ficar estacionado na porta da nossa casa. Admiro a confiança que Alice está demonstrando atrás do volante de algo tão poderoso e caro. A parte de dentro parece uma cabine de pilotagem. Eu que não ia querer dirigir. Mas nem gosto mesmo de dirigir, e fico longe de rodovias o máximo possível. Nós pensamos em ir de trem, mas Alice disse que precisa levar o carro de Kyle para casa.

Eu me sinto péssima por ter que deixar as meninas tão cedo de novo. Principalmente depois de uma segunda morte tão perto de casa. Acho, de um jeito meio estranho, que vou ficar mais relaxada quando Aaron as levar para a casa da Viv amanhã, antes de ele e minha mãe pegarem o carro para nos encontrar na casa da Alice. É a ideia de todos eles em casa depois de tudo que aconteceu. Mas Aaron garantiu que a viatura da polícia ainda está lá fora, vigiando a entrada da casa. Estou tentando não pensar em quem poderia estar vigiando os fundos.

Tem dois dias agora que Aaron ajudou a tirar o corpo sem vida da Zoë da lagoa. Nós fomos meio secos um com o outro quando ele saiu e foi deixar as meninas na creche no caminho. Mas o afastamento vai nos fazer bem. Desde que ele revelou que Zoë tinha tentado dar um beijo nele no pub na noite em que ela morreu, nós temos brigado, apesar de eu me sentir mal por tocar nesse assunto. Porque a verdade é que uma mulher que era vibrante, atraente e cheia de vida se afogou. E não importa o que eu sentia por ela, o quanto desgostava dela, porque ela era jovem e morreu em circunstâncias trágicas.

— Ela estava viva e bem quando eu saí do pub — insistiu Aaron ao chegar do trabalho ontem. — Se bem que você não devia ter mentido pra polícia, Tash.

Eu estava me sentindo mal sobre isso e fico aliviada de sair de Chew Norton por alguns dias, apesar de estar temendo o funeral do Kyle.

Ontem, a foto de Zoë saiu no jornal e eu a mostrei para Alice, perguntando se era a mulher do congresso. Alice tinha analisado a foto em preto e branco enquanto eu esperava com a respiração presa, mas se virou para mim e disse:

— Acho que não, mas não tenho certeza. Tem uma semelhança, mas acho que não era a mesma mulher.

Agora, enquanto seguimos pela M4, estamos ouvindo um podcast de ciências sobre genética, que é tão chato que estou quase caindo de sono. Queria que ela botasse um dos *BBC Sounds* sobre três garotas desaparecidas depois de um acidente de carro em 1998, mas Alice recusou dizendo que odeia *true crime*. Ela parece absorta naquele, e o único motivo para eu não ter pedido que desligasse é que sei que é uma distração para ela. A ideia de voltar para a casa de Londres sem Kyle deve ser terrível para ela, e ela estava pálida e ansiosa de manhã no café, e quase nem comeu nada.

Devo ter pegado no sono enquanto ouvíamos um cientista falar sobre uma mutação genética, porque quando acordo estamos dirigindo por uma rua arborizada bonita com casas enormes atrás de portões elétricos. Eu me endireito no assento, cheia de expectativa. É ali. Reconheço a rua dela, apesar de só ter ido a sua casa poucas vezes. Nós embicamos no caminho do que parece ser uma mansão rural por excelência: tijolos vermelhos, perfeitamente simétrica, com hera subindo pelas paredes, janelas com painéis e torretas no telhado.

— Caramba! — exclamo quando ela para o carro no caminho amplo. — Eu tinha esquecido como essa casa é enorme, Al. É uma mansão.

Ela olha para a casa, segurando o volante, os olhos marejados.

— Eu abriria mão dela num piscar de olhos só pra passar cinco minutos com Kyle.

Fico perplexa comigo mesma.

— Meu Deus, me desculpa. Foi muita insensibilidade minha.

Ela abre um sorriso triste.

— Não seja boba. Eu entendo. Pensei a mesma coisa quando Kyle me mostrou a casa pela primeira vez.

Lembro quando ela me contou como era impressionante quando ele a chamou para morar com ele. Eles chegaram a conversar sobre comprarem uma casa juntos, mas isso não chegou a acontecer.

— Como ele teve dinheiro pra comprar isso sozinho? — reflito.

— Acho que uma boa parte veio da herança que ele recebeu quando os pais morreram.

De repente, me lembro do que Eve me contou sobre Kyle ter um irmão.

— Você já conheceu o irmão do Kyle?

Ela se vira para mim.

— Ele não tem irmão.

— Mas a Eve disse...

Ela faz um som de reprovação.

— Não escute aquela mulher. Kyle teria me contado se tivesse um irmão.

— Tudo bem — digo, e estendo a mão para a maçaneta, lembrando o que Catherine tinha me contado sobre Eve inventar coisas.

Estou quase saindo do carro, achando que Alice vai logo atrás, mas ela continua sentada olhando para a casa. Eu boto a mão no braço dela.

— Nós podemos ficar aqui pelo tempo que você precisar — digo, engolindo o nó na garganta.

Ela seca os olhos e respira fundo.

— Eu preciso ser forte — afirma ela, quase para si mesma.

— Alice, você não precisa...

Mas ela sai do carro antes que eu possa terminar. Eu a sigo por um saguão de entrada enorme, com uma escadaria curva que parece saída de *Downton Abbey*. Meu andar de baixo inteiro caberia no saguão e ainda sobraria espaço. Eu tiro as botas, mas Alice entra na sala à esquerda, que, pelo que lembro de quando ficamos lá pela última vez, é a sala de estar. Fico parada à porta, imagens de uma das últimas vezes que estivemos lá reproduzindo na mente, como um filme caseiro: Kyle estava no piano de cauda na extremidade da sala tocando músicas dos Beatles e nós estávamos cantando, os outros alegres por causa do vinho caro. Foi quando eu estava grávida das gêmeas e não tinha bebido nada. Lembro que primeiro me senti constrangida de ter que cantar sóbria, mas aí olhei para Aaron, Alice e Kyle, que estavam gritando a letra sem se importar se estavam afinados

(Kyle era o único de nós que sabia cantar), perdi a vergonha e acabei tendo uma noite incrível.

— Você está se lembrando da noite em que você e Aaron ficaram aqui, né? Quando você estava grávida? — Alice está me observando, e eu faço que sim. — Foi uma noite perfeita — acrescenta ela.

Eu engulo em seco.

— Foi. Kyle foi maravilhoso no piano.

— Kyle era maravilhoso em tudo — diz ela. E afunda em um dos sofás fúcsia virados para a lareira enorme. A sala parece ter saído de uma revista de design de interiores, com as paredes de tom fosco e os móveis coloridos. — Meu Deus, a casa tem até o cheiro dele.

Eu me sento ao lado dela.

— Tem alguma coisa que eu possa fazer pra te ajudar com o funeral?

— Não, obrigada. Tudo está feito, praticamente. Acho que umas noventa pessoas vêm pra cá.

Noventa pessoas. Duvido que eu tenha metade disso no meu funeral, mas aí afasto os pensamentos macabros.

— Eu só preciso finalizar algumas coisas com o pessoal do bufê — diz ela. — Eles vêm arrumar tudo no sábado quando estivermos na igreja. Vão ficar por perto pelo resto da tarde. — Ela se levanta, vai até a lareira e pega uma foto dela e de Kyle no casamento em Las Vegas. — Eu me arrependo de não termos feito um festão de casamento. Deveria ter sido um festão. Eu devia ter usado um vestido que mais parecia um bolo. — Ela passa o polegar de leve sobre a foto. Ela estava linda com um vestido rosa-claro comprido, e Kyle estava lindo com um terno azul-bebê. Eles estão se olhando com tanta adoração. Eu me pergunto se Aaron e eu já nos olhamos assim.

— Eu queria que você tivesse feito. Queria ter visto você se casar — digo.

Ela me olha com o rosto sério.

— Desculpa. Você ficou chateada?

— Não! Nem um pouco. Era decisão sua, era o seu grande dia. Você tinha que fazer o que funcionasse pra você e Kyle. Mas eu teria gostado de ver você se casar mesmo assim.

Ela coloca a foto no lugar e se afasta da lareira.

— Bom, não posso ficar aqui me lamentando. Preciso seguir em frente. Por que não faz um chá? Você sabe onde fica a cozinha.

Eu a vejo sair da sala e me pergunto se a chateei. Ela está tão frágil no momento, tão compreensivelmente emotiva, que não quero dizer nada que piore as coisas.

Com um suspiro, eu me levanto, passo pelo saguão de entrada e desço alguns degraus que levam a um aposento enorme de vidro e pedra nos fundos da casa, a cozinha. É lindíssima com portas de correr nela toda, bancadas de mármore e armários cinzentos bem escuros sem puxadores. É imaculada, como toda a casa. Não tem nem uma camada de poeira em nada, apesar de Alice ter ficado fora de casa por quase duas semanas. Ela deve ter faxineiros.

Preparo um chá para mim e para Alice depois de algumas tentativas até conseguir fazer a torneira de água quente funcionar e de abrir e fechar armários até encontrar canecas. O piso de pedra está quente sob meus pés quando volto para a sala com as bebidas. Mas ela não está lá. Tento os outros aposentos do andar de baixo: uma salinha de descanso, uma sala de jantar e outra sala de estar, mas estão todas vazias. No porão tem uma sala de cinema, mas duvido que Alice esteja lá vendo filmes.

— Alice — chamo enquanto subo a escada curva.

Sinto um arrepio na nuca e estremeço. Por mais linda que a casa seja, é grande demais, faz eco demais, é velha demais, e sinto uma onda de pânico de pensar em ficar lá dentro a noite toda, só nós duas. E se alguém invadisse para terminar o serviço que não conseguiu fazer na minha?

— Alice — chamo de novo.

Não há resposta quando chego no patamar. Eu olho a primeira porta. É um escritório, com uma escrivaninha pesada de madeira, estantes do chão até o teto e uma cadeira giratória de couro. Na escrivaninha tem um laptop aberto, a tela acesa. Olho o e-mail aberto. É dos agentes funerários. Deve ser o computador da Alice.

Estou quase me virando para sair quando Alice aparece. Ela está usando um roupão.

— Obrigada, Tash — diz ela pegando uma das canecas. — Eu não consigo responder aos agentes funerários. Você se importa de fazer isso por mim? Quero tomar um banho de banheira. Não se ofenda, mas a sua é micro.

— Eu não me ofendo. — São só as meninas que usam nossa banheira mesmo. — O que você quer que eu diga pra eles?

Ela olha para o laptop por cima do meu ombro.

— Você pode só dizer que está tudo bem? É sobre onde as flores precisam ser entregues… — Ela entrelaça os dedos em volta da caneca. — Obrigada — diz baixinho — por voltar pra cá comigo. Eu consigo enfrentar qualquer coisa com você ao meu lado.

Meus olhos ardem.

— Sempre — digo.

Ela anda pelo corredor e desaparece por trás de uma porta enorme de carvalho. Eu me viro para o laptop e me acomodo na cadeira de couro. Coloco a caneca com cuidado sobre um porta-copos que diz eu ♥ londres e leio o e-mail dos agentes funerários antes de responder. Depois de enviar, olho a caixa de entrada para ver se tem mais alguma coisa que eu possa fazer para ajudar. Mas aí fico paralisada quando vejo um e-mail com o assunto "connor campbell" datado de 18 de outubro, a semana anterior. Campbell era o sobrenome do Kyle, e Connor foi o nome que Eve me deu como sendo do irmão dele. O irmão que Alice insistiu que não existia.

Afasto a culpa por trair Alice e abro o e-mail. É de uma pessoa chamada Bella Laverne.

Prezada Alice,

Obrigada por entrar em contato. Eu passei seus detalhes para Connor. Ele agradece por você o procurar, mas ainda está zangado com Kyle e não está preparado para perdoá-lo, porém sabe que uma parte da cura dele é enfrentar o passado, inclusive os erros cometidos por ele, além dos cometidos pelos outros. É um processo, mas garanto que vou conversar com ele e tentar convencê-lo a se encontrar com vocês.

Desejando o melhor,
Bella

Releio tudo, a mente em disparada. No pé do e-mail tem um nome de empresa e um endereço. Uma busca rápida no Google revela que Bella Laverne é uma espécie de terapeuta em uma instituição de reabilitação em Brighton. Eu me recosto na cadeira com a mente girando.

Não quero que minha irmã veja o que vou fazer agora, então me levanto, vou até a porta e a fecho em silêncio antes de me sentar de novo em frente ao laptop. E aí, olho as buscas recentes dela de internet, avaliando cada item da lista.

- *Final de The Office EUA*
- *Amazon.co.uk*
- *Desaparecimento Holly Harper*
- *Rightmove.co.uk*
- *Móveis de madeira maciça*
- *Tempo em Veneza*
- *Genética química na descoberta de drogas*
- *Quimera/genética*
- *Bella Laverne*
- *Connor Campbell*

Paro quando chego ao nome de Connor. Encosto na cadeira, respirando devagar, enquanto tento entender por que Alice mentiria para mim sobre o irmão de Kyle.

35

Bonnie

Fevereiro de 2019

Bonnie percebeu que seu pai estava nervoso quando eles se sentaram juntos à mesa da cozinha com as matérias sobre Holly espalhadas. Ela tinha esvaziado a caixa para mostrar tudo para ele, e agora os recortes velhos, junto com o macacão rosa e a mecha de cabelo loiro, estavam entre eles, como provas de um crime, que era o que Holly temia que fossem. Ele ficava engolindo em seco e passando as palmas das mãos nas pernas da calça jeans.

Desde que encontrou a caixa na semana anterior, ela tinha concordado em não fazer nada de precipitado até o pai voltar da licença na plataforma. Selma tinha sugerido que ela ligasse para a polícia, mas ela queria conversar com o pai primeiro. Podia haver uma explicação simples para a fotografia. Talvez fosse o "local de descanso final" de um bicho de estimação. Ela não podia tirar conclusões precipitadas até ter falado com o pai, torcendo para talvez a mãe ser só uma fanática por *true crime*.

Ela empurrou o envelope por cima da mesa na direção dele.

— O que está acontecendo, pai?

Ele pegou o envelope com a testa franzida, mas havia outra emoção por trás dos olhos dele quando ele leu as palavras na frente. Medo.

— Você precisa saber que eu amava muito a sua mãe. Eu faria qualquer coisa por ela.

As palavras dele causam um arrepio nela.

— Tipo sequestrar um bebê?

Ele olhou para ela com mágoa nos olhos.

— Lógico que não.

— Olha dentro, pai. O que isso quer dizer?

Ele abriu o envelope, a mão tremendo quando segurou a foto. E aí fez uma coisa que a chocou e alarmou em medidas iguais. Ele começou a chorar. Ela nunca o tinha visto chorar em toda a vida, nem quando sua mãe morreu.

— Pai, você está me dando medo agora.

Os ombros dele tremeram enquanto ele soluçava. Ele ainda estava com a jaqueta de couro, como se não planejasse ficar, e, para Bonnie, era uma visão estranha, aquele homem grande como um urso de roupa de couro chorando como um garotinho.

— Desculpa — disse ele depois de um tempo, passou a mão no rosto e botou a foto virada para baixo na mesa.

Ia contra a natureza de Bonnie não se levantar para abraçá-lo, mas ela não conseguiu se mexer. Ela estava com medo demais do que ele diria a seguir. Então só ficou ali, grudada na cadeira, enquanto o pai procurava as palavras certas. Ele se levantou e pegou um papel-toalha na bancada para secar o rosto antes de se sentar. Bonnie não conseguiu se mexer, o medo pesando no estômago.

— Eu não consigo nem começar a explicar como Clarissa era obcecada por ter um bebê — disse ele —, e o processo de adoção levou anos porque tinha que ser um bebê recém-nascido. Ela não queria uma criança com dois, três, quatro anos. E aí, quando finalmente nos deram o que queríamos, ela ficou tão feliz. Nossa, eu nunca a tinha visto tão feliz, Bombom. Parecia que a vida dela finalmente estava completa, sabe... Quando você tinha seis semanas, aceitei um contrato de três meses na plataforma. — Ele girou o rolo de papel-toalha na mão. — Eu sei que você era pequena, mas Clarissa conseguia se virar sozinha. Ela não precisava de mim por perto, e o contrato significava que ela não teria que trabalhar, que poderia ficar em casa, criar você, e isso era tudo o que ela...

— ... sempre quis — terminou Bonnie para ele. — Sim, você falou. Eu vi os documentos da adoção e eles parecem legítimos.

— Lógico que são. Não fingimos a adoção, se é isso que você está pensando.

— Mas isso ainda não explica tudo. — Ela indicou a caixa. — E onde Holly Harper entra?

— Quando voltei da plataforma, você tinha quase cinco meses. Mas agora, pensando bem, foi nessa época que eu reparei na mudança em

Clarissa. No declínio da saúde mental e física, apesar de eu não juntar os pontos. Não na época. Só depois, quando comecei a desconfiar...

— Começou a desconfiar de quê, pai? Você acha que a mamãe pegou a Holly? Por que ela faria isso se ela me tinha? Eu não entendo.

Ele soltou um longo suspiro.

— Alguns anos atrás, ela teve aquela febre, lembra?

Bonnie assentiu. Sua mãe tinha ficado muito mal por causa de uma gripe. Por algumas horas, eles tiveram medo de perdê-la.

— Eu estava com ela, ao lado da cama, só nós dois. E ela estendeu a mão, segurou a minha e começou a falar de um bebê que tinha morrido...

Bonnie ficou paralisada.

— Ela ficava pedindo desculpas, dizendo que tinha tentado muito salvá-la. E aí começou a falar sobre Chew Norton, que ela tinha ido visitar a família lá... e aí... e aí mencionou Holly Harper, e que ela estava enlouquecida por causa de tanta dor e não tinha pretendido fazer aquilo, mas a havia visto ali, no carrinho, largada. Deixada ali. Era o que ficava dizendo, sem parar. E que ela não teve a intenção de fazer aquilo.

Bonnie ficou enjoada. Seu pai a encarou com olhos vermelhos. Ela via pena neles.

— Quando tentei perguntar — continuou ele —, quando perguntei o que *exatamente* ela não tinha pretendido fazer, Clarissa fechou a boca, virou para o outro lado e voltou a dormir. Parecia que estava falando aquilo tudo como parte de um sonho febril.

— Você perguntou de novo?

— Perguntei. No dia seguinte — disse ele, rasgando o papel-toalha com os dedos. — Mas ela agiu como se não soubesse do que eu estava falando. Mas agora, ao ver essa caixa, estou começando a entender o que ela estava tentando me contar.

Uma onda de horror tomou conta de Bonnie.

— É isso que a foto significa? — Ela bateu com o dedo na foto. — Lugar de descanso final. A minha mãe matou a Holly? Ela está enterrada no fundo do nosso jardim?

Ele balançou a cabeça, o rosto tomado de angústia.

— Não, Bombom — disse ele com tristeza, e as palavras seguintes a deixaram tonta. — Não é a Holly enterrada no fundo do jardim. É a Bonnie. A *verdadeira* Bonnie.

36

Tasha

Sexta-feira, 25 de outubro de 2019

Só tenho oportunidade de conversar com Alice sobre Connor na manhã seguinte. Depois do banho de banheira na noite anterior, ela foi dormir direto sem comer nada, me deixando para pedir comida de um dos folhetos que encontrei na gaveta. Não havia comida em casa, fora algumas coisas básicas, como leite e pão, que a faxineira, empregada ou quem quer que Alice contrate deve ter levado.

Fico aliviada por minha mãe e Aaron chegarem hoje. Não gostei de passar a noite naquela casa enorme. Eu ficava ouvindo barulhos e acordava no susto achando que tinha alguém entrando. Estou supondo que Alice botou alarme na casa, mas ela não está pensando direito e não sei se ela o armou à noite. E o fato de ela ter mentido sobre Connor está me corroendo por dentro. Alice não é mentirosa. Ela sempre foi confiante demais para ter que recorrer a contar inverdades. Ela sempre disse que só os covardes mentem. Então de que ela tem medo?

Estou sentada à ilha enorme da cozinha quando ela desce, totalmente vestida de calça jeans e suéter, o rosto revigorado, o cabelo preso. Está segurando uma bolsa preta e a postura dela está toda cheia de determinação e de "resolver coisas".

— O que você tem aí? — pergunto com a boca cheia de torrada.

— Umas roupas do Kyle.

Eu quase engasgo com a torrada.

— O quê? Por quê?

— Elas precisam sair. Não aguento deixá-las penduradas no armário. Alguém pode fazer bom uso delas. Kyle amava as roupas de marca.

— Mas, Alice, é cedo demais. — Sem mencionar que o funeral é no dia seguinte e ainda falta organizar muita coisa.

Os olhos dela faíscam.

— É? — Ela larga a bolsa no chão. — O que vou fazer com isso, então, Tash? Tudo isso... são só coisas. Bens materiais. Não é ele.

— Eu sei... Não foi isso que eu quis dizer. É só que...

— O quê? — Ela me encara, desafiadora.

— Tem muitas coisas pra organizar pra amanhã. Não dá pra esperar?

Sem dizer nada, ela pega a bolsa e sai da cozinha. Meu estômago se contrai de culpa. Sou sentimental demais, eu sei. Nosso sótão é cheio de tralhas, cartões de aniversário velhos, ingressos de cinema, folhetos de shows, os bichos de pelúcia que Aaron ganhou para mim no parque de diversões quando nos conhecemos. Eu tenho todas as roupinhas de bebê das gêmeas, das quais não consigo me livrar, e os ursinhos que tinha quando era criança. Alice, por outro lado, deu todos os bichos de pelúcia velhos dela para a loja beneficente quando foi para a universidade e nunca guarda nada. É o jeito dela de lidar.

Estou botando o prato na lava-louça quando Alice volta. Ela pega uma caneca no armário e a coloca embaixo de uma cafeteira toda pomposa. A máquina gorgoleja e mói, e ela fica de costas mexendo no punho do suéter, o rosto fechado como o céu lá fora.

Preciso perguntar sobre Connor, mas ela está tão mal-humorada que tenho medo de que seja grossa comigo por ter olhado os seus e-mails. Então digo alto com o barulho da cafeteira:

— A mamãe ligou mais cedo pra dizer que ela e Aaron devem chegar ao meio-dia. Eles estão a caminho.

A cafeteira para e Alice pega a caneca. Ela o toma puro, o que eu acho nojento. Ela toma um gole e diz:

— Eu não fui sincera com você.

— Certo... — Eu me pergunto o que ela vai dizer.

— Eu menti sobre o Kyle ter um irmão. Ele tem mesmo. É quatro anos mais novo. E vem ao funeral amanhã. Eu acabei de ter uma conversa com ele por telefone.

Fico aliviada de ela ter admitido isso sem eu ter que contar que invadi a privacidade dela, mas ao mesmo tempo estranho ela ter decidido fazer isso depois de eu ter olhado seu histórico de busca. Até parece que ela sabe.

— Por que você mentiu sobre isso?

— Eu não queria que você ficasse com uma imagem ruim do Kyle.

— Por que eu teria ficado?

— Porque eles tiveram uma briga feia anos atrás, antes dos pais morrerem. Connor é viciado. Heroína.

— Merda.

— Kyle não teve alternativa além de cortá-lo da vida dele. Connor era um pesadelo, ao que parece. Roubou do Kyle pra ter dinheiro pra drogas. Eu nem consigo imaginar. Só descobri sobre o Connor alguns meses atrás. Kyle mentiu sobre ele pra mim também. Quando ele me contou, eu achei triste eles não terem contato e tentei encontrá-lo. Quando vi que ele estava na reabilitação, contei para o Kyle. Ele ficou com um pé atrás sobre um reencontro, mas argumentei que, se Connor tinha se livrado do vício, eles poderiam ter algum tipo de relacionamento de novo.

— Mas por que mentir pra mim sobre isso?

— Porque era coisa do Kyle. Ele tinha lavado as mãos. Para ele, ele não tinha mais irmão. — Ela aperta os olhos. — Você deve estar julgando o Kyle agora, né? Achando que ele não era muito solidário por cortar as relações com o próprio irmão e tal. Mas você não sabe nem metade da história, e eu também não. Mas o Kyle era um homem adorável. Não teria feito isso se não tivesse motivo. — Ela firma o queixo com determinação. Minha irmã está tão triste que meu coração se aperta.

— Alice, eu nunca julgaria o Kyle. Família é um troço complicado.

— Que bom — diz ela, baixando o olhar. — Ia ser péssimo se você tivesse uma impressão ruim dele.

— Isso nunca aconteceria — respondo suavemente. — Todos nós amávamos o Kyle.

— Que bom — repete ela. E sua voz falha ao acrescentar: — Porque o Kyle era um homem muito especial. E eu não quero nada manchando a memória dele.

Quando minha mãe e Aaron chegam, na hora do almoço, nós já colocamos todas as roupas do Kyle em sacos de lixo e agora elas ocupam um lado do saguão. Alice me perguntou se Aaron ia querer alguma coisa, mas eu recusei, meio atordoada com a ideia de ele andando por aí com as roupas do marido morto dela. Penso em Veneza de novo e em quando usei as roupas da Alice. E no homem que nos seguiu. Com tudo que anda acontecendo, não pensei muito nisso, mas agora parece encaixar com a conversa de Eve sobre os investidores estranhos. Aquele homem era um deles? Ou pelo menos trabalhava para um deles? Ele nos confundiu com Alice e Kyle? Não é a hora certa para perguntar para Alice, principalmente por ela estar tão convicta de que Eve inventou tudo sobre Kyle estar com medo.

Minha mãe está elegante com um cardigã azul-marinho comprido e uma calça bege. Ela tenta esconder o assombro com a casa quando entra no saguão. Mas lembro o quanto ficou falando sobre o imóvel depois que o viu pela primeira vez.

Aaron ergue as sobrancelhas para mim enquanto carrega duas bolsas pela porta e fico tocada de ele estar carregando a da minha mãe para ela.

— Vou mostrar onde é pra você colocar as bolsas — digo, levando-o para o andar de cima. Eu o quero só para mim por alguns minutos. Alice e minha mãe vão para a cozinha e ouço-a dizer que está "louca por um chazinho".

— Como foi ontem à noite? — pergunta Aaron quando mostro o quarto de hóspedes onde estou dormindo.

É enorme, com janelas com vista para o jardim, que mesmo para os padrões de fora de Londres são gigantescas. Ele se senta na beirada da cama king size. Quando eu saí na véspera, nós mal estávamos nos falando, mas ter uma noite longe um do outro e estar ali com Alice, testemunhando como ela fica consternada sem Kyle, me deu tempo de refletir sobre nosso casamento e apreciar o que eu tenho.

Eu me sento ao lado dele e me inclino para abraçá-lo, sentindo o cheiro familiar das roupas e da loção pós-barba, grata por ele estar aqui.

— Eu senti a sua falta — digo apressadamente. — Desculpa por não estarmos nos dando bem. E desculpa por Zoë.

Ele passa os braços em volta de mim e beija o alto da minha cabeça.

— Eu também peço desculpas. Fui ingênuo com Zoë. E acho que, em certo nível, eu fiquei lisonjeado. Mas você não devia ter mentido pra polícia por mim, Tash. Eu não ia querer que você se metesse em confusão.

Eu me afasto um pouco para olhar no rosto dele.

— Você saiu mesmo do pub antes dela? Jura que não mentiu sobre isso?

— Juro. Eu nunca faria mal a Zoë. Nem a ninguém. Realmente não sei como ela machucou a cabeça, nem se alguém a empurrou na lagoa. Eu juro que não a vi de novo depois que saí do pub.

Procuro sinais de ele estar mentindo. Eu acredito nele.

— Eu sei que você não faria mal a ela — digo. — Mas você estava a fim dela? Seja sincero, Aaron, prometo que não vou me irritar.

Ele parece ficar em dúvida.

— Mesmo?

— Eu acho que nós precisamos começar a ser mais sinceros um com o outro. Relacionamentos longos são difíceis... e nós, bom, nem sempre abrimos tempo para o nosso casamento, né?

Ele assente.

— Eu te amo. Eu não tinha nenhum sentimento por Zoë fora amizade. Eu a achava atraente, mas acho que eu gostava mesmo era da atenção que ela me dava. Fez com que me sentisse jovem de novo. Desculpa, foi idiotice. Mas eu te amo. Eu te amo mesmo, Tash. Não quero perder você.

Fico alarmada ao ouvir a tristeza na voz dele.

— Você não vai me perder, seu manteiga derretida — brinco, passando os braços em volta dele de novo.

— Que bom — diz ele com o rosto perto do meu cabelo, me abraçando com força.

Quando acabamos nos afastando, conto sobre Connor.

— Então Eve estava falando a verdade sobre o Kyle ter um irmão — concluo. — Mas Alice está inflexível de que o Kyle não estava metido com nada estranho. Mas... aquele homem em Veneza. Eu fico pensando nisso e por que ele estava nos seguindo.

— Eu também — diz Aaron solenemente. — Acho que quando passar o funeral você precisa ter uma conversa muito franca com a Alice. Admito que acredito no que Eve te contou sobre o Kyle estar com medo e sobre aqueles investidores. Primeiro que encaixa com o fato de termos sido seguidos em Veneza. E lembra que ele me contou que um dos investidores tinha pulado fora? Pode ser que ele tenha ficado desesperado.

Eu franzo a testa. A conta não fecha.

— Nós fomos seguidos na mesma noite em que o Kyle foi morto. Eu sei que ele foi atacado algumas horas depois, mas... não pode ter sido o mesmo homem.

— Podia ser algum brutamontes enviado pela pessoa pra quem o Kyle devia dinheiro. Podem ter mandado alguns procurá-lo em locais diferentes. Lugares onde sabiam que o Kyle poderia estar. Sei lá.

É tudo tão distante da nossa vida diária e mais parece o enredo de um filme, mas parece que Kyle estava envolvido com as pessoas erradas.

— O que eu ainda não entendo — digo — é onde a Holly se encaixa nisso tudo. Por que o sangue dela foi encontrado no nosso tapete na noite em que o Kyle morreu?

37

Jeanette

Sexta-feira, 25 de outubro de 2019

Jeanette está se acomodando na ilha da cozinha enorme de Alice com uma xícara de chá quando alguém bate na porta de entrada.

Alice se vira para ela com olhos arregalados.

— Eu não sei quem poderia ser — diz, descendo do banco alto. — Já volto, mãe. — Ela anda pelo piso de pedra para atender, e Jeanette ouve o barítono suave de uma voz masculina.

Ela se volta para o chá, achando que deve ser um vizinho ou amigo para dar as condolências pela morte do Kyle antes do funeral no dia seguinte.

Tasha foi para o andar de cima com Aaron. Ela espera que eles consigam resolver os problemas deles. Os dois são bons um para o outro, se completam.

Alice reaparece, seguida por um homem alto e muito magro com uma calça preta larga e desbotada e um moletom cinza. Ele tem a cabeça raspada, um piercing no nariz e é do tipo que faria Jeanette se encolher e se afastar se o visse na rua.

— Vem se sentar — diz Alice para o homem.

De perto, ele é mais velho do que Jeanette achou de primeira. É a roupa que passa a impressão de alguém mais jovem. Ele deve ter uns trinta e poucos.

Alice está atipicamente nervosa quando oferece um café para ele.

— Água está bom, obrigado — diz o homem, sentando-se no banco ao lado de Jeanette. Ele é articulado e, apesar de parecer desnutrido e dos penduricalhos no nariz e nas orelhas, tem cheiro de gel de banho e roupa limpa.

— Connor, essa é a minha mãe. Mãe, esse é o irmão do Kyle, Connor.

Jeanette leva um susto. *Irmão?* Ela tem certeza de que Alice disse que Kyle era filho único, mas ela dá um sorriso educado para Connor e aperta a mão dele. Ela vê a semelhança no nariz reto e nos olhos azuis profundos, e, apesar da aparência de bandido, ele é bonito como Kyle.

Connor está olhando para a cozinha enorme com olhos famintos, e Jeanette engole o sentimento incômodo por ele estar ali.

— Eu sei que são circunstâncias horríveis para nos conhecermos — diz Alice, colocando um copo de água na frente do irmão do Kyle e parando ao lado da porta dobrável. Ela a abre para deixar o ar fresco entrar.

Connor passa o dedo pelo copo.

— Eu devia ter feito contato com ele antes. E agora é tarde demais. — Ele abaixa a cabeça e Jeanette não consegue saber se ele está genuinamente triste. — Tantas coisas não ditas... — Ele se curva para a frente e Jeanette vê os ossos de sua coluna pelo tecido fino do moletom.

— Me desculpa por ter demorado tanto pra te encontrar — diz Alice.

— Kyle só mencionou você pra mim uns meses atrás. Eu nem sabia que ele tinha irmão antes disso.

Jeanette fica surpresa com isso. Que tipo de marido não conta para a esposa que tem um irmão? E sobre o que mais ele mentiu?

Ela nunca confiou totalmente em Kyle. Não que ele fosse qualquer coisa além de um amor com ela. Mas o jeito como ele tinha entrado na vida de Alice com o carro caro e o dinheiro, e a levou para se casar em Las Vegas quando eles namoravam havia apenas seis ou sete meses, privando Jeanette de ver a filha subir no altar, de ser a mãe da noiva, a deixou alerta com ele. Jim tinha morrido no começo da relação de Alice e Kyle. Ela conheceu o futuro genro quando eles foram a Chew Norton para o enterro. Ela muitas vezes se pergunta se Alice se casou tão rápido para tapar o buraco que o pai deixou.

Mas Jeanette sente uma pontada de culpa por pensar essas coisas. Principalmente agora que Kyle está morto.

— Isso não me surpreende — diz Connor, a boca se retorcendo em algo que se parece com um sorriso. — Nós tivemos nossos altos e baixos ao longo dos anos.

— Kyle me contou sobre as drogas — responde Alice, fechando a porta quando uma lufada de ar frio entra e traz o cheiro de fumaça e terra úmida. Jeanette esfrega os braços e deseja ter vestido um casaco mais quente.

— Bom, sim. Eu fui um pesadelo na adolescência e usava heroína antes mesmo dos meus pais morrerem. Mas a morte deles me jogou num buraco.

Jeanette sente uma onda de pena dele, que é logo substituída por desconfiança pelo que ele pode querer de Alice.

— Há quanto tempo você está limpo? — pergunta ela.

Ele se vira para olhar para ela.

— Dois anos. Agora trabalho no centro de reabilitação e sinto que estou retribuindo.

A aparência dele não combina com o jeito suave e cheio de consideração como fala. Não tem agressividade, ao menos que Jeanette veja. Ela se pergunta o que o fez começar a usar drogas se ele cresceu tão privilegiado, com uma família que obviamente gostava dele. Faz com que Jeanette fique agradecida porque as duas filhas se saíram bem. Houve uma época em que Tasha perdeu as estribeiras no final da adolescência, mas não durou e ela logo entrou na linha.

E aí ela pensa em Holly e como ela poderia ter ficado se nunca tivesse sido raptada naquele dia fatídico em vez de se tornar uma possível assassina. O rosto de Zoë aparece na mente dela, e ela o afasta com todas as outras coisas em que tenta não pensar.

Connor pula do banco e pede para usar o banheiro.

— Ah, lógico, fica ali... — começa Alice, mas Connor a interrompe.

— Eu sei onde fica — diz ele, antes de sair da cozinha.

Jeanette resiste à vontade de ir atrás dele.

— Como ele sabe onde fica? — sussurra Alice. — Até onde sei, ele nunca veio aqui. Kyle me disse que comprou a casa um ano antes de ficarmos juntos, mais ou menos.

Jeanette baixa a voz enquanto olha furtivamente pela porta aberta.

— Só toma cuidado. Você não sabe nada sobre ele. Pode ser que ainda use drogas...

— Mãe! Isso não é muito solidário da sua parte.

— Eu não seria uma mãe se não me preocupasse — retruca ela. Embora não queira ser crítica demais, sabe que Alice está numa posição vulnerável e odiaria ver alguém se aproveitando disso.

Alice está preparando um café quando Connor volta e se senta. Ela oferece um para ele, que desta vez aceita. O coração de Jeanette despenca. Ela tinha esperança de ele ir embora logo, mas ela vê que Alice quer conversar com ele. Ela começa a fazer perguntas sobre a infância dele e de Kyle, se eles eram próximos, e Jeanette vê que a filha está tentando compreensivelmente obter novas informações sobre o marido, como se ela soubesse que a oportunidade vai se perder porque é inevitável que, com a passagem do tempo, ela e Connor percam contato. Ela está com medo, assim como Jeanette tinha ficado, de que a imagem de Kyle na cabeça dela comece a sumir. Ela quer dizer que não funciona assim. Ela ainda vê o rosto de Jim nitidamente, ainda ouve a voz dele.

— Kyle sempre foi o empreendedor — diz Connor. Alice agora está sentada ao seu lado e o observa maravilhada, com olhos arregalados, o queixo apoiado na palma da mão. — Mesmo na escola ele dava um jeito de ganhar dinheiro. Desenhava muito bem, principalmente caricaturas, e vendia para os colegas. Ele era muito popular, como você pode imaginar. Inteligente, gostava de praticar esportes. — Connor revira os olhos. — Pacote completo. As garotas eram loucas por ele. Desculpa — acrescenta de repente ao perceber o que disse.

Mas Alice dispensa o pedido de desculpas.

— Eu amo ouvir essas coisas sobre ele.

A expressão de Connor se fecha.

— Mas ele também era meio intimidador.

— Intimidador? — Alice se senta mais ereta, e Jeanette se pergunta por que Connor diria isso, mesmo que seja verdade, principalmente para uma viúva de luto.

— Só com seres inferiores. — Ele sorri, mas há dor em seus olhos. — Ele nem sempre tratava bem as namoradas. Era do tipo que ficava louco de amor, mas em alguns meses já estava entediado. Ele era jovem. Sabia do poder que tinha. Todos nós fazemos idiotices quando somos jovens. — Ele olha para as mãos. A pele é áspera e as unhas estão roídas.

Nessa hora, Tasha entra na cozinha, com Aaron logo atrás. Ela para com surpresa quando vê Connor. Alice pula do banco.

— Connor, essa é a minha irmã, Tasha, e o marido dela, Aaron.

— Connor! Irmão do Kyle? — Tasha anda até ele e aperta a mão dele. — Ah, meu Deus, você está mesmo aqui.

— Há... eu te conheço? — Ele parece confuso.

— Desculpa, não. — Tasha fica vermelha. — É que nós falamos de você hoje de manhã, quando Alice me contou que estava tentando te encontrar. Eu sinto muito pelo seu irmão.

— Obrigado. Eu não o vejo há anos, e agora... — Ele respira fundo.

— Eu sinto muito — diz Tasha de novo.

Aaron se aproxima e aperta a mão dele também. Alice sugere ir para a sala, e todos saem da cozinha. Novamente, Jeanette tem a sensação de que Connor sabe andar pela casa. Ele para na frente das portas de vidro com vista para o jardim com expressão melancólica.

— Nós brincávamos ali fora — diz ele. — Meus pais mandaram construir uma casa na árvore incrível pra nós.

A surpresa de Alice é a mesma que a dela.

— Como assim? — pergunta Alice.

Connor se vira para olhar para todos, iluminado por trás pelo sol fraco de outubro.

— Essa casa era da nossa família. Kyle não te contou?

Jeanette vê que essa informação pegou Alice de surpresa.

— O quê? Não, isso... isso não pode estar certo. Kyle comprou a casa um ano antes de me conhecer.

Connor balança a cabeça.

— Não. Não comprou. Meus pais deixaram pra nós no testamento. Mas aí ele me enganou com a minha parte, encontrou uma falha que fez com que eu não ficasse com nada. Ele disse que era por causa do meu uso de drogas, mas isso foi desculpa. Eu fiquei sem nada.

38

Tasha

Sábado, 26 de outubro de 2019

Depois da cerimônia, estou ajudando o pessoal do bufê a tirar o plástico filme dos pratos de salgados recheados de queijo e de salmão defumado quando vejo Eve entrar na cozinha lotada. Há um ruído de vozes cochichando e um ar controlado, e ela parece meio perdida ao procurar um rosto familiar ou simpático em meio às pessoas. Tem alguém tentando abrir a porta de vidro. Eu não vejo Alice desde que voltamos para casa.

Sinto um aperto no peito. Alice sabe que ela está ali? Não vi Eve na igreja, mas estava tão cheia que tinha gente de pé nos fundos. Depois da cerimônia, todos foram para lá andando, pois a igreja é na esquina. Como Eve soube do funeral? Ela não conhece Alice e eu não falo com ela desde aquela tarde em que nos encontramos para tomar café. Talvez tenha ouvido por meio de amigos em comum. Espero que não tenha vindo causar confusão.

O sol estava no céu às sete da manhã e não parou de brilhar mais. A cozinha, com o telhado e as portas de vidro, parece uma estufa. Todos estão declarando que é junho e não outubro, e eu já estou arrependida da blusa preta de mangas compridas e da calça de lã, embora não tivesse alternativa. Eve está usando um vestido reto elegante, o cabelo loiro preso em um coque caprichado, e, quando nossos olhares se encontram, o rosto dela se enche de alívio por ver alguém que conhece. Ela abre caminho em meio às pessoas.

— Oi, Tasha, que bom ver você. Espero que não tenha problema eu ter vindo para cá. Alice disse que todos podiam vir depois da cerimônia.

— Sim, lógico. Você… há… conheceu Alice?

— Não. Ainda não. Mas eu gostaria.

— Então quem… — procuro um jeito de dizer sem parecer grosseira, mas não encontro — … quem convidou você?

O sorriso largo de Eve fica hesitante.

— Will, amigo do Kyle. Ele sabia que nós tínhamos contato e… — Ela ergue os ombros. — Por quê? Você acha que Alice não vai gostar?

— Não vai ter problema se o Will te convidou — minto.

O fato de Catherine ter descrito Eve como egocêntrica entra na minha mente. Pelo menos nós sabemos que não tem como ela ser Holly. Eve tem uns seis anos a mais do que Holly teria agora.

Depois da visita de Connor no dia anterior e da bomba sobre a casa já ter sido da família, Alice está ainda mais tensa. Ela ficou morrendo de vergonha e sugeriu que vendesse a casa para dar a Connor o que é dele por direito. Lendo nas entrelinhas, pareceu que os pais de Kyle e Connor tinham comprometido a casa com um fundo do qual Kyle estava encarregado por causa dos problemas de drogas de Connor, mas este ficou falando sobre ter sido enganado para não receber o que era dele por direito, o que fez Alice estremecer a cada palavra.

— Então… — digo agora para Eve, fazendo uma bolinha de plástico filme e enfiando no bolso.

Eu me afasto da mesa comprida que Alice encostou na parede. É onde está toda a comida. Pego a chave da porta de vidro no lugar onde fica guardada e abro caminho pelas pessoas para abri-las, sentindo como se estivesse destampando um ralo, porque todo mundo vai para o jardim e respira ar fresco. Quando volto para a cozinha, Eve ainda está lá. Não vou me livrar dela tão facilmente.

— Onde está seu noivo? — pergunto a ela, torcendo para que diga que ele está na sala ao lado. Foi o último lugar onde eu vi minha mãe e Aaron.

— Ah, eu o deixei em casa. Falei que ia ao funeral de um amigo. Ele não precisa saber que é meu ex. E então — ela chega mais perto de mim até quase não haver espaço entre nós e baixa a voz —, você ouviu mais alguma coisa sobre o Kyle? Eu tenho ouvido vários boatos no vilarejo. Contei pra polícia sobre os investidores esquisitos e o que ele me disse sobre estar com medo e… — Ela olha por cima do meu ombro. — Meu Deus, o Connor. Eu não o vejo há anos, mas ele não mudou. — Ela franze a testa e olha para mim de novo. — Achei que eles tinham parado de se falar.

— Tinham, mas Connor apareceu aqui ontem. Ele está limpo agora e trabalha no centro de reabilitação.

— Ah, que ótima notícia. Eu sempre gostei do Connor. Fiquei triste quando o Kyle me contou dos problemas do Connor. Ele sofria com isso, sabe, por ter que deserdar o irmão. Ele fez porque ficou com medo de que o Connor gastasse tudo com drogas e acabasse se matando.

— Por que você não vai dar um oi? — sugiro, esperançosa.

— Agora não. Daqui a pouco eu vou. Ele está conversando.

Nós nos viramos para onde ele está, no canto da sala, com algumas pessoas que não reconheço.

Fico agradecida pelo ar que entra pelas portas abertas. A cozinha está mais livre agora, mas uma fila para a comida começou a se formar. Estou prestes a pedir licença e sair de perto de Eve quando vejo Alice andando na nossa direção com uma mulher que é vagamente familiar. Ela é alta, tem cabelo escuro curto e olhos azuis cintilantes. Está sorrindo para mim quando se aproxima, e lembro que ela é uma das antigas amigas de faculdade de Alice.

— Oi, Tasha, é muito bom te ver de novo. Sou Ellen. Ellen Bright. Eu fiz faculdade com a Alice.

— *Doutora* Ellen Bright agora — diz Alice com orgulho, embora ela mesma também tenha doutorado. — Ellen é uma das principais geneticistas do país.

— Ah, não precisa exagerar. — Ellen fica vermelha.

Alice revira os olhos.

— Você é modesta demais. — Para mim e Eve, ela diz: — Essa mulher é brilhante.

Percebo pelo jeito de Alice que ela não tem ideia de quem é Eve, e Eve não se manifesta para se apresentar.

— Falando em brilhante, o aplicativo que o Kyle estava elaborando vai revolucionar a indústria da saúde — diz Ellen.

Alice abaixa o queixo.

— Revolucionaria, mas duvido que aconteça agora.

— Por que não? — pergunta Ellen. — Não dá pra seguir em frente?

Alice balança a cabeça com pesar.

— Acho que não. Era o bebê do Kyle. Ele era o cérebro por trás de tudo. Eu o orientei da melhor forma que pude, lógico, mas não sei nada sobre tecnologia. A minha parte era a bioquímica das coisas. Falei com os investidores sobre os próximos passos, mas sem o Kyle eles estão ficando com medo e… eu não quero participar agora. Não seria certo sem ele.

— Que pena. — Ellen faz um carinho no braço de Alice. — Não tem outro jeito?

— Não sei, mas acho que não. Não comigo envolvida, pelo menos.

Há uma pausa estranha e eu pergunto:

— O que exatamente esse aplicativo faria?

Alice começa a falar em um tom que parece ensaiado que o aplicativo seria capaz de identificar uma variedade de doenças diferentes, inclusive alguns cânceres, por meio de uma escova de dentes que coleta saliva.

— E tudo no mesmo aplicativo, de forma que você não precisaria mais ir ao médico de família pra fazer cada exame — conclui ela.

— Muito impressionante — diz Ellen, assentindo.

— Nós ainda não tínhamos pensado em um nome — comenta Alice com tristeza. — Ainda faltavam entre seis meses e um ano para ficar pronto. Ainda tinha muita coisa no ar, mas teria sido bom. O Kyle era um gênio.

— Meu Deus — diz Ellen. — Eu sinto muito. Ainda não consigo acreditar. O Kyle era tão… tão *vibrante* e cheio de vida.

Alice morde o lábio. Vejo que ela está se esforçando para ser forte e não cair no choro.

— Não tem um jeito de ainda poder ser feito? — indago. — Parece uma ótima ideia. Mesmo se não fosse você assumindo o controle. É uma pena que o trabalho do Kyle tenha sido por nada.

— Não. — Os olhos de Alice faíscam. — Eu não gostaria que outra pessoa assumisse. Era do Kyle.

— Mas e se isso revolucionasse a indústria da saúde?

Alice balança a cabeça.

— É muito complicado explicar pra você agora, Tash, mas sem o Kyle… — Ela para de falar, e não quero forçar a barra ou parecer insensível, mas não consigo acreditar que só o Kyle era inteligente o suficiente para fazer funcionar. Devia haver outras pessoas de tecnologia por aí que poderiam assumir o controle, outros cientistas que poderiam embarcar.

É melhor eu mudar de assunto, e estou prestes a fazer isso quando Eve dá um passo à frente estendendo a mão.

— Eu sou a Eve, aliás — diz ela, com a voz excessivamente familiar e confiante.

— Eve? — Alice arregala os olhos quando percebe quem ela é. — Ah, sim, lógico. Ex-namorada do Kyle. — Consigo sentir a frieza por trás do sorriso dela.

— Espero que não tenha problema eu ter vindo. Will me convidou.

Alice parece querer dar na cara do Will.

— É óbvio que não tem problema — diz ela, embora eu perceba que sua voz ficou um pouco mais aguda.

Eu peço silenciosamente para Eve não mencionar o encontro com Kyle no dia em que ele morreu.

— Nós fomos namorados de infância — diz ela, virando-se para se dirigir a Ellen. — Eu o vi pela última vez na tarde em que ele foi morto.

Tenho vontade de dar um chute nela.

Ellen obviamente captou a tensão entre Eve e Alice, porque vejo que ela quer estar em qualquer lugar menos ali, tendo aquela conversa.

— Ah, certo — diz ela educadamente, e toma um gole de suco de laranja.

— Pois é — prossegue Eve, girando a haste do copo. — Ele me disse...

Mas, antes que ela possa dizer qualquer outra coisa, Alice interrompe friamente:

— Este não é o momento nem o lugar para falar sobre isso.

Eve se cala.

Alice dá o braço a Ellen e, enquanto a afasta de nós e em direção ao corredor, ela diz:

— Sinto muito por isso. Acho que Eve é do tipo que cria fantasias. Ela era obcecada pelo Kyle.

Olho para Eve para ver se ela ouviu, e pelas manchas vermelhas que apareceram nas bochechas, posso dizer que sim.

— Desculpa — digo, sentindo que deveria me desculpar, embora eu ache que Eve deveria ter ficado quieta. — Ela é muito protetora com Kyle e a memória dele, e isso é compreensível. Eu não acho que você deva sair por aí falando sobre o que ele disse pra você, porque causa uma impressão ruim dele.

Eve fica ainda mais vermelha e olha para as sandálias de tiras.

— Não pensei nisso — murmura ela.

— Tudo bem.

Ela olha para mim.

— Não inventei o encontro, você sabe. Kyle pediu mesmo pra me ver. Nós realmente nos encontramos e ele disse, sim, que estava com medo.

— Eu acredito em você — digo. Ela estava certa sobre Connor, afinal. — E Alice também vai acreditar, com o tempo. É que ela está passando por muita coisa agora.

Eve dá um sorriso incerto para mim. Espero ter conseguido apaziguá-la e impedi-la de causar problemas.

— Eu achei que estava ajudando. Quando contei à polícia.

— Você estava. Você fez a coisa certa.

— Então por que não parece?

Ela se afasta de mim e eu a vejo se aproximar de Connor e o abraçar. Observar os dois com as cabeças abaixadas, conversando, me dá uma sensação incômoda e eu não sei bem por quê.

39

Bonnie

Maio de 2019

Era um dia quente de verão na última semana de maio quando Bonnie chegou em Chew Norton. Era linda como ela tinha imaginado, com as construções de pedras de Cotswold e as lojas pitorescas. Tão diferente de onde ela morava, nos arredores de Birmingham. Havia conseguido juntar um depósito para alugar um apartamento de um quarto no vilarejo, mas, com a ajuda da sorte, conseguiu um emprego cuidando do cachorro e da casa de um casal idoso que tinha ido passar seis meses na Nova Zelândia, para ficar um tempo com o filho e os netos. A casa era um moinho antigo perto dos lagos em Chew Norton e a uma caminhada de apenas 15 minutos para o centro do vilarejo. E o cachorro era um cockapoo de cinco anos chamado Biscuit. Ela se apaixonou por ele na mesma hora. Depois que os seis meses passassem, quem sabia? Talvez voltaria para Birmingham e moraria com Selma, como elas sempre planejaram.

Em fevereiro, quando seu pai admitiu que desconfiava que o bebê que eles adotaram — a menina de seis semanas que ele havia deixado saudável com Clarissa quando voltou ao trabalho nas plataformas, a *verdadeira Bonnie* — tinha morrido e estava enterrada no jardim, tudo que ela achava que sabia sobre si mesma, sobre os pais, mudou em um instante.

Ele tinha se sentado lá, naquela cozinha familiar, com móveis simples, e contado que a caixa e o conteúdo confirmavam a desconfiança que ele tinha desde a confissão febril de Clarissa, cada palavra destruindo o coração dela.

— Ela amava o bebê e era uma mãe incrível — disse ele, os olhos vermelhos, o rosto contraído. — Eu tentei entender as coisas que ela disse depois, e agora acho que deve ter sido morte súbita infantil. Mas, depois de tudo que tinha passado para conseguir um bebê tão desejado, a dor, a injustiça devem ter feito com que ela enlouquecesse. Acho que ela foi até

Chew Norton para visitar familiares quando eu estava longe e viu a oportunidade de roubar um bebê de um carrinho na frente de um mercado. De roubar você.

— E quando voltou da plataforma e me viu, um bebê diferente, sendo passada por Bonnie, você não percebeu?

Ele fez que não.

— Foi três meses depois. Os bebês mudam muito nessa época. E você tem as mesmas cores da Bonnie. O cabelo claro, os olhos azuis. Mas foi nessa época que eu comecei a notar a diferença na Clarissa.

— Se Bonnie não fosse sua filha adotada, sei que você teria percebido na mesma hora — disse ela, sem conseguir disfarçar a amargura na voz.

— Não, isso não é verdade, mas você precisa lembrar que nós tínhamos Bonnie havia apenas seis semanas antes de eu viajar. Eu não tinha tido muito tempo pra criar um laço com ela. Foi *você* que eu passei a amar. Foi você que eu ensinei a andar de bicicleta, a dirigir... — Ele estendeu a mão por cima da mesa e segurou a dela. — E, quando a sua mãe tentou me contar a verdade, fiquei morrendo de medo, tanto medo de você ser levada, que falei pra mim mesmo que não era verdade. Entende? Eu não queria perder você.

Ela puxou a mão.

— Mas você mentiu pra mim, pai. Primeiro, você não me contou que eu era adotada, e agora, isso... *essa coisa enorme...*

Ele deixou a cabeça pender.

— Desculpa. Me desculpa. Clarissa não queria que você soubesse da adoção, mesmo eu querendo. Nós brigamos sobre isso, mas a decisão final foi dela. Era ela que ficaria mais tempo com você, e eu acabei concordando.

Bonnie ainda estava com raiva do pai, mas também o amava. Já tinha perdido a mãe e não queria perder o pai, então, nos meses seguintes, eles viveram em uma espécie de hiato.

E ela contou o plano para ele.

Agora, ali estava ela. No vilarejo onde tinha nascido. O vilarejo do qual havia sido raptada. Tinha lido todas as matérias de jornal com um escrutínio tão forense que parecia que ela se lembrava do que acontecera, apesar de saber que era impossível.

Ela ficou triste de saber que seu pai biológico tinha morrido e que sua mãe biológica havia se mudado para a França depois da morte dele. Outra irmã, mais velha, chamada Alice, morava em Londres e era uma cientista importante. Mas uma irmã tinha ficado em Chew Norton. Natasha.

E Bonnie se deu conta, enquanto se instalava no Velho Moinho, de que estava com medo. Com medo de abordar aquelas pessoas estranhas. E se não acreditassem nela? Ou a rejeitassem? E se tivessem se enganado e ela não fosse Holly Harper mesmo? Tinha passado a vida toda confinada na cidadezinha de subúrbio e agora, de repente, ali estava ela, pronta para virar a vida de outra pessoa de cabeça para baixo.

Ela decidiu que sua primeira atitude seria observar.

No começo, Bonnie gostou de se entocar no Velho Moinho. Era uma construção linda, peculiar, com uma escada em espiral e janelas irregulares de pedra e lareiras grandes e abertas. Os Holby, Connie e Reg, tinham ótimo gosto e a casa era aconchegante, com fotografias de família adornando as paredes, tapetes macios e sofás fofos com cobertores estampados cheios de pelo de cachorro.

Mas, depois de uma semana, ela sabia que tinha que fazer mais do que se esconder: começou a se candidatar a empregos para poder se inserir na comunidade.

Mas primeiro, antes de tudo aquilo, precisava falar com a mulher que teria uma ideia do que poderia estar se passando na mente de Clarissa Fairborn naquele dia de outubro de 1989. Seu pai tinha dado a ela o nome e o telefone da irmã afastada de Clarissa.

— Eu não a vejo há anos — ele tinha explicado. — Ela vinha fazer visitas quando você era criança, não sei se você lembra, mas, conforme você foi crescendo e sua mãe foi ficando mais fraca, ela se distanciou. De todo mundo. Mas elas foram muito próximas uma época. Ela pode não morar mais em Chew Norton. Mas, se morar, esse era o último endereço conhecido dela, e o número de telefone fixo.

Ela se lembrava de uma tia que ia visitar, que levava bombons de limão e um primo, um menino. Tinha havido uma briga uma vez, em uma daquelas visitas, mas era uma lembrança confusa.

Bonnie tinha pegado a folha de papel com esses detalhes, sabendo que teria que reunir coragem para ligar.

E ela sentiu que aquele era o dia para fazer isso.

Ela se sentou na sala aconchegante dos Holby com o cachorro deitado aos pés e o cheiro empoeirado e desconhecido da casa de outra pessoa. Pegou o celular e digitou o número da irmã da mãe dela. Depois de dois toques, uma mulher atendeu.

— Alô — disse ela em tom casual, sem saber que Bonnie estava prestes a jogar uma granada na vida dela.

— Oi. — O coração de Bonnie bateu tão alto que ela se perguntou se a mulher conseguia ouvir pelo celular. — É a Vivian Pritchard?

PARTE QUATRO

40

Tasha

Segunda-feira, 28 de outubro de 2019

Fico aliviada de estar em casa, longe da panela de pressão que é o lindo lar de Alice. Senti tanta falta das gêmeas que liguei para Viv pelo menos duas vezes por dia quando estava fora para ver se estava tudo bem. Eu amo Alice, mas fico aliviada de ela ter decidido não voltar conosco para Chew Norton. As duas últimas semanas cobraram um preço alto, e eu só quero que as coisas voltem ao normal, principalmente para as gêmeas. Bom, o mais normal que der, com Kyle morto e a morte de Zoë sendo o assunto do vilarejo. A faixa que isolava a cena do crime foi retirada, felizmente, mas todas as vezes que olho para a lagoa vejo o corpo sem vida de Zoë, o cabelo comprido flutuando na água escura como se fosse algas.

Senti uma pontada no coração quando saímos da casa de Alice na noite anterior e acenei do banco do passageiro enquanto Aaron dirigia. Ela estava tão pequena e perdida, parada na porta enorme, enrolada em um cardigã até as panturrilhas. Alice insistiu em ficar, mas Ellen tinha concordado em passar uma semana ou duas com ela. O funeral tinha corrido bem, tão bem quanto se pode esperar, pelo menos, e depois que Eve foi embora o resto do dia foi tranquilo. Fiquei aliviada que nem ela nem Connor causaram problema, apesar de eu me preocupar de Connor voltar e tentar fazer Alice se sentir culpada pelo que ele acha que devem a ele.

Fico agradecida por só voltar ao trabalho amanhã, mas Aaron tem que ir hoje. Ele está com o macacão que a minha mãe fez a gentileza de lavar e passar antes de eles viajarem para o funeral.

— Veja se você descobre se houve mais alguma novidade sobre Zoë — digo enquanto tomamos café da manhã na cozinha com as gêmeas e a minha mãe.

Ela fez ovos mexidos com torrada, e Elsie colocou molho de tomate em cima e está misturando. Estávamos tão ocupados com Alice e o funeral que nem conseguimos falar sobre Zoë.

— Pode deixar — diz ele, e pega um pedaço de torrada no meu prato e se curva para dar um beijo nas meninas. — Vai ser estranho sem ela... — Ele olha para mim como se tivesse dito a coisa errada.

— Lógico que vai ser estranho — diz a minha mãe com gentileza. — Ela era sua amiga.

Faço que sim e me obrigo a sorrir com solidariedade. Acredito em Aaron quando ele diz que recusou os avanços dela. Naquela noite na casa de Alice, senti que fomos mais sinceros um com o outro do que somos há muito tempo. E, mesmo que eu não gostasse de Zoë, ela ainda era amiga de Aaron e ele vai sofrer, talvez até se sentir culpado porque as últimas palavras deles foram de raiva.

Ele sai para o trabalho e as meninas deixam a mesa para brincar um pouco na sala. Minha mãe me ajuda a arrumar a cozinha e, quando pego as galochas, reparo que as minhas estão sujas de lama seca. Eu não as uso desde o dia em que encontramos Zoë no lago, e lembro claramente que as limpei.

— Você usou minhas galochas? — pergunto, erguendo uma e vendo um pedaço de terra cair no chão.

Minha mãe se vira da tarefa de botar a louça na máquina e franze a testa.

— Não. E, se tivesse usado, teria limpado. — Os olhos dela se perdem numa lembrança e ela acrescenta: — Na verdade, acho que Alice usou outra noite.

— Alice?

— É. Na noite antes de vocês irem pra Londres. — E ela me conta que alguma coisa a acordou e ela viu Alice parada perto da lagoa.

— O que ela estava fazendo?

— Ela disse que não estava conseguindo dormir. Que tinha voltado a fumar. Que era estresse pela morte do Kyle.

Levo as galochas para o tanque. Minha irmã nunca foi muito cuidadosa. Felizmente, ela tem faxineiros e funcionários para fazer tudo por ela agora.

— Deixa que eu faço — diz minha mãe, já colocando um par de luvas de borracha amarelas. — Vai cuidar das meninas.

— Obrigada, mãe.

Estou prestes a sair da cozinha quando minha mãe diz, ainda de costas para mim:

— Estou preocupada com a Alice.

Eu hesito na porta.

— Acho que ela vai ficar bem, mãe. Ela é forte.

— Ela não é tão forte quanto tenta fazer parecer. Estou com medo do impacto de tudo isso mais tarde, quando a confusão do funeral tiver passado, quando todo mundo tiver voltado ao normal. Acho que eu devia ter ficado com ela em Londres.

— Mãe — digo suavemente —, Alice não queria isso. Ela ficou feliz por termos ido embora. Ela queria voltar ao trabalho, à vida dela. Você não tem motivo pra se sentir culpada. Você se ofereceu pra ficar e Alice insistiu que estava bem. A amiga está lá, ela não vai ficar sozinha, e você pode parar de se preocupar.

— A gente nunca para de se preocupar. Você vai perceber isso quando as gêmeas ficarem mais velhas. O motivo da preocupação é que muda. — Ela está de costas para mim enquanto esfrega as botas com uma escova. Vejo a tensão em seu pescoço e em seus ombros.

Eu vou até ela.

— Nós podemos visitá-la em Londres de novo no fim de semana, se você quiser. Com as gêmeas desta vez? Você não está planejando voltar pra França ainda, está?

— Eu não sei se devo voltar. — Ela esfrega com mais força.

— Por quê? Achei que você gostasse de lá.

— Eu não devia ter ido. — Ela para o que está fazendo e apoia as mãos no tanque. E se vira para mim.

— Eu cometi um erro quando me mudei pra tão longe de você, da Alice e das meninas.

— Bom, nós adoraríamos se você voltasse, é lógico.

— Sério? — Os olhos dela se iluminam.

— Nós nunca quisemos que você fosse, mãe. Essa escolha foi sua.

Minha mãe aperta os lábios e continua esfregando.

— Não entendo por que Alice mentiu pra nós sobre Kyle ter um irmão — diz de repente.

Então é isso que está rondando sua mente. A minha também.

— Eu também não entendo. Só que você sabe como Alice é. Ela quer que a gente ache que tudo na vida dela está resolvido. Que o Kyle é incrível, que eles têm essa vida maravilhosa. Tinham — eu me corrijo.

Minha mãe abre a boca para defender Alice, como eu sabia que faria, e levanto a mão.

— Não estou dizendo isso pra menosprezar Alice, nem pra ser cruel. Estou apenas afirmando um fato. É assim que Alice é. Lembra quando você descobriu que ela estava sofrendo bullying na escola? Ela nunca nos contou. Nós tivemos que ouvir da mãe de Emily. E quando ela teve aquele emprego que odiava? Ela acabou desabafando comigo sobre isso, mas isso foi quase um ano depois. E se lembra do primeiro namorado dela…

— Luke.

— Isso. E que ele mentia o tempo todo pra ela, sobre tudo, e ela escondeu de nós até que não aguentou mais e terminou? E, quando perguntamos por que ela não nos contou, ela disse que não queria que tivéssemos uma má impressão dele. Ou que a julgássemos por ficar com ele por tanto tempo. Ela queria dar a ilusão de que conseguiria lidar, que tudo na vida dela era perfeito. E com Connor, eu tenho pensado muito sobre isso, acho que ela preferia que pensássemos que o Kyle era filho único a que o julgássemos por ter deserdado o irmão.

Minha mãe me olha com admiração e, apesar de tudo, sinto uma onda de orgulho.

— Você é muito mais inteligente do que se dá crédito — diz ela.

— Bom, nem todos podemos ter doutorado. — Dou uma risada.

— Você tem inteligência emocional. E eu peço desculpas. — Minha mãe morde o lábio, e fico surpresa ao ver lágrimas em seus olhos.

— Por quê?

— Se eu já fiz você se sentir… menos. Se você já se sentiu na sombra da Alice. Porque acho vocês duas igualmente especiais. Espero que você saiba disso. Eu amo vocês duas, muito.

Engulo o nó na garganta. Passei a vida me sentindo menos que Alice, mas isso não é necessariamente culpa da minha mãe.

— De onde vem tudo isso?

Minha mãe balança a cabeça, como se tentasse afastar as lágrimas.

— Estou sendo sentimental, acho. Eu nem sempre acertei.

— Ninguém acerta sempre — digo. — Estou só começando a entender como é difícil ser mãe. Como é difícil não tratar uma filha de forma diferente da outra, mesmo que eu ame as duas da mesma forma, porque são crianças diferentes com personalidades distintas e únicas. Às vezes Flossie me deixa louca porque ela pode ser sonhadora e viver com a cabeça nas nuvens, mas sabe ser muito amorosa e gentil. E Elsie tem um temperamento terrível, mas eu amo o entusiasmo dela e o fato de que nunca vai ter paciência com gente tonta.

Minha mãe funga e limpa o nariz com a parte de dentro do pulso.

— E é complicado com gêmeas porque elas fazem tudo ao mesmo tempo — digo, sorrindo ao pensar nas meninas —, então é difícil não comparar às vezes. Gêmeos devem ser de família, pensando bem.

Mamãe se vira para mim com a testa franzida.

— Como assim? Que eu saiba, não tem outros gêmeos.

— Alice me disse há um ano ou mais que, quando você estava grávida dela, eram gêmeos e você abortou um.

Minha mãe parece chocada.

— O quê? Quando ela te contou isso?

— Estávamos falando sobre Elsie, Flossie e gravidez em geral, e ela disse algo sobre você ter tido uma gravidez de gêmeos e que ela basicamente comeu o próprio irmão ou irmã. Algo assim.

Um rubor se espalha na pele da minha mãe e ela aperta os lábios. Eu a aborreci.

— Desculpe, eu não devia ter dito nada.

— Não. Não é isso. É só que… bem, isso não é verdade. Eu não tive uma gravidez de gêmeos, nem perdi um deles. Não sei por que Alice diria isso. Você tem certeza de que ouviu direito?

— Tenho.

Paro para pensar. Será que eu sonhei? Não, eu me lembro bem dela dizendo isso porque fiquei um pouco inquieta pensando em como nossas vidas teriam sido diferentes se Alice tivesse sido gêmea, e se eu teria sido deixada de fora das coisas. Vejo pelas minhas próprias filhas como é o vínculo delas. O relacionamento delas é especial.

Por que Alice mentiria?

A campainha toca, me impedindo de fazer mais perguntas à minha mãe sobre isso.

— É melhor eu atender — digo, indo em direção ao corredor.

Minha mãe volta à tarefa dela. A campainha toca novamente e eu murmuro baixinho por causa da falta de paciência de quem está tocando enquanto vou atender.

O inspetor Thorne e a investigadora Jones estão parados na soleira.

— Podemos entrar? — pergunta Thorne com a voz monótona. — Temos notícias importantes.

41

Jeanette

Segunda-feira, 28 de outubro de 2019

Jeanette está tirando as luvas de borracha quando Tasha volta para a cozinha, seguida de perto por dois detetives. Tasha oferece uma bebida e eles recusam antes de se sentarem à mesa da cozinha.

— Eles têm novidades — diz Tasha com ansiedade, sentando-se em frente a eles, e o coração de Jeanette salta no peito. — Vem se sentar, mãe.

Sem dizer nada, Jeanette se senta ao lado de Tasha no banco. Sua boca ficou seca. Ambos os detetives estão com expressões sérias, e Jeanette se sente mal, imaginando o que eles estão prestes a revelar.

O inspetor Thorne pega o caderno enquanto percorre rapidamente o aposento com os olhos.

— Onde está Alice Campbell?

— Minha irmã não adotou o sobrenome do marido — diz Tasha, quase orgulhosa. — Ela é a dra. Alice Harper.

Thorne a encara completamente sem expressão. Tudo nele é cinza: o terno, o cabelo, até a pele. Ele lembra a Jeanette a marionete de John Major no programa *Spitting Image*.

— Ela foi para casa, em Londres — responde Jeanette. — Por quê?

A investigadora Jones se inclina sobre a mesa e sorri. Seu rosto atraente se ilumina. Ela é um contraste bem-vindo com Thorne.

— Bem, nós temos algumas novidades. Vocês já ouviram falar dos irmãos Knight? Shane e Johnno?

Jeanette fica tensa. Ela já ouviu falar deles. Todos em Chew Norton já ouviram falar. Eles são criminosos notórios que entraram e saíram da prisão por roubo ao longo dos anos.

— Todos em Chew Norton já ouviram falar deles. Os dois estudaram na minha escola — diz Tasha. — Por quê?

— Eles admitiram ter escolhido sua casa para roubá-la. O asterisco azul que você disse que estava desenhado do lado de fora, bem, esse é o cartão de visita deles. Uma coisa estúpida de se fazer porque nós os pegamos invadindo outras casas, e agora esse asterisco os liga a essa tentativa de roubo também. Eles sabiam que você e Aaron estariam fora. Não perceberam que sua irmã e seu cunhado estavam hospedados aqui. Mas eles negam ter matado Kyle e atacado Alice. Tinham planejado o roubo pra noite seguinte.

— E você acredita neles? — pergunta Jeanette.

— Tem outra coisa — diz Thorne, de forma presunçosa, Jeanette pensa, ignorando completamente sua pergunta. — Nós encontramos algumas provas na garagem de Zoë que sugerem que ela atacou Alice e matou Kyle.

Jeanette agarra a borda da mesa enquanto a cozinha gira ao seu redor, as implicações caindo com tudo, deixando-a tonta.

O sangue sumiu do rosto de Tasha.

— Então Zoë é minha irmã perdida? — pergunta Tasha, expressando os medos de Jeanette.

— Ainda não sabemos — diz a investigadora Jones com gentileza. — Ainda estamos esperando os resultados do DNA dela. Mas... e eu sinto muito... é o que está parecendo no momento.

Thorne pigarreia.

— O computador de Zoë foi analisado e um bilhete pra você, Natasha, foi encontrado, junto com uma espécie de diário onde ela fala sobre observá-la e querer arruinar sua vida. Parece que ela era obcecada pelo seu marido e tinha um ódio anormal de você.

— E Alice? Você encontrou provas de que ela escreveu pra Alice e a conheceu no congresso? Eu mostrei pra Alice uma foto da Zoë, mas ela não achou que fosse a mesma mulher — diz Tasha.

A investigadora Jones balança a cabeça.

— Não no momento, mas a polícia ainda está revistando o apartamento dela.

— E o que... o que foi que você encontrou na garagem dela que a liga à morte do Kyle? — Tasha coça o pulso, que já parece vermelho e dolorido. Jeanette tem vontade de estender a mão para fazê-la parar.

— Uma chave de pneu — declara Thorne com sua voz monótona. — Havia sangue e cabelo nela, que verificamos que são compatíveis com Kyle.

— Ela veio à nossa casa com uma chave de pneu? Ela estava planejando me atacar? — Tasha balança a cabeça.

— É evidente que ela era uma jovem muito perturbada — diz Thorne sombriamente. — Infelizmente, ela tem histórico desse tipo de comportamento. Ela perseguiu o último namorado e tinha uma medida protetiva para não fazer contato com a atual namorada do ex.

— Mas... — Tasha está franzindo a testa — ela saberia que Aaron e eu estávamos de férias.

— De acordo com um tal Tim Booth, da oficina, ela estava fora na semana anterior. Então pode ter esquecido que Aaron tiraria uns dias de folga. Infelizmente, nós nunca saberemos exatamente o que aconteceu naquela noite ou o que se passava na mente de Zoë. Mas eu acredito que ela queria machucar você, não Alice ou Kyle. Você era o alvo. O bilhete que ela deixou pra você, o mesmo bilhete que estava no laptop dela, é prova disso, junto com o diário que encontramos.

— Na verdade — Tasha se endireita, o rosto empalidecendo —, Aaron me disse que estava faltando uma chave de pneu. Acabei de pensar nisso. Ele a guardava em uma caixa no jardim junto com algumas outras ferramentas.

— Certo — diz a investigadora Jones. — Nós vamos falar com ele sobre isso. Ele vai precisar identificá-la.

— Então — diz Jeanette, a mente acelerada — vocês acham que Zoë poderia ter pegado a chave de pneu do Aaron no jardim? No calor do momento, talvez?

— Possivelmente. Ou talvez ela soubesse onde ele guardava as ferramentas — diz a investigadora Jones. — De acordo com os registros hospitalares, o ferimento na cabeça da sua irmã foi causado pela beirada do rack de TV, que a deixou inconsciente antes que a arma pudesse ser usada nela.

Jeanette se lembra de Alice falando sobre como ela foi empurrada com violência por trás. Essa queda provavelmente salvou a vida dela, pois talvez não teria sobrevivido a um golpe na cabeça com uma chave de pneu. Jeanette sente uma onda de calor se espalhando pelas costas e pelo pescoço.

Ela sabe que em algum nível ainda se agarra desesperadamente à esperança de que os resultados do DNA provem que Zoë não é Holly. Zoë, com sua vingança, raiva e violência. Zoë, que agora está morta. Ela fecha as mãos no colo.

— Vocês sabem algo sobre o passado da Zoë? Os pais dela? — pergunta ela aos detetives.

— A mãe dela morreu, e não conseguimos falar com o pai. Parece que ele está fora do país — diz a investigadora Jones. — Fizemos o possível para falar com ele, mas não tivemos sorte até agora.

— Vocês acham que Zoë foi assassinada? — pergunta Tasha, a voz baixa. — Você disse antes que havia um ferimento na cabeça. Foi essa a causa da morte ou...

— Ainda estamos tentando descobrir se o afogamento dela foi acidental e na mesma hora que o golpe na cabeça ocorreu.

— Eu vi a Zoë no pub e ela não estava com nenhum ferimento na cabeça — diz Tasha. — Pode ter acontecido quando ela estava voltando do pub pra casa? Ela pode ter caído se estivesse meio bêbada?

— É uma possibilidade — diz Thorne, sem se comprometer.

Jeanette não suporta ouvir mais nada. Ela quer que a polícia vá embora.

— Obrigada — diz ela. — Isso é tudo?

Thorne assente.

— Vamos avisar quando tivermos os resultados do DNA da Zoë.

Jeanette se levanta. Os detetives a seguem pelo corredor e ela abre a porta da frente e os conduz para fora. Quando ela já está sentindo o alívio de vê-los pelas costas, Thorne hesita na soleira. Ela sente vontade de empurrá-lo para fora, mas sorri pacientemente.

— Tem mais alguma coisa, detetive?

A investigadora Jones já está no carro, mas Thorne se inclina mais para perto dela para perguntar:

— Você conheceu Zoë Gleeson?

Jeanette sente que está corando. Ela nunca foi boa em mentir.

— Não — mente ela.

O olhar de Thorne é desafiador, e seu rosto está tão perto que ela consegue ver a leve cicatriz no vinco do queixo. Ela prende a respiração, esperando para ver o que ele vai dizer em seguida. Para seu alívio, ele dá um passo para trás e guarda o caderno no bolso.

— Certo — diz o inspetor. — Se você diz.

Ela observa o andar de ombros rígidos quando ele se dirige para onde a investigadora Jones está esperando, no carro, imaginando se ele sabe que ela conheceu Zoë na noite em que a mulher morreu.

E que elas discutiram.

42

Bonnie

Junho de 2019

Tinha uma mulher sentada sozinha em uma mesa externa com vista para o lago quando Bonnie chegou ao café. Era de manhã cedo, e apesar do céu azul-claro, o ar estava frio, como se ainda não tivesse tido tempo de esquentar. Um buldogue francês com uma linha escura de pelo debaixo do focinho estava sentado aos pés da mulher, e Bonnie ficou feliz por ter levado Biscuit. Ele puxou a guia assim que avistou o outro cachorro, que era uma combinação de feio e fofo.

A mulher olhou quando Bonnie se aproximou. Ela tinha cabelo branco curto, o rosto marcado pelo sol e sem maquiagem, e usava uma calça jeans com a barra dobrada e uma camisa xadrez de manga curta. Bonnie procurou no rosto qualquer semelhança com Clarissa, mas não conseguiu encontrar. Talvez aquela não fosse Vivian Pritchard. Ela tinha apenas uma vaga lembrança dela.

Bonnie olhou para o relógio. Eram 9h05. Elas tinham combinado de se encontrar às nove. Decidiu dar uma olhada dentro do café só por precaução, mas, além de um casal de idosos comendo bolo, estava vazio.

— Bonnie?

Ela se virou para a mulher com o buldogue, que a estava avaliando com expectativa.

— Vivian?

A mulher se levantou, e lágrimas apareceram em seus olhos. Ela surpreendeu Bonnie puxando-a para um abraço forte e, quase como se estivesse envergonhada da explosão de afeição, a soltou.

— Minha nossa — disse ela, olhando com atenção para o rosto de Bonnie. — Faz tanto tempo. Tanto tempo. — Sua voz estava rouca com a emoção reprimida. Ela engoliu em seco. — Por favor, me chame de Viv. O que você quer?

— Um *latte* com caramelo seria ótimo, se tiver aqui — disse ela. — Obrigada.

— Vou buscar. Você pode ficar de olho no Freddie Mercury pra mim?

Bonnie levou alguns segundos para entender que Viv estava falando do cachorro.

— Ah, sim, lógico.

Viv sorriu agradecida e entrou pela porta lateral do café.

Bonnie puxou uma das cadeiras de plástico, que estava um pouco molhada. Quando se sentou nela, sentiu a parte de trás da calça jeans molhar. Biscuit sentou-se obedientemente aos seus pés e ela enrolou a guia dele no braço da cadeira. Os dois cães se entreolharam, mas, felizmente, não houve latidos. Bonnie odiava ver cachorros brigando.

Viv pareceu chocada de receber uma ligação dela no dia anterior. Depois que Bonnie explicou que era filha de Clarissa, Viv disse, o tom sepulcral:

— Estou esperando esse dia há anos.

Cinco minutos depois, ela estava de volta, trazendo dois copos descartáveis.

— Quer andar ao redor do lago?

Bonnie assentiu e se levantou novamente, consciente da mancha úmida na calça jeans e torcendo para que não parecesse que ela tinha se urinado.

— Fiquei triste em saber que minha irmã morreu — disse Viv enquanto elas sincronizavam o passo, os cachorros trotando na frente. — Nós fomos muito próximas uma época. Eu fui lá algumas vezes, sabe... Quando você era pequena. Você lembra?

— Vagamente — respondeu Bonnie. — Lembro de vocês duas discutindo uma vez na cozinha. Quando foi a última vez que a viu?

A culpa surgiu no rosto de Viv.

— Deve ter sido uns 19, vinte anos atrás.

O estômago de Bonnie ficou embrulhado.

— Por que você parou de ir visitar? E por que não foi ao funeral da Clarissa?

Viv parou no meio do caminho e a culpa ficou nítida em seu rosto.

— Acho melhor nos sentarmos.

Bonnie sentiu uma explosão de indignação que, até ali, ela estava tentando reprimir.

— Você sabia, não sabia? Você sabia que eu era Holly Harper?

— Por favor. Por favor, sente-se. — Viv indicou um banco perto do lago e Bonnie se sentou nele, as pernas tremendo. Viv se sentou ao lado dela, os cachorros aos seus pés. — Sinto muito. Eu não percebi. Não no começo. Acho que devia ter percebido.

— Você pode me contar desde o começo o que aconteceu?

Viv tomou um gole de café e exalou pesadamente.

— Clarissa me ligou uma noite. Isso foi dois dias antes de ela vir aqui me visitar. Você... não, Bonnie tinha só seis ou sete semanas de vida e eu não a tinha conhecido ainda. Você tem que entender que eu tinha três filhos pequenos. Estava com fraldas até as orelhas. Meu Stuart era só alguns meses mais velho do que você e eu também tinha Jason e Aaron. Mas, de qualquer modo, isso não é desculpa, eu sei. Talvez as coisas tivessem sido diferentes se eu tivesse ido lá fazer uma visita... talvez... — Ela hesitou. — Desculpe. Estou divagando. Então, Clarissa tinha combinado de vir com Bonnie naquele domingo, e aí, talvez na sexta, mas pode ter sido no sábado, eu recebi uma ligação. Ela estava totalmente abalada. Nem consegui entender direito o que ela disse, e ela ficava falando sobre um bebê encontrado morto. Perguntei se estava falando do bebê dela. Se estava falando de Bonnie. Mas não consegui uma resposta direta. Só o choro pelo telefone. Eu congelei, mas de repente o telefone ficou mudo. Ela sempre tinha sido meio frágil, sofria de ansiedade quando criança. Nossa mãe morreu quando éramos novas e nosso pai era alcoólatra, havia muitas questões, mas não vou entediar você com elas agora. Porém, eu tive muito medo de ela ter feito alguma besteira. Tentei ligar de volta, mas ela não atendeu, então liguei para o Ray, meu falecido marido, e ele preparou o carro e os meninos pra irmos até Birmingham. Falei pra mim mesma que, se ela não atendesse o telefone no próximo toque, eu chamaria a polícia e pediria pra irem dar uma olhada lá. Mas ela atendeu, ainda bem. E estava mais calma e disse que tinha me ligado porque havia recebido uma má notícia sobre o bebê de uma amiga, que havia sofrido morte súbita, e ela tinha ficado abalada porque Bonnie ainda era muito pequena. Foi isso. Ela estava tão calma. Foi como se eu estivesse conversando com outra pessoa.

Bonnie tentou imaginar o estado mental da mãe àquela altura.

— Perguntei se ela ainda viria me visitar no domingo e ela falou que sim. Disse que estava ansiosa pra que eu conhecesse Bonnie.

— E você acreditou nela?

— Lógico. — Viv se curvou para fazer carinho na cabeça aveludada de Freddie Mercury. — Clarissa sempre era afetada pelas emoções dos outros e eu podia muito bem imaginar que a notícia de um bebê morto de uma amiga a teria deixado louca. Era típico dela.

— Era mesmo — concordou Bonnie, lembrando que sua mãe tinha ficado pelos cantos da casa toda triste por dias quando Bonnie contou que o garoto de quem ela gostava tinha chamado outra pessoa para sair. E de como ela ficou com raiva quando Bonnie não foi convidada para a festa de aniversário de uma colega (mesmo Bonnie não se importando), e também quando ela ouvia algo horrível no noticiário, sobre uma criança que sofreu abuso ou um adolescente que levou uma facada. — Mas ela não veio, como combinado?

Viv suspirou.

— Ela viria no domingo, o dia em que Holly Harper desapareceu. Disse que viria de carro. Ela sempre odiou usar transporte público. Passei no mercado pra comprar legumes e verduras para o assado de domingo. Só esperava que ela chegasse por volta de meio-dia, e isso foi umas dez e meia. Eu estava na porta do mercado, carregando o Stuart, meu caçula, em um sling, quando vi Jeanette deixar o carrinho da Holly do lado de fora. Nem pensei nisso duas vezes. Eu fazia aquilo o tempo todo, todo mundo fazia. Chew Norton parecia um lugar seguro. E aí… — Ela virou o corpo mais na direção de Bonnie, o copo de café no banco ao lado. — E aí aconteceu uma coisa esquisita. Eu entrei no mercado. Estava cheio e tinha fila lá dentro. O caixa ficava nos fundos da loja e nós estávamos de costas pra vitrine. Lembro que me virei quando eu estava bem no fim da fila e achei que tinha visto Clarissa do outro lado da rua. Muito rapidamente. Mas achei que devia ter me enganado, que era só a minha mente pregando peças em mim. Ela ainda não teria chegado. Quando me virei de novo, não havia sinal dela. Lembro que botei a cabeça pela porta só pra verificar, e nada. O carrinho de Holly ainda estava lá fora, encostado na banca de jornal. Não me lembro de ter visto Holly dentro, mas eu também não olhei.

— E, quando a mãe da Holly saiu, você percebeu que o bebê tinha sido levado?

— Sim. Jeanette estava na minha frente na fila. Ela saiu primeiro, e alguns segundos depois ouvi alguém gritar desesperadamente "Onde está a Holly? Onde está o meu bebê?".

O sangue de Bonnie gelou.

— O que aconteceu depois?

— Bom, nós ajudamos Jeanette. Liguei para a polícia e fiquei com ela um pouco, até eles chegarem. Depois, fui para casa. Eu estava com o Stuart e tinha que cozinhar, mas fiquei muito abalada com tudo.

— Com o sequestro ou de pensar que sua irmã podia estar envolvida?

— Com o sequestro, no começo. Eu achei, tive esperanças, de que talvez tivesse havido algum mal-entendido. Que alguma amiga da Jeanette tivesse pegado a Holly. Nunca me permiti acreditar que algo tão sinistro quanto o sequestro de um bebê aconteceria em Chew Norton. Fui fazer o almoço de domingo, mas então deu meio-dia, depois uma hora, duas horas, e nenhum sinal de Clarissa. Foi aí que comecei a me preocupar. Liguei pra casa dela por volta de três e meia e ninguém atendeu. Em 1989 ela não tinha celular. Tentei de novo algumas vezes. Comecei a ter medo de ela ter sofrido um acidente, mas um tempo depois ela atendeu. Estava estranha. Sem ar, mas meio louca. Clarissa pediu desculpas e disse que não tinha conseguido ir porque Bonnie tinha ficado acordada a noite toda e ela estava exausta demais para dirigir. Fiquei irritada por ela não ter se dado ao trabalho de me ligar pra cancelar, depois decepcionada porque eu não a veria, nem o bebê. Mas também fiquei aliviada porque ela estava bem. Clarissa sempre foi meio esquisita e eu nem estranhei.

— Quando você começou a desconfiar? Estou supondo que você desconfiou e que foi esse o motivo de ter parado de ir lá visitar e de não ter ido ao enterro da sua irmã. — Bonnie tentou manter a voz regular, mas sentiu a raiva surgindo.

— No começo, não dei atenção. Estava ocupada demais com as crianças e com a notícia de que Holly tinha desaparecido. Foi uma época horrível para o vilarejo. Ficou cheio de policiais e repórteres e uma atmosfera horrível de desconfiança, misturada com dor e choque. E, lógico, horror e pena da Jeanette. Foi terrível. Eu tentei remarcar com Clarissa. Estava desesperada pra conhecer minha nova sobrinha, mas ela se recusou a vir ao vilarejo. Disse que foi porque estava paranoica agora que um bebê tinha sido roubado. Ela também ficava enrolando para não receber minha visita e do Ray. Quando penso nisso, acho que ela tinha medo de nós reconhecermos Holly, porque a foto dela saiu em todos os jornais. Clarissa me manteve longe por meses e meses. Eu fiquei chateada. Nós éramos muito próximas na infância. Ela era minha irmã menor, e eu sempre quis respeitar os desejos dela, então não forcei a barra. Ela não permitiu que fôssemos ao seu primeiro aniversário, disse que ela e Jack iam viajar. Eu só te vi quando você tinha um ano e meio, mais ou menos.

— Foi nessa época que você percebeu que eu era a Holly?

— Não. Não nessa época. Só quando você tinha uns dez anos.

— Dez! — gritou Bonnie. — Tanto tempo assim?

Viv assentiu.

— Acho que foi a vez que você nos ouviu brigando.

— Como você adivinhou?

— Não sei se você lembra, mas eu tinha ido com Stuart passar o fim de semana. Os dois outros meninos estavam mais velhos, tinham 12 e 14 anos, e ficaram com Ray. Nós só fomos passar o dia, Clarissa não gostava de hóspedes pra dormir, ela dizia. Jack estava fora, como sempre. Eu me sentei com Clarissa e Stuart foi brincar com você. Mas, uma hora depois, você voltou pra nos contar que Stuart estava aprontando, entrando no quarto da Clarissa. Você ficou nervosa por causa disso.

— É, porque a minha mãe me proibia de brincar lá dentro. Ela gostava da privacidade dela.

— O Stuart encontrou uma caixa de recortes de jornais e virou tudo no chão, e depois saiu de lá, sem dar atenção para o que tinha feito. Mas Clarissa gritou com ele, ficou de quatro e guardou os recortes de volta na caixa. Mas não rápido o bastante. Eu vi algumas das manchetes.

— Sobre Holly — disse Bonnie. Deve ter sido quando a mãe dela decidiu levar a caixa para o sótão.

Viv assentiu.

— Isso mesmo. Você e Stuart tinham ido para o jardim. Eu confrontei Clarissa, lembrando que, antes de você ser sequestrada, ela tinha me ligado chorando por causa de um bebê morto. E que achei que a tinha visto em Chew Norton na manhã do seu desaparecimento, no carro azul. Logo depois que você foi sequestrada, uma matéria de jornal mencionou que uma testemunha viu uma mulher num carro azul com um bebê pequeno, mas eu não achei nada de mais na época. Clarissa negou tudo. Mas ela disse com muita seriedade, quando eu estava indo embora, que se acontecesse alguma coisa com você, ela se mataria. Eu sabia que era uma ameaça. Isso me colocou numa posição muito complicada. Eu não tinha certeza, mas desconfiava muito do que tinha acontecido. — Viv suspirou de novo e pegou o copo de café. — Você tinha dez anos. Clarissa era a única coisa que você conhecia. Você era feliz. Era amada. Eu sabia que, se falasse, Clarissa morreria. E você perderia a única família que conhecia. Mas não foi fácil. Em alguns dias, quando via Jeanette pelo vilarejo, eu decidia que ia falar. Ia contar todas as minhas desconfianças pra polícia. Mas aí eu pensava na minha irmã, em você. No que isso faria a vocês duas, e eu... — A voz dela travou. — Eu não conseguia.

Bonnie fechou os olhos. Aos seus pés, Biscuit se ajeitou. Quando ela os abriu, Viv estava olhando para ela com preocupação.

— Era uma situação extremamente difícil — disse Viv. — E eu não contei pra ninguém. Nem para o Ray.

— Você a viu de novo? Essa foi a última vez que eu te vi, e até isso está fraco na minha memória. Foi vinte anos atrás.

— Eu a vi uma vez depois disso. Quando Ray morreu inesperadamente, alguns meses depois, ela me ligou e nós nos encontramos. Ela foi solidária.

— Mas não foi solidária com a família verdadeira da Holly — disse Bonnie com rispidez.

Viv pareceu constrangida.

— O que ela disse pra você nesse último encontro?

Viv olhou para ela com olhos tristes.

— Ela me disse que estava doente. Que tinha uma doença chamada fibrose pulmonar. E que ia piorar. Disse que não queria que eu a visitasse, não queria que eu a visse definhar. Mas acho, lendo nas entrelinhas, que para ela aquilo era uma punição pelo que tinha feito. A doença e o isolamento forçado.

Bonnie ficou paralisada.

— Então você ficou longe de novo?

— Foi conveniente pra mim. E eu tinha meus problemas, era uma viúva com três crianças, e Stuart era problemático. Na minha visão, Jeanette tinha um marido amoroso, dinheiro e duas filhas lindas. Eu sabia que Clarissa não suportaria se tirassem a filha dela. Então evitei Jeanette. Até que Aaron e Tasha se apaixonaram.

— Você não se sentiu culpada?

— Lógico que sim, mas falei pra mim mesma que era só uma desconfiança. Que eu não tinha certeza. Tinha me convencido de que estava enganada. Eu amava Clarissa. Não queria destruir a vida dela. Havia tantas histórias comigo e Clarissa, de tantos e tantos anos antes. Ela era muito frágil. Apesar de eu ser poucos anos mais velha do que ela, assumi um papel maternal depois que a nossa mãe morreu. — Viv hesitou e esfregou a área do peito acima do coração. — Eu sempre a protegi.

Elas ficaram alguns momentos em silêncio, enquanto Bonnie digeria as informações. Viv acabou perguntando:

— Como você descobriu?

Bonnie explicou que encontrou a caixa e perguntou ao pai. Ela tomou um gole do *latte* de caramelo, que já estava morno, e olhou para o sol reluzindo na superfície do lago. Estava cheia de raiva e ressentimento e, para o seu choque, vontade de se vingar. Sua vida poderia ter sido tão diferente. Ela poderia ter crescido em uma família normal e grande, a mais nova de três filhas. Agora, por causa de Clarissa, por causa de Viv, ela nunca poderia conhecer o pai biológico, crescer com irmãs, ter uma família grande e agitada como a de Selma.

Viv se virou para ela um tempo depois.

— E o que você planeja fazer agora que sabe a verdade?

43

Tasha

Quinta-feira, 29 de outubro de 2019

Estou me arrumando para voltar ao trabalho na quinta de manhã quando alguém bate na porta. Aaron, que acabou de vestir o macacão, olha para mim fulo da vida, com uma cara de quem pergunta "Mas quem será que é a essa hora da manhã?".

— Eu atendo — digo, e passo rapidamente um pente no cabelo antes de descer a escada, sendo quase derrubada pela Princesa Sofia, que quer comida. São sete horas e a minha mãe está no andar de cima ajudando as meninas a se arrumarem.

Meu coração aperta quando abro a porta e vejo o inspetor Thorne e a investigadora Jones parados. Tem uma brisa soprando as folhas que começaram a cair no jardim.

— Podemos entrar? — A investigadora Jones sorri, mas há uma estranha tensão em sua voz.

— Nós estamos nos arrumando para o trabalho — digo.

— É importante. Nós viemos falar com Aaron.

Dou um passo para trás para deixar que eles entrem, meu estômago embrulhado. Percebo pela expressão do rosto deles que é coisa séria. Levo-os até a cozinha e subo para chamar Aaron. Ele está saindo do banheiro e eu quase me choco com ele no patamar.

— A polícia veio aqui pra falar com você — digo em voz baixa. — O que eles querem?

Aaron empalidece.

— Eles disseram qual é o assunto?

Respondo que não balançando a cabeça.

Ele faz uma careta, mas não diz mais nada, e eu o sigo para o térreo. Os dois policiais estão parados na porta dos fundos quando entramos na cozinha. Thorne avança primeiro. Percebo que a investigadora Jones não consegue encarar meus olhos.

— Aaron, temos algumas perguntas sobre o ferimento na cabeça que Zoë sofreu na noite em que morreu e gostaríamos que você nos acompanhasse até a delegacia.

Todo o corpo de Aaron enrijece.

— Vocês vão me prender?

— Não. Só temos mais algumas perguntas e gostaríamos de interrogá-lo na delegacia.

Aaron se vira para mim com pânico nos olhos, e eu me pergunto por que ele parece tão assustado se não tem nada a esconder. Um lampejo de calor desce pelo meu corpo. A polícia acha que Aaron atacou Zoë?

— Tudo bem — diz ele. E acrescenta para mim: — Você pode avisar ao Tim que vou chegar atrasado?

Eu faço que sim, sem conseguir falar. Acho que vou vomitar.

Ninguém diz nada, e os dois conduzem Aaron para fora da casa até uma viatura de polícia que os aguarda.

Levo as gêmeas para a creche, depois vou para o trabalho, embora não consiga me concentrar em nada. O consultório odontológico está movimentado e não há tempo para conversa, nem mesmo para preocupações. Lola ligou dizendo que está doente, assim como Trevor, um dos dentistas.

— Ei, talvez eles tenham ido pra algum lugar porque estão tendo um caso — disse Donna, brincando.

— Duvido. Trevor é uns trinta anos mais velho que Lola. E ele não é exatamente o George Clooney.

Não comento com Donna sobre a polícia ter ido lá em casa e Aaron estar "ajudando na investigação". Eu me concentro no trabalho acumulado por causa da minha licença.

Quando estamos saindo do trabalho, Donna me pergunta como foi o funeral.

Eu conto a ela algumas coisas, principalmente sobre Eve ter aparecido e tudo ter ficado um pouco estranho.

— Alice voltou a trabalhar agora. Falei com ela ontem à noite. Acho que ela precisa se manter ocupada. — O que, logo hoje, eu entendo perfeitamente. Eu tinha perguntado por telefone na noite anterior se ela tinha mais notícias de Connor, e ela me disse que havia concordado em vender a casa e dar a ele metade do valor.

Ligo para o celular de Aaron enquanto caminho para casa, mas ele não atende, e tento reprimir a sensação de inquietação que isso me provoca. Quando chego em casa, minha mãe está sentada no jardim com um livro, enrolada em um casaco. O céu está claro, apesar da temperatura fria, e o pátio nos fundos fica bem iluminado. Levo um susto ao ver Princesa Sofia dormindo no colo dela.

— Mãe, a Princesa Sofia é uma gata doméstica — digo, entrando no pátio com uma xícara de chá para cada um de nós. Tenho uma hora antes de ir pegar as gêmeas.

— Ela está perfeitamente satisfeita no meu colo. Eu não vou deixar que ela fuja. Alguma notícia do Aaron?

— Tentei ligar, mas ele não me atendeu.

Uma emoção que não consigo interpretar passa pelo rosto da minha mãe. Ela cruza os tornozelos, tomando cuidado para não desalojar Princesa Sofia.

— Tenho certeza de que só estão seguindo o protocolo. Aaron deve ter ficado lá por uma hora, mais ou menos, e depois foi direto para o trabalho. Ele deve estar ocupado debaixo de algum carro agora.

— Hum.

Eu tomo meu chá. Tento imaginar o que pode ter acontecido depois que saí do pub naquela noite, o que ocorreu depois que Zoë tentou ficar com ele. Ele disse que tinha ido direto para casa, mas e se estivesse mentindo? E se ela tivesse tentado algo mais com Aaron e ele a tivesse empurrado com tanta força que a fez bater a cabeça? Tento imaginar meu marido bem-humorado atacando alguém. Nenhuma vez, em todos esses anos, eu o vi perder a cabeça a ponto de me sentir ameaçada. Ele não é do tipo que discute. Eu o vi brigar quando era adolescente, mas nada sério, eram mais brigas para aparecer, entre amigos. Não consigo imaginá-lo empurrando Zoë, nem por acidente.

Então por que a polícia quer falar com ele?

E por que não na minha frente?

44

Jeanette

Quinta-feira, 29 de outubro de 2019

Jeanette repara em outra chamada perdida de Eamonn. Ela conseguiu evitar as ligações dele desde que voltou para Chew Norton, mas sabe que precisa falar com ele logo. Eamonn merece uma explicação. Afinal, ele é seu amigo. E tem sido ótimo com ela nos últimos 18 meses. Ela digita uma mensagem rápida enquanto está sentada sozinha no jardim. Tasha saiu para pegar as meninas na creche. *Desculpa por eu não poder falar agora. Tem tanta coisa acontecendo na família, mas prometo que vou ligar em breve pra nós termos uma conversa decente.* Ela pensa se deve adicionar beijos ao final da mensagem e decide colocar dois.

Agora que Alice voltou para Londres, ela percebe que provavelmente deveria voltar para a França. Tasha e Aaron precisam ter a casa de volta. Mas ela não consegue ir embora. Muitas coisas ficam no ar, e suas filhas precisam dela agora. Ela não pode fugir de novo, mesmo que parte dela queira.

E ainda há a questão de Zoë e o que aconteceu naquela noite. Se ela não é Holly, e Jeanette ainda espera com cada fibra do seu ser que não seja, sua filha mais nova ainda está por aí em algum lugar. Talvez ainda em Chew Norton.

Jeanette fecha os olhos, os últimos raios do sol da tarde aquecendo seu rosto. Está quase no fim de outubro, as árvores começando a perder as folhas, as noites começando mais cedo e o cheiro de fogueiras no ar.

O rosto chocado de Zoë na noite em que ela morreu surge por trás dos olhos fechados de Jeanette, e ela sente outra pontada de culpa.

Jeanette não é confrontadora. Ela é como Tasha nesse sentido.

Naquela noite, depois que Aaron e Tasha saíram para o pub, ela estava dando boa-noite para as gêmeas e, quando foi fechar as cortinas, viu Zoë caminhando perto da lagoa, que era um atalho para o Packhorse.

Ela reconheceu o perfil afiado, o cabelo loiro comprido e o andar confiante de quando a viu pela primeira vez, da janela do café, mais cedo naquele dia. Ela pediu a Alice para ficar de olho nas gêmeas enquanto saía e correu pelo jardim ainda de chinelos até o portão nos fundos, que estava destrancado.

— Zoë — chamou, quando a garota estava prestes a atravessar a pista entre as casas mais acima que levavam à rua principal.

Zoë parou e se virou, surpresa.

— Pois não?

Ela puxou a bolsa mais para cima no ombro e ajustou a jaqueta de couro. Não sorriu para Jeanette, nem pareceu amigável de forma alguma. Sua mandíbula estava contraída e a boca repuxada. Jeanette observou o rosto da mesma maneira que tinha observado os rostos de tantas mulheres ao longo dos anos, imaginando se elas poderiam ser Holly, e não havia nada nela que desencadeasse nenhum instinto maternal, nenhum reconhecimento.

Jeanette agiu por impulso, o que não era do seu feitio, mas que vinha acontecendo com mais frequência desde a morte de Jim. Agora que Zoë estava ali, a sua frente, ela não sabia por onde começar.

— Eu sou Jeanette. Jeanette Harper — disse, falando muito rápido em um esforço para fazer as palavras saírem. — Eu sou a mãe da Alice e da Tasha.

— Ah, sim — respondeu Zoë friamente.

— Isso pode parecer um pouco estranho — começou ela, caminhando em direção a Zoë. — Mas você sabia que meu genro foi assassinado na semana passada?

Zoë pareceu desconfortável e mudou a sustentação do peso de uma perna para a outra.

— Eu ouvi falar sobre isso, sim.

— Foi encontrado DNA na cena, sugerindo que alguma outra pessoa estivera na casa, talvez naquela noite. Alguém que, no fim das contas, tem parentesco próximo comigo.

Zoë pareceu confusa.

— Sei.

Jeanette estava lidando mal com aquilo, ela estava ciente, mas não sabia como explicar tudo. Em vez disso, deixou escapar:

— Você colocou um bilhete na porta da frente da Tasha alguns dias depois que o Kyle foi morto? Você foi vista por um vizinho.

Ela sabia que isso em parte era mentira. Arthur só havia descrito uma mulher alta, loira, vestindo uma jaqueta de couro e com piercing no nariz. Mas, quando Jeanette avaliou a mulher parada na frente dela, percebeu que a descrição batia, exceto pelo piercing no nariz, que faltava.

O olhar de Zoë a fez murchar por dentro.

— O quê? Não — respondeu ela com veemência. Na defensiva, pensou Jeanette.

— Você foi vista, Zoë.

Zoë riu.

— Ah, entendi. Então foi por isso que a polícia começou a fazer um monte de perguntas sobre onde eu estava quando seu genro foi assassinado. A morte do Kyle não teve nada a ver comigo. Eu nem conhecia o cara. A única pessoa em quem estou interessada é... — Ela parou, como se tivesse percebido que havia falado demais.

— Continua — incitou Jeanette. — A única pessoa em que você está interessada é quem? Vou tentar adivinhar. Você está interessada no Aaron.

Zoë puxou o cinto da jaqueta, mas Jeanette reparou em como o rosto dela tinha ficado vermelho.

— Como amiga — murmurou ela.

Jeanette se sentiu dividida. Ela não acreditava que aquela mulher podia ser Holly. Mas e se ela estivesse enganada? E se ela finalmente estivesse frente a frente com a filha perdida? O fato de ela não querer achar que Holly tinha ficado daquele jeito não significava que Zoë não era sua filha.

— Zoë, eu acho que você escreveu o bilhete. Mas você entrou na casa? Você atacou Alice e Kyle?

Zoë olhou de cara feia para Jeanette.

— Lógico que não — disse a jovem com desprezo. — Por que eu faria isso? — Ela semicerrou os olhos. — Quem você acha que eu sou, Jeanette? Por que está aqui?

* * *

Jeanette está sentada entre as lindas netas assistindo a *Pedro Coelho* no *CBeebies*. Está tricotando vestidos para os bichinhos de pelúcia delas e tentando não pensar em Zoë, mas ela sente a energia nervosa de Tasha vindo da poltrona no canto, onde está sentada. Ela sabe que a filha está preocupada com Aaron. Tasha ligou para ele mais cedo e ele estava no trabalho, mas disse que falaria com ela direito quando chegasse em casa.

— Por que você não vai tomar um banho? Tenta relaxar, Aaron vai chegar logo — sussurra Jeanette por cima da cabeça de Flossie.

Tasha assente e se levanta, mas se senta de novo.

— Vai — incita Jeanette. Tasha está fazendo com que ela fique tensa.

— Tudo bem — diz ela, se levanta e sai da sala.

Dez minutos depois, quando Jeanette está soltando a agulha, o novelo de lã no chão, há uma batida na porta. As gêmeas ainda estão grudadas na televisão, Flossie com a cabeça numa almofada e chupando o dedo, e Jeanette bota o tricô de lado e sai da sala para atender.

Ela fica surpresa de ver Viv parada lá com uma jovem de vestido florido comprido. Viv está nervosa e tem um arranhão na bochecha dela que inchou e fez casquinha.

— Oi. Podemos entrar?

— Hum... lógico. Vocês vieram ver Tasha?

— Bom, vocês duas. Essa é Bonnie — diz ela, apresentando a mulher a seu lado, e Jeanette a avalia direito pela primeira vez.

Bonnie dá um sorriso tímido, e tem alguma coisa no rosto dela: os olhos azuis grandes, como os de Flossie, as covinhas, como as de Jim, as sobrancelhas finas arqueadas, como as de Alice. Tanta coisa que Jeanette solta um som baixinho, como se tivesse ficado sem ar, e o corredor parece murchar.

Porque ela tem cem por cento de certeza de que está olhando para Holly.

Antes que ela possa reagir, Tasha desce a escada de roupão.

— Viv — diz ela com surpresa quando chega. — Está tudo bem? — E aí ela vê a jovem, que abaixa a cabeça e cora de leve. — Lola! O que você está fazendo aqui?

45

Tasha

Quinta-feira, 29 de outubro de 2019

Viv parece abalada e Lola observa o chão, com as bochechas vermelhas. Minha mãe parece que vai desmaiar e está se segurando na parede para não cair.

Sou tomada de medo.

— O que está acontecendo? Está tudo bem? É o Aaron?

— Aaron está bem — diz Viv. — Mas podemos entrar, por favor?

Minha mãe entra em ação e as conduz pelo corredor até a cozinha. Percebo que ela não consegue parar de olhar para Lola, que está sentada ao lado de Viv no banco. Minha mãe ainda está em pé no meio da cozinha. Ela olha fixamente para Lola e, francamente, é um pouco constrangedor. Os modos da minha mãe geralmente são impecáveis.

Há uma tensão estranha no ar, como se as três soubessem de algo que eu não sei.

Então minha mãe diz algo que me choca tanto que preciso me segurar na mesa para não cair.

— Holly?

Lola abaixa o queixo.

— Acho que sim... Bom, na verdade, tenho certeza.

E então Lola se levanta e a minha mãe vai até ela e a segura com os braços esticados, como se ela fosse uma peça preciosa que precisa ser estudada, e as duas começam a chorar. Elas se abraçam e choram mais um pouco. Viv se levanta da mesa e vem até onde eu estou. Acho que entrei em choque.

— Vem cá, amor. Acho que devíamos deixar as duas sozinhas um pouco. Elas têm muito que conversar.

E ela me guia para fora da cozinha.

***

Mando as gêmeas brincarem lá em cima para que eu possa conversar com Viv em particular.

— Mas o que está acontecendo? Por que a Lola está dizendo que é a Holly? — Eu me viro para ela assim que as meninas saem do alcance da voz.

— Por favor, senta — diz Viv, que já está sentada na beira do sofá.

Relutantemente, sento-me a seu lado, e ela aperta minha mão. Viv explica em tom gentil sobre uma irmã que ela chamou de Clarissa, e um bebê morto chamado Bonnie, e uma caixa encontrada em um sótão contendo recortes de jornais antigos e uma fotografia de um túmulo. Tento digerir o horror de tudo isso.

— Então, Bonnie decidiu vir pra Chew Norton pra descobrir por si mesma. Ela tem observado todos vocês, tentando reunir coragem para se apresentar. Ela aceitou um emprego no consultório odontológico onde você trabalha, usando o nome do meio para que eu não descobrisse quem era, para conhecer você melhor. E aí, depois de trabalhar com você por mais ou menos um mês, ela me procurou. E foi aí que eu descobri a verdade — conclui ela. — Toda a verdade.

Não consigo falar por alguns segundos. Só fico olhando para ela. Eu a conheço desde meus 17 anos, mas, agora, ela parece uma estranha.

— Então você sabe desde junho e não contou pra nenhum de nós? Você não contou pra minha mãe?'

Uma nova onda de choque reverbera por mim quando percebo que ela sabia, ou pelo menos suspeitava, que a irmã tinha sequestrado Holly há muito mais tempo do que alguns meses. Não é de se admirar que ela evitasse a minha mãe. Estou surpresa de ela conseguir olhar na cara dela. Eu afasto a mão da dela, a fúria crescendo enquanto todas as implicações disso se alojam no meu cérebro.

— Desculpa — diz ela, olhando para as mãos apoiadas no colo. — A decisão era da Bonnie. Não cabia a mim. Bonnie teria vindo até vocês antes, mas aí aconteceram aquelas coisas com Kyle e Zoë, e Bonnie ficou achando que, com tudo o que vocês estavam passando, não era o momento certo. Ela estava com medo de que a sua mãe voltasse para a França, agora que Alice voltou para Londres.

— Então todo esse tempo eu estava trabalhando com a minha irmã e não sabia?

Viv concorda.

— Mas ela fez teste de DNA? Temos certeza de que ela é Holly? Não devíamos fazer isso antes que a minha mãe comece a se apegar? E o sangue... o sangue dela foi encontrado no tapete... no meu tapete... na noite em que o Kyle foi morto. Ela atacou o Kyle? — Não consigo imaginar. Lola, Holly, Bonnie, seja lá qual for o nome dela, sempre pareceu tão gentil, tão doce. Mas ela escondeu isso de mim por todo esse tempo, apesar de trabalhar comigo quase todos os dias.

— Faremos tudo isso, lógico, mas, Tasha, eu realmente acredito que ela seja Holly. Não sei sobre sangue nenhum, mas, na noite em que o Kyle foi morto, Bonnie estava comigo. Eu não a conheço há muito tempo, mas não há um pingo de violência nela.

Olho para Viv, boquiaberta, sentindo-me traída. Penso na irmã estranha e reclusa dela, na caixa cheia de matérias antigas sobre o sequestro de Holly, na reação da minha mãe quando a viu agora mesmo, e sei que ela está certa. Lola é Holly.

Mas, se ela é Holly, então não pode ser o sangue de Zoë no nosso tapete. Tem que ser o dela. Porque a minha mãe não tem mais filhos. Será que Holly esteve na nossa casa antes do ataque, se cortou de alguma forma e deixou sangue no nosso tapete?

Quando estou prestes a perguntar mais, ouço uma chave na porta da frente e os passos familiares de Aaron. Ele empurra a porta da sala de estar e espia dentro. Ele está de macacão de trabalho, mas com olheiras. Ele entra na sala e franze a testa quando me vê sentada com Viv e as expressões sombrias em nossos rostos.

— Está tudo bem?

Nem sei por onde começar. Eu me levanto de um pulo.

— Primeiro de tudo, você está bem? O que aconteceu com a polícia?

— Polícia? — pergunta Viv, surpresa. — Que história é essa com a polícia?

— Eu fui preso mais cedo, mãe — diz ele.

— Você não foi preso, Aaron. Só queriam te interrogar na delegacia — digo, tentando tranquilizar a ele e a mim mesma.

— Eles acham que a Zoë foi atacada antes de cair no lago. E eu sei que acham que fui eu.

— Não! — Viv parece horrorizada. — Eles não podem acreditar nisso de verdade. Não tem provas que sugiram que você machucou a Zoë. Por que você faria isso?

— Porque uma testemunha nos viu discutindo no bar. Mas eu não tenho nada a esconder — retruca ele.

Eu sei que tem algo que ele não está me contando. É por causa do jeito como ele fica transferindo o peso de uma perna para a outra e não me olha diretamente.

Viv morde o lábio, leva os dedos até o machucado na bochecha e cutuca distraidamente.

— Vai ficar tudo bem — digo, indo até Aaron. — Se você não fez isso, então…

— O que você quer dizer com *se eu não fiz isso*? É óbvio que eu não fiz isso, porra. Você acredita em mim, né?

Os olhos dele estão faiscando e eu me encolho, chocada. Percebo que ele está atacando porque está com medo.

— Lógico que eu acredito em você.

— Nossa, você é tão ingênua, Tash. As pessoas são presas e encarceradas por coisas que não fizeram o tempo todo. Eles poderiam me incriminar por isso e não haveria nada que eu pudesse fazer a respeito.

Troco um olhar preocupado com Viv. Ela se levanta.

— Aaron. Você tinha um álibi. Vários álibis. Um pub cheio deles. Você foi embora antes da Zoë. Todos nós vimos você sair. Zoë estava comigo bem no final da noite. Nós fumamos um cigarro lá atrás depois que eu tranquei o pub. Já tinha passado da meia-noite.

— Exatamente, e não cabe a você provar que não a machucou — digo calmamente, mesmo com o estômago embrulhado ao me lembrar de como menti por ele. — Cabe a eles provar que você fez.

— Isso mesmo — diz Viv.

— Acho que sim — murmura ele.

Pego a mão dele e o levo até o sofá.

— Tem mais uma coisa que você precisa saber. A minha mãe... Ela está na cozinha com... você não vai acreditar. Com a Holly.

A expressão de puro choque no rosto dele é tão cômica que, apesar das circunstâncias, tenho que conter um sorriso.

E então Viv e eu contamos tudo a ele.

Depois, Aaron fica sentado encarando a mãe, e eu sei que estão passando pela mente dele todas as coisas que eu pensei quando ouvi essa história sombria. Tento imaginar o que eu teria feito no lugar de Viv, se desconfiasse que minha irmã havia sequestrado um bebê. Eu a protegeria, como Viv protegeu Clarissa? Ou correria direto para a polícia?

Gosto de pensar que correria direto para a polícia, mas fazemos coisas estúpidas pelas pessoas que amamos. E, quando Viv justifica suas escolhas para Aaron dizendo que minha mãe já tinha duas filhas, duas filhas lindas, que ela amava, e Clarissa, a pobre e desequilibrada irmã de Viv, que, ela suspeita, havia perdido um bebê tão desejado, não tinha nada e provavelmente se jogaria na frente de um trem se alguém tentasse tirar Holly/Bonnie dela, sinto a fúria crescendo em mim novamente.

— Então você colocou as necessidades da Clarissa acima das nossas? Você não pensou em como isso afetaria minha mãe, meu pai, a mim? Alice?

Viv aperta os olhos, e uma lágrima escorre por sua bochecha.

— Eu não podia me permitir pensar em nenhum de vocês naquela época. Pensei na minha irmã, na pessoa que eu amava. Bonnie já tinha dez anos quando liguei os pontos. Como eu poderia tirar uma menina de dez anos da única família que ela conhecia? Que amava? — Ela abre os olhos e os fixa em mim. — Sua família, Tasha, era formada por estranhos para mim naquela época. Eu mal conhecia Jeanette, só a cumprimentava na rua. E eu te amo agora como se você fosse minha própria filha, mas eu não sabia que isso ia acontecer. Não imaginei naquela época que um dia estaríamos sentadas aqui e você seria minha nora. Mas você tem que acreditar em mim quando digo que nunca me permiti pensar que Clarissa tinha levado Holly. Era apenas uma desconfiança, e uma na qual eu me recusava a acreditar. A mente humana é uma coisa maravilhosa... a capacidade que temos de nos convencer, de nos iludir, de pensar uma coisa, mesmo sabendo, lá no fundo, que o oposto é a verdade.

Ela se levanta e pega a bolsa e o casaco.

— Acho melhor eu ir embora. Por favor, diga a Jeanette que eu sinto muito. Sinto muito mesmo.

Aaron e eu trocamos um olhar preocupado, mas não dizemos mais nada quando ela sai. Alguns segundos depois, ouvimos a porta da frente se fechar.

— Deus — diz Aaron, apoiando a cabeça entre as mãos. — É muita coisa pra assimilar. Não consigo nem imaginar como você está lidando com isso.

Nós nos encaramos por alguns instantes e ele se levanta.

— Vem cá — pede ele, e eu vou até lá, encosto o rosto em seu peito e ele me abraça e beija o topo da minha cabeça.

Ficamos assim por um tempo até eu me afastar.

— É melhor eu dar uma olhada nas gêmeas.

Ele assente, a boca apertada.

— Antes disso — diz ele —, preciso te contar uma coisa.

46

Encaro Aaron, com medo do que ele está prestes a confessar. Ele muda de posição.

— O que é?

— Os irmãos Knight estão usando o Gareth na oficina para falsificar os números dos chassis dos carros. — Ele diz isso em uma frase longa e ofegante, e espera minha resposta.

— O que isso significa?

— Tudo o que você precisa saber é que é ilegal. Eu me recusei a me envolver nisso. Mas descobri que a Zoë estava envolvida, assim como outro cara, o Bruce. O Tim não sabia de nada, mas a Zoë me contou na noite em que você nos viu perto da lagoa. Estávamos discutindo sobre isso. Eu disse a ela que precisava impedir, que os irmãos Knight eram problema.

— Você contou isso à polícia?

— Eu tive que contar. Alguém nos viu na lagoa naquela noite, além de você. Mas agora estou preocupado em deixar o Gareth e o Bruce encrencados...

— Você tinha que dizer alguma coisa. Eles acham que os irmãos Knight podem ter feito mal a Zoë?

— Eles não têm certeza. Mas é uma possibilidade. Contanto que não achem que eu fiz alguma coisa. — Ele esfrega a mão no queixo. Toda a energia anterior se esvaiu e ele parece pálido e desanimado. — Eu disse a ela pra não se envolver com eles. — Ele balança a cabeça com tristeza. — Eu avisei. Eu avisei, porra.

Aaron parece tão chateado e abatido que vou até ele e o envolvo com os braços.

* * *

— Desculpa, eu não sei como te chamar — digo quando minha mãe e Lola entram na sala de estar.

Estou sentada no sofá, refletindo sobre o que Aaron acabou de me contar. As gêmeas desceram e agora estão brincando com uma casinha de bonecas no chão. Começou a chover e ouço a chuva batendo nas vidraças. Aaron subiu para tomar um banho. Minha mãe se senta na poltrona em frente. Percebo que seus olhos não se afastam de Lola, como se ela estivesse com medo de ela simplesmente desaparecer de novo.

— Bonnie está bom — diz ela, sentando-se na beirada do sofá. — Lola não parece meu nome, mesmo sabendo que é o que eu estou usando no trabalho. E Holly... Holly também não parece ser eu. Sou Bonnie há trinta anos. Sinto muito que isso seja um choque pra você, e sinto muito por não ter te contado antes. Eu já quase vim aqui algumas vezes. Mas sempre tive muito medo.

— Você é mesmo enfermeira odontológica?

— Lógico. — Ela ri. — Bom, estagiária. Eu queria ser dentista, mas não consegui concluir os estudos porque a minha mãe... Clarissa... — Ela para de falar, com as bochechas corando.

Observo a reação da minha mãe. Ela está tentando manter o rosto impassível, mas vejo, pelo rubor que surge em seu pescoço e pela tensão na mandíbula, que ela está tentando controlar as emoções ao pensar em Holly chamando outra pessoa de mãe.

Agora que eu sei a verdade, consigo ver a semelhança com a minha mãe nos perfis delas. A mesma pele e cabelo claros, o mesmo nariz.

— Sinto muito pelo que aconteceu — digo subitamente, e me sinto de repente arrasada por ter perdido tantos anos com ela. Uma infância compartilhada. Há algo tão vulnerável nela, tão adorável e carinhoso, que me sinto quase maternal em relação a ela. E preciso conter as lágrimas: eu finalmente posso ser a irmã mais velha. E tento me colocar no lugar da Viv.

Minha mãe diz que vai fazer uma xícara de chá para nós e deixar que coloquemos a conversa em dia, depois nos deixa sozinhas. Nós nos olhamos, ambas repentinamente tímidas. Ela puxa a bainha do casaco. Bonnie já está aqui há duas horas e não o tirou.

— Sua mãe me contou sobre o DNA encontrado no seu tapete — diz ela. — Posso garantir que não era meu. Essa é a primeira vez que eu entro na sua casa. E na noite do ataque eu estava na casa da Viv. Eu jamais teria atacado o Kyle ou a Alice.

— Nós vamos precisar fazer testes de DNA e tudo o mais — digo. — Pra ter certeza de que você é a Holly. — *E para ver se bate com o sangue da cena do crime*, penso, mas não digo.

— Eu entendo.

— Viv me contou o que você passou, com sua mãe... com a Clarissa. Deve ter sido difícil descobrir a verdade. Nem consigo imaginar.

— Eu sempre quis uma família grande — diz ela, olhando para as gêmeas brincando no chão. — E agora tenho irmãs, uma mãe, sobrinhas e um cunhado. Mal posso esperar pra conhecer a Alice.

— Você não conhece a Alice? — pergunto, lembrando-me do congresso. — Você não foi a Liverpool e a viu em um congresso, por acaso?

Bonnie parece confusa.

— Não. Por quê?

— Ah, não é nada.

Quero ficar eufórica. Mas não posso me permitir. Ainda não. Não até que os resultados de DNA saiam. Ainda há tantas perguntas sem resposta.

Bonnie fica para o jantar, depois diz que precisa voltar por causa de Biscuit. Minha mãe a acompanha até a porta e Aaron diz:

— Ela parece ser um amor. Meu Deus, espero que o teste de DNA prove que ela é mesmo a Holly, depois de tudo isso.

— Eu também espero.

— Você não vai contar para sua mãe o que eu te contei sobre os irmãos Knight?

— Lógico que não. Mas... você jura que não está envolvido?

— Eu juro. — Ele segura minhas mãos. — Eu nunca faria nada ilegal. Você tem que acreditar em mim. E isso inclui fazer mal a Zoë. Eu nunca encostaria um dedo em uma mulher.

Quando a minha mãe volta para a sala, ela me olha com pura empolgação no rosto.

— Não acredito — diz. — Não acredito que a encontramos. — Eu meio que espero que ela comece a reclamar de Viv e o papel que ela teve nessa história, mas ela não faz isso. Só se senta em uma cadeira e começa a chorar.

— Ah, mãe — digo, correndo para o lado dela da mesa. Parece a coisa mais natural, de repente, abraçá-la.

— Está tudo bem — diz ela, enxugando os olhos. — São lágrimas de felicidade. Estou tão aliviada... Quer dizer, eu também estou brava com a Viv. Desculpe, Aaron, eu sei que ela é sua mãe. Mas o principal agora é que eu estou tão, tão aliviada. — E ela começa a rir e chorar e, apesar da minha promessa de não criar muitas esperanças, eu me junto a ela.

Alice fica chocada quando minha mãe e eu ligamos para ela por FaceTime mais tarde naquela noite para contar a novidade. Ela fica imóvel, iluminada pela cozinha glamorosa atrás, as pérolas de luz brilhando nas contas do lustre acima dela se refletindo nas paredes, as sobrancelhas expressivas subindo e descendo conforme as revelações vêm densas e rápidas. E, finalmente, quando chegamos à parte sobre como Holly apareceu na nossa porta com Viv, os olhos de Alice estão tão arregalados que parecem que vão saltar do rosto.

— Não acredito — sussurra ela, a voz ecoando na grande cozinha vazia. — Isso é surreal.

— É simplesmente o dia mais feliz do mundo — diz minha mãe, chorosa. — Ela é incrível, Alice. Você vai adorá-la.

Olho para a minha mãe. Ela *é* incrível, pelo que sei dela. E eu tive sorte de poder passar um tempo com ela, mesmo sem saber que ela era minha irmã. Mas estou tão preocupada com a possibilidade de a minha mãe ficar decepcionada se o teste de DNA provar o contrário que quero dizer a ela para esperar, ser paciente, para ter tudo confirmado primeiro. No entanto, não quero amenizar sua empolgação.

— Eu perguntei a ela sobre o congresso — digo. — Ela disse que não foi ela.

— Que estranho — diz Alice.

— Pois é. Então quem pode ter sido, se não era a Bonnie?

Alice dá de ombros.

— Não sei. Talvez tenha sido só uma mulher esquisita. E quanto ao DNA encontrado na cena do crime?

— Vou levar Bonnie pra ver a investigadora Jones amanhã. Ela vai providenciar um teste de DNA. Saberemos mais depois disso — diz minha mãe.

— Mas Bonnie estava com a Viv na noite em que o Kyle morreu, querida.

— Bom, parece estranho que o DNA dela estivesse na casa da Tasha — observa Alice.

— Deve haver alguma outra explicação pra isso — diz minha mãe.

Lanço um olhar preocupado para ela. Não quero que Alice acabe com a festa dela. Eu tive a chance de conhecer Bonnie como Lola nos últimos meses e não consigo acreditar que ela faria algo assim com Kyle e Alice. Minha mãe está certa. Deve haver outra explicação para o sangue encontrado na cena do crime.

A menos, é óbvio, que tenha havido algum erro horrível e Bonnie não seja Holly, afinal.

— Não vamos nos preocupar com nada disso agora — digo. — Pode ser apenas uma anomalia. Uma contaminação.

Alice franze a testa e parece que quer me contradizer, mas não o faz.

— Você precisa conhecê-la — diz minha mãe. — Por que não vem aqui no fim de semana?

— Com certeza. Ainda não estou acreditando. — Alice ri. — Duas irmãzinhas. Duas pra dar ordens.

— Ei, calma aí!

Mas fico tão feliz em ver a alegria no rosto de Alice depois de tudo o que ela passou, tão aliviada por ela ter notícias maravilhosas após a morte de Kyle, que todos aqueles sentimentos negativos, o ciúme latente, o ressentimento, a sensação de não ser boa o suficiente, se dissipam e são substituídos pela gratidão por estarmos todos aqui, vivos, felizes e bem. E por termos encontrado Holly, ou melhor, por Holly ter nos encontrado. Finalmente.

47

Tasha

Sexta-feira, 1.º de novembro de 2019

Penso em Bonnie a semana toda. O contrato de três meses dela na clínica terminou e estou triste por não trabalharmos mais juntas. Ainda não contei a Donna nem a Catherine sobre isso, ainda não. Acho que só devo contar quando os resultados do DNA saírem. Eu quero muito que Bonnie seja Holly, mas ainda estou confusa por causa do DNA encontrado na minha casa.

E, por baixo de tudo isso, tem outra coisa que me incomoda. Algo sobre o que Viv disse sobre a noite da morte de Zoë.

Decido ir vê-la na hora do almoço.

O dia está frio e seco, e geada cobre as calçadas, brilhando nos telhados e cristalizando as pontas da grama. Enquanto dirijo pelo vilarejo, com a decoração do Halloween ainda nas janelas, de repente me sinto sufocada. Imagino como seria me mudar, morar em um lugar completamente novo, onde eu não conhecesse cada viela, cada rua, cada loja. E eu me pergunto do que tive medo todos esses anos. Será que estava esperando inconscientemente Holly voltar para casa? Ou era medo de nunca conseguir competir com Alice, então nem tentei? Mas conhecer a Bonnie, ouvir a história dela, me fez reavaliar minhas próprias decisões. Eu nunca soube realmente quem sou, mas minha vida não acabou. Tenho só 34 anos. Ainda tenho bastante tempo para descobrir tudo. Não preciso ser como Alice e ter uma carreira planejada. Talvez eu não queira uma carreira. E tudo bem também. Penso em Alice, em como a vida dela mudou rápido. Ela nunca pensou que ficaria viúva tão jovem, depois de apenas quatro anos de casamento. E Bonnie. Nessa época no ano passado, ela pensava que era Bonnie Fairborn, a única filha de Clarissa e Jack Fairborn, vivendo uma vida solitária, ansiando por uma família grande, e agora ela descobre que é Holly Harper.

Paro em frente à casa de Viv. Ela atende depois de uma batida, e desconfio que ela me viu vindo pelo caminho.

— Tasha, que surpresa ótima.

— Posso entrar? — pergunto. Sinto-me mal com o que estou prestes a fazer, mas é a única maneira de descobrir se as minhas suspeitas estão certas.

— Lógico.

Eu a sigo até a cozinha de pinho e tenho flashbacks daqueles dias horríveis depois que voltamos de Veneza e descobrimos sobre o assassinato de Kyle.

— Quer uma xícara de chá?

— Não, estou bem, obrigada. Estou no meu horário de almoço.

— Posso fazer um sanduíche?

— Não precisa, sério... Viv... — Eu hesito e ela me olha com expectativa. — Como você arranjou esse arranhão? Está bem feio.

— Eu já te contei. Foi o Freddie Mercury. Eu estava dando um abraço nele e...

— Por favor, não minta para mim — digo. — Acho que a Zoë te arranhou.

Ela arregala os olhos.

— Por que você acha isso?

— Você não tinha um arranhão naquela noite no pub. E aí você disse pra mim e Aaron ontem que foi a última a estar com a Zoë. Que ela estava com você quando você trancou o pub e que já passava da meia-noite.

O rosto de Viv fica vermelho.

— Bom, sim, ela estava, mas...

— Você me disse naquela noite que achava que ela era problema. Tive a impressão de que não gostava dela. Então por que ela ficou pra trás pra falar com você enquanto você estava trancando o pub?

— Eu... bom, eu só estava... Nós fomos fumar. Lá nos fundos...

— Viv, você sabia que a polícia acha que o Aaron atacou a Zoë? — minto. Não sei se é esse o caso, pois eles não o interrogaram novamente. — Então, se algo aconteceu entre vocês duas...

O queixo de Viv treme.

— Eu vi como ela estava, flertando com o Aaron a noite toda. Eu vi como você ficou chateada por causa disso. Ela não ia desistir, e eu não podia deixar que ela destruísse você e Aaron. Não depois de tudo por que vocês passaram. Então, quando todos foram embora, perguntei se poderíamos conversar lá atrás. Ela me ajudou a recolher os copos. Ela estava um pouco bêbada na hora, mas vi que queria se aproximar de mim, por eu ser mãe do Aaron e tudo mais. Eu só queria avisá-la pra ficar longe do Aaron, só isso. Eu não planejava machucá-la. Mas nós discutimos, e ela me disse que sabia que o Aaron gostava dela, de verdade, lá no fundo, apesar de ele ter dito o contrário. Que você não era boa o suficiente para ele. Ela era obsessiva, delirante. Eu disse que ela nunca teria o que queria e aí… e aí ela me empurrou. Com força. Eu bati com a cabeça na parede e me descontrolei. Não sinto orgulho disso, Tash. Mas ela me deixou furiosa. O rosto presunçoso, o jeito como ela falava do Aaron… Então eu a empurrei pra trás, com bastante força. Ela bateu a lateral da cabeça, a têmpora, na borda de metal do depósito, mas parecia bem. Perfeitamente bem. Ela mandou eu ir me foder e saiu furiosa. Eu juro que, quando ela saiu, estava viva.

— Então por que você não contou pra polícia?

Ela olha para Freddie Mercury aos seus pés.

— Eu não sei. Estou com medo, acho. Mas estou de saco cheio de ter medo. Não posso deixar o Aaron levar a culpa por algo que ele não fez. Queria ter sido mais corajosa com a Clarissa. Se eu tivesse sido, as coisas seriam tão diferentes. Você acredita em mim, não é?

— Lógico que acredito. Quer que eu vá com você até a delegacia? Podemos falar com a investigadora Chloë Jones? Ela é uma boa detetive.

Viv concorda com a cabeça.

— Tudo bem. Vou pegar minhas coisas. — Ela pega a bolsa, e percebo como a mão treme quando ela segura o telefone. E então, juntas, o braço dela entrelaçado no meu, nós saímos de casa.

Quando chego em casa mais tarde, a investigadora Jones está na minha cozinha, envolta em um casaco acolchoado grosso e com o cachecol listrado de sempre, os dedos em volta de uma caneca de chá. Ela está em pé junto à pia e a minha mãe está sentada à mesa. Seus olhos estão marejados e ela está radiante.

— O que foi? — pergunto, imaginando se é sobre Viv. Pelo que sei, ela ainda está na delegacia. Eu esperava que ela conseguisse falar com a investigadora Jones, mas deve estar com Thorne. Apesar de tudo, sinto um súbito desejo de proteger Viv. Espero que Thorne não esteja pegando pesado com ela.

— O DNA da Bonnie é compatível com a família! — exclama minha mãe. — Ela é mesmo a Holly. Assim que a vi, eu simplesmente soube.

Sinto uma explosão de alegria. Eu não conseguia acreditar até aquele momento.

— E bate com o DNA no tapete? — pergunto.

— Não. Não bate — diz a investigadora Jones. — E nem o da Zoë.

Tiro o casaco e o penduro no encosto da cadeira enquanto assimilo essa informação.

— Pode ser DNA contaminado? — pergunta minha mãe, rompendo o silêncio.

— É uma possibilidade. Ainda temos a arma do crime que foi encontrada na casa da Zoë, mas não tem as impressões digitais nem o DNA dela. E agora também não temos como colocá-la na cena do crime. Então... — ela levanta os ombros — é muito mais complicado, mas, com os bilhetes que ela te enviou e o histórico dela, ainda acreditamos que ela seja nossa principal suspeita. Mas vamos manter vocês informadas.

Misturado à alegria por ter minha irmãzinha de volta, há o medo. Como podemos relaxar de verdade até termos certeza de quem é o sangue encontrado no meu tapete e que papel essa pessoa teve no assassinato de Kyle?

PARTE CINCO

48

Jeanette

Sexta-feira, 13 de dezembro de 2019

É sexta-feira à noite e Jeanette, Tasha e Bonnie estão sentadas na linda cozinha de Alice. Quase dois meses se passaram desde que Bonnie voltou à vida de Jeanette. Dois meses maravilhosos em que ela pôde passar um tempo com a filha, a filha maravilhosa, gentil e atenciosa, que é tudo o que Jeanette esperava que ela fosse e ainda mais. Muita coisa aconteceu desde que Bonnie bateu à porta.

Os restos mortais no fundo do jardim pertenciam à bebê adotada de Clarissa e Jack, a verdadeira Bonnie Fairborn. Jack foi preso posteriormente, mas nenhuma acusação foi feita contra ele porque a polícia acreditava que ele não sabia.

Viv foi acusada de algo chamado de "homicídio com grau atenuado de culpa", porque o ferimento na cabeça não foi considerado suficiente para causar a morte de Zoë, apenas para ter "contribuído". Mesmo assim, ela recebeu uma pena de 12 meses com suspensão condicional da pena. Jeanette percebe que levará muito tempo para estar perto de perdoar Viv pelo que ela fez todos aqueles anos antes. Ela pode ter ajudado Bonnie a voltar para sua vida, e por isso Jeanette é grata, mas ela nunca entenderá como Viv pôde guardar para si por tanto tempo as desconfianças sobre o que Clarissa fez.

Ela está tão feliz com a facilidade com que Bonnie entrou em suas vidas. Algumas semanas antes, Bonnie voltou para Birmingham, mas mantém contato, e elas fazem questão de se encontrar regularmente. Jeanette não voltou para a França e pediu a Eamonn para arrumar a casa e enviar suas coisas de volta. Ele disse que entregará pessoalmente, e Jeanette sentiu uma emoção estranha com a ideia de vê-lo novamente. Ele chega na semana seguinte.

Jeanette alugou um apartamentozinho por enquanto, mas Tasha está falando em se mudar. Aaron está se candidatando a empregos em Bristol e Tasha vem pensando em se requalificar como assistente de ensino.

— Gosto de estar perto de crianças — disse ela. — Eu ia gostar de trabalhar em uma escola primária. Sei que não sou ambiciosa como Alice...
— E Jeanette a interrompeu e pediu que ela parasse de se comparar, que sentia orgulho de todas as filhas em igual medida. Das três.

A única nuvem que continua pairando sobre todas elas é que ninguém foi preso por atacar Kyle e Alice. Elas conversaram muito sobre isso, discutindo diferentes teorias: Alice está convencida de que o DNA deve ter sido contaminado de alguma forma e que Zoë foi a responsável, mesmo sem nenhuma prova concreta. Aaron acha que podem ter sido os irmãos Knight, que eles mentiram sobre os planos de assaltar a casa na noite *seguinte* ao ataque e que usaram Zoë como bode expiatório (depois de admitir que Zoë e os Knight estavam envolvidos em negócios ilegais na oficina). Jeanette ainda não sabe o que pensar. Ela sabe que Tasha ainda está incomodada com isso e não a culpa. Sabe que esse é um dos motivos pelos quais Tasha quer se mudar.

— O que vai acontecer com a empresa do Kyle? — pergunta Jeanette agora.

Elas acabaram de comer um magnífico tagine de cordeiro que Alice preparou e estão terminando uma garrafa de vinho caro. Jeanette não sabe o nome, mas é superior a tudo que ela já provou antes. É a primeira vez que Bonnie vai lá, e Jeanette se diverte ao ver que ela passou a maior parte do dia maravilhada, com os olhos arregalados. Jeanette ainda se sente assim também. É uma pena que a casa vá ser vendida, mas é grande demais só para Alice.

— O lado tecnológico está em processo de venda. Como eu desconfiava, o aplicativo de saúde nunca saiu do papel sem o Kyle no comando. Ele era muito perfeccionista.

— Sério? — pergunta Tasha. — Ele não parecia. É mais a sua cara. — Ela ri ao dizer isso, mas há um tom ríspido na voz, o que surpreende Jeanette.

Alice parece não notar. Ela só ri com tristeza.

— É. Essa é outra coisa que tínhamos em comum. Mas nossos nomes estariam nesse aplicativo. Nossa reputação. A *minha* reputação. Então, teria que ser da melhor qualidade. E, quando o Kyle morreu, ainda havia muitas coisas erradas com o aplicativo.

— Você vai ganhar dinheiro com a venda? — pergunta Tasha, com o olhar curioso, e Jeanette se contorce. Por que Tasha está sendo tão intrometida?

— Não. Não de verdade. Quando os investidores forem pagos, não vai sobrar muito. Como o Kyle não está mais aqui pra administrar ou pra supervisionar a transferência, a empresa perdeu muito valor. A empresa *era* o Kyle.

— Onde você vai morar quando esta casa for vendida? — pergunta Bonnie em tom suave, corando enquanto fala. Ela ainda parece um pouco intimidada por Alice, e Jeanette consegue entender o porquê. À primeira vista, Alice é intimidadora.

Alice se serve de mais uma taça de vinho, e Jeanette admira como ela tem sido forte durante todo o tempo, embora se preocupe com o fato de sua filha estar tão ocupada se dedicando ao trabalho e resolvendo o patrimônio de Kyle, para que Connor receba o que é dele por direito, além de vendendo a empresa de Kyle, que ela não se deu o devido tempo para o luto.

— Vou voltar para o meu apartamento em Notting Hill, onde morava antes... antes de conhecer o Kyle. Está alugado desde essa época.

— Foi uma decisão sábia — diz Jeanette. Ela está sentada ao lado de Alice, na cabeceira da mesa, e estende a mão para fazer carinho nela. Não há mais sinais externos de trauma, mas Jeanette sabe por experiência própria que Alice levará muito tempo para se curar interiormente.

— Mas... — Alice as encara com os olhos brilhando — eu ganhei um prêmio no trabalho. Por uma pesquisa que estou fazendo.

Jeanette se levanta e a abraça.

— Que maravilha! Parabéns, querida — diz ela. Tasha e Bonnie se levantam para parabenizá-la também.

— A Medalha Colworth foi pela minha pesquisa celular de... — Ela ri. — Basicamente, fiz algumas descobertas importantes na maneira como encaramos certas doenças, como o câncer. Estou mais do que emocionada.

— Não vou pedir que você explique o que fez pra ganhar o prêmio — diz Tasha —, porque duvido que entenderíamos.

Bonnie dá uma risadinha.

— É verdade — concorda, olhando para Alice com admiração.

— Bem, isso é mais do que motivo pra uma comemoração — diz Jeanette, erguendo a taça. — À Alice.

— À Alice — repetem Tasha e Bonnie ao mesmo tempo.

— E à Bonnie — declara Alice, a taça ainda erguida. — Por voltar às nossas vidas e fazer com que nossa família se sinta completa novamente.

— À Bonnie — dizem todas, e quando Jeanette olha para a cabeceira da mesa, deseja que Jim ainda estivesse vivo para ver aquilo.

49

Tasha

Sexta-feira, 13 de dezembro de 2019

Alice e eu estamos sentadas nos sofás magenta da sala de estar depois que minha mãe e Bonnie foram dormir. A única luz vem de um abajur pequeno e do fogo crepitando na lareira. O ambiente é aconchegante, com sombras tremulando nas paredes cor de fumaça. Alice está bebendo o resto do vinho no sofá, em ângulo reto com relação a mim. Eu aconchego os pés debaixo do corpo.

Desde que os resultados chegaram, declarando que o DNA encontrado na cena do crime não correspondia com o de Bonnie, estou obcecada com isso. A menos que minha mãe tenha outros filhos sequestrados, que ela me garante que não tem, não consigo entender o que foi encontrado na nossa casa.

— Bonnie é ótima, não é? — comenta Alice, sorrindo para a taça. — Temos muita sorte de ela não ter se tornado uma esquisita.

— Você descobriu quem era a mulher no congresso? A que escreveu os bilhetes fingindo ser da Holly? — pergunto.

Alice se inclina para a frente para colocar a taça de vinho vazia na mesa de centro.

— Não. Acho que deve ter sido tentativa de golpe. Ou talvez tenha sido a Zoë, no fim das contas. Sei que a polícia nunca encontrou nenhuma prova que sugira que ela me escreveu cartas, mas... — Ela dá de ombros e se recosta nas almofadas macias.

— Mas você viu uma foto da Zoë. Você não achou que fosse ela.

Uma irritação surge no rosto de Alice.

— Pra ser sincera, Tash, eu não me lembro e não me importo mais. Nós encontramos a Holly, então não sei por que você ainda está falando sobre isso.

Tiro as pernas de debaixo do corpo e tomo um gole de chá. Eu deveria ir para cama. Alice parece que vai se levantar quando digo:

— Tenho pensado muito sobre aquele DNA encontrado na minha casa e queria saber se a sua amiga Ellen se importaria se eu ligasse para ela.

O rosto de Alice está parcialmente na sombra, fazendo com que a maçã do rosto pareça mais acentuada. Ela ergue as sobrancelhas.

— Por que você precisaria falar com a Ellen?

— Ela é geneticista, não é?

— É.

— Bom, ela talvez possa explicar por que foi encontrado DNA semelhante ao nosso, mas que não é de nenhuma de nós.

Alice se ajeita e descruza as pernas.

— Você quer mesmo remexer tudo? Importa? Pode ser contaminação cruzada. A polícia também nos tranquilizou sobre isso.

— Só estou interessada, acho. Eu gostaria de saber quem esteve lá em casa. Você não quer saber se descobrimos mesmo quem te atacou e matou o Kyle?

— Foram os irmãos Knight ou a Zoë. Acho que deve ter sido um roubo que deu errado. Os próprios Knight disseram que planejavam invadir sua casa. Nós nunca teremos certeza, mas a polícia ainda acha que foi a Zoë e que eles simplesmente não têm provas suficientes.

— Não explica o DNA...

Alice balança a mão com desdém.

— É uma anomalia, obviamente. Pode acontecer. — Ela cruza os braços. — Por que você está tão interessada de repente?

— Não é "de repente", Al. Eu estou pensando nisso há muito tempo. Não sei, acho que há perguntas que não foram respondidas e isso me deixa um pouco nervosa. Mal posso esperar pra vender nossa casa. Ela tem muitas lembranças desagradáveis agora.

— Faz sentido. É o que sinto em relação ao apartamento de Veneza. Já providenciei a venda dele também. Não consigo me imaginar querendo voltar sem o Kyle.

Sinto uma onda de pena dela. Sei que ela abriria mão de toda a riqueza e de todo o sucesso profissional para ter Kyle de volta. Penso em Aaron em casa com as gêmeas. Nosso relacionamento melhorou muito nos últimos dois meses. Ele não sai tanto para beber e quer passar mais tempo comigo e com as meninas.

— Enfim — Alice se levanta —, vou dormir. Foi uma semana longa e estou exausta.

Eu me levanto para lhe dar um abraço.

— Vou ficar aqui, se não houver problema, e terminar meu chá de hortelã — digo.

— Claro. — Ela me dá um sorriso e sai da sala. Tomo um gole do chá, olhando para as brasas fracas da lareira, a mente girando. Então pego meu celular e pesquiso "dra. Ellen Bright" no Google. Mal não vai fazer se eu tiver uma conversinha com ela, vai?

Tenho a chance de falar com ela no dia seguinte. Saio mais cedo enquanto todo mundo ainda está na cama. Não consegui encontrar o número do celular dela no Google, só o número do escritório, e, como é sábado, duvido que alguém esteja lá. Então, entrei no escritório da Alice depois que ela foi dormir ontem à noite e encontrei todos os contatos dela no laptop.

Estou no Hampstead Heath, com a vista da cidade se espalhando à minha frente, como um protetor de tela. Adoro Hampstead com seu ar de vilarejo e espaços verdes, e é uma pena que Alice não vá continuar morando lá, embora eu entenda o porquê. Sento-me em um banco. Ainda é cedo para sábado, ainda não são nove horas, e espero não acordar Ellen quando ligo para o número dela. Espero enquanto toca, observando os passeadores de cães, os corredores e as mães com bebês e crianças pequenas em carrinhos, e penso nas minhas meninas, minhas preciosas gêmeas, e na pontada de culpa que sinto por estar ali, sem elas, em uma manhã fria de dezembro, mas também aproveitando a calma e a paz.

— Alô.

Estou tão ocupada pensando na minha vida e na minha família em Chew Norton que me assusto ao ouvir a voz de Ellen.

— Oi! Ellen? Aqui é a Tasha. Irmã da Alice Harper. Nós nos conhecemos no funeral do Kyle.

— Ah, sim. — A voz dela ganha ânimo. — Que bom falar com você. Como você está? Está em Londres?

— Estou. Em Hampstead, hospedada com a Alice. — Eu me afasto um pouco de um corredor que decide descansar ao meu lado no banco. — Espero que não tenha problema eu te ligar assim, do nada, mas tenho algumas perguntas sobre DNA, e como você é geneticista, queria saber se posso te perguntar.

— Lógico. Espere um segundo... — Ouço um farfalhar, depois a voz abafada pedindo um *caramel macchiato* para viagem. — Obrigada. — Ela retorna à linha. — Desculpe, estou no Starbucks. O que você queria perguntar?

Explico sobre o DNA encontrado lá em casa, que não era de Bonnie nem de Zoë.

— Certo — diz Ellen, digerindo a informação. O corredor ao meu lado se levanta e continua a corrida.

— Então, acho que a pergunta que quero fazer é: de quem poderia ser?

— Ah. — Ela ri. — Fácil. Seria da Alice.

— O quê? — Sinto uma pontada de irritação. Pensei que Ellen fosse superinteligente. — Não, era uma correspondência próxima do DNA da Alice e do meu. A polícia descreveu como DNA familiar.

— Desculpe, eu não estou sendo clara o suficiente. O que eu quis dizer é que Alice é uma quimera.

Por que esse termo me lembra algo? Fico quebrando a cabeça, mas não consigo me lembrar onde já li isso.

— O que é uma quimera?

— Uma quimera é alguém que tem mais de um conjunto de DNA. Em termos leigos, geralmente ocorre quando uma pessoa compartilhou o útero com outra, como em uma gravidez de gêmeos, mas, se um dos embriões morre no início da gravidez, ele pode ser absorvido pelo gêmeo sobrevivente, o que resulta nessa pessoa tendo dois conjuntos de DNA.

Penso na conversa de Alice sobre a gravidez da minha mãe de gêmeos. Mas, quando perguntei à minha mãe sobre isso, ela negou.

— Minha mãe saberia que estava grávida de gêmeos?

— Não necessariamente — responde Ellen. — Geralmente acontece bem no início da gravidez, antes de um exame.

— Então, como Alice sabia disso?

— Ela descobriu recentemente. Ela estava me ajudando com uma pesquisa minha. Eu testei o DNA dela. Acabei tendo que repetir algumas vezes por motivos que não vou explicar pra não te entediar, mas, quando vi os resultados, percebi isso. Foi incrível, na verdade. É bem raro porque, na maioria das vezes, não temos conhecimento disso.

— Então a Alice sabe que ela tem dois conjuntos de DNA? — pergunto.

— Sabe. Lógico. Foi tudo muito emocionante quando descobrimos.

— Então... — Eu respiro fundo, tentando conter a náusea por Alice não ter dito nada sobre isso, dada a amostra em nossa casa. — Então é por isso que havia um conjunto desconhecido de DNA familiar encontrado na cena do crime quando o Kyle e a Alice foram atacados — digo, mais para mim mesma.

Ouço Ellen tomar um gole de café.

— Sim, um conjunto estaria no sangue dela, por exemplo. E um nos tecidos, como pele ou saliva. Então, se o sangue da Alice foi encontrado no local, e teria sido mesmo porque ela foi atacada, e eles compararam com um tirado da pele ou saliva dela, não teriam sido compatíveis.

O sangue no tapete era de Alice o tempo todo. Só que ela saberia disso. Então, por que não disse?

— Muito obrigada — digo a Ellen. Preciso desligar o telefone. Minha mente está fervilhando com tantas perguntas sem resposta.

— Fico feliz em ajudar. Esse tipo de coisa é fascinante — responde ela alegremente. — Se precisar saber de mais alguma coisa, por favor, me ligue.

Encerro a ligação, incapaz de me mover. Uma idosa se senta na outra ponta do banco e sorri para mim, mas não consigo fazer os músculos do meu rosto se moverem. Eu me sinto tão paralisada quanto o gelo do lago próximo.

E então lembro onde vi a palavra "quimera".

Na noite em que fiquei com Alice e descobri que ela estava mentindo sobre Connor. Estava no histórico de buscas.

Então, por que ela mentiu?

50

Alice

Domingo, 13 de outubro de 2019

Alice deve ter acabado pegando no sono, porque, quando abre os olhos com um sobressalto, algumas horas depois, está coberta de suor e o coração, disparado. Ela fica deitada por alguns segundos, prestando atenção, tentando acalmar a respiração.

Ela cutuca Kyle, e ele abre os olhos.

— O q-que está acontecendo? — pergunta ele, grogue, enquanto se apoia nos cotovelos. — O que foi?

— Eu não sei... mas sei que ouvi alguma coisa. Lá embaixo.

Kyle se senta de repente e joga o edredom para a frente. Pisa no carpete e pega o celular na mesa de cabeceira. Ele está só de cueca boxer e parece meio desequilibrado.

— Tenho certeza de que não é nada, mas vou dar uma olhada.

Ela segura o edredom embaixo do queixo, o coração ainda disparado.

— Eu não me lembro de trancar a porta dos fundos... As meninas foram ao jardim mais cedo.

— Fica aqui. — O luar lança uma sombra que mais parece um véu sobre os ombros dele.

— Está bem — sussurra ela, o coração martelando no peito.

Ele sai do quarto e ela espera.

Ela pega o roupão e desce a escada lentamente.

É agora. É o momento que ela estava esperando.

Quando chega ao pé da escada, ela para e escuta. Parece que Kyle está na sala de estar. Seu coração bate rápido. É agora ou nunca. Ela não planejava fazer isso ali, com as gêmeas dormindo no andar de cima, mas sabe que ele foi ver Eve hoje. Kyle é um péssimo mentiroso. Ela olhou o celular dele, viu a mensagem desesperada para a ex-namorada e o encontro combinado. A raiva explodiu, ardente e vingativa, quando ela leu a mensagem.

Eu preciso te contar tudo. Eu cometi uns erros estúpidos, Eve. E agora estou com medo.

Ele havia prometido a Alice que nunca contaria a ninguém e que eles resolveriam juntos. No entanto, na primeira oportunidade que tem, ele decide contar. Não consegue ficar de boca fechada, esse é o problema dele.

Ela calça um par de luvas de lã que havia enfiado nas grades do corrimão antes de ir para a cama e pega a chave inglesa, que estava apoiada no corredor e que ela tinha encontrado no kit de ferramentas de Aaron. Seu coração está batendo forte e a boca está seca. Ela vai mesmo conseguir fazer isso?

Mas Kyle não pode viver. Simplesmente não pode. Ela tomou essa decisão assim que viu a mensagem de texto dele para Eve. Ele vai deixar uma bagunça financeira para trás, Alice tem certeza disso, mas ela vai resolver. Ela consegue lidar com qualquer coisa, mas não com a perda do emprego, da reputação. Nada é mais importante para ela do que isso. Trabalhou duro demais para isso. É o que a define. Assim que ele contasse tudo para Eve, seria o fim. O início de uma cadeia de eventos que logo sairia de controle. E para quem mais ele contaria?

Porque a verdade é que o produto milagroso deles, aquilo que Kyle esperava que o tornasse relevante, estava fracassando.

Ela sabia havia algum tempo que não ia dar certo. Tentou de tudo para ajudar a tirar o projeto do papel, mas estava fadado ao fracasso. Ela escondeu dele o máximo que pôde, mas tudo tinha ficado evidente poucas horas antes.

Ela se lembra da acusação dele quando admitiu. Agora, deseja nunca ter se envolvido. Como é mesmo que dizem? Nunca misture negócios com prazer? Bem, Alice aprendeu isso da maneira mais difícil.

Ele sabia ser desagradável. Era isso que muita gente não sabia sobre Kyle. Todos eram enganados pela boa aparência, pelo charme. Assim como ela ficou quando eles se conheceram.

— Você tem que fazer essa porra de aplicativo funcionar — disse ele com rispidez mais cedo, quando as gêmeas estavam na cama, o rosto contorcido e feio. — Porque, se você não fizer, sua reputação vai acabar. Duvido que você ganhe algum prêmio no trabalho. Você será um fracasso, *querida*, e nós sabemos que essa palavra não existe no seu vocabulário.

Ela o acalmou, lógico. Porque esse era o seu papel. Mas ela sabia que o aplicativo não funcionaria. Eles tinham tentado de tudo.

— Vai ficar tudo bem — mentiu ela. — Vou resolver todos os problemas. — Ela o acalmou e sentiu uma onda de alívio quando ele não entrou em um dos seus ataques de mau humor. Ela não podia correr o risco disso, não ali, com suas preciosas sobrinhas em casa.

Mas ele não era burro. Podia não ser cientista, mas logo perceberia que nunca daria certo. Ela sabia que ele tinha se envolvido com empresários corruptos que investiram dinheiro no aplicativo e que iam exigir um retorno. E, se não tivessem nenhum, quem sabe o que poderia acontecer? Houve muitas reuniões noturnas e, recentemente, Kyle começou a ficar nervoso, sempre olhando para trás quando os dois estavam em Londres, como se sentisse medo de que alguém o estivesse seguindo.

Até os investidores legítimos vão querer um retorno sobre o dinheiro que investiram. Kyle mentiu para todos, levando-os a acreditar que o produto está muito mais avançado do que realmente está, para fazê-los transferir enormes quantias de dinheiro. Ela só descobriu sobre outra coisa recentemente, depois de falar com um deles, um CEO de um grande escritório de advocacia.

Fracasso é uma coisa. Mas corrupção? Sua reputação arrastada pela lama? Porque ela sabe que, se Kyle cair, ele a arrastará junto. Ou, pior, ele vai botar a culpa de tudo nela, como a cientista por trás da invenção. Vai usá-la como bode expiatório. Ela sabe que ele é mais do que capaz disso.

Alice segura a chave inglesa com força na mão enluvada.

É agora ou nunca. Ela precisa surpreendê-lo, senão ele a dominará. A noite toda, ela ficou enchendo a taça de vinho dele para que ficasse menos astuto, menos ágil. Ela se esgueira até a porta. Está entreaberta, e Kyle está de costas para ela. Ela fica chocada ao ouvir que ele está sussurrando ao telefone.

— Sei que você botou gente me seguindo. Faça com que parem. Eu vou pagar. Eu te disse.

Ele encerra a ligação e fica parado olhando para o celular, a luz da tela iluminando o aposento escuro com uma luz macabra.

Ela precisa agir agora. Enquanto ele está distraído. Vai ser rápido. Ele não vai saber de nada. Isso a tranquiliza, e Alice levanta a chave inglesa e bate com a ferramenta na parte de trás da cabeça do marido com toda a força. Uma vez, depois duas, em rápida sucessão. Ele cai para a frente, se espatifa no chão com um movimento ofegante, derrubando o celular no piso de madeira com um estrondo.

Alice começa a tremer violentamente e o vômito sobe pela garganta.

Respira fundo algumas vezes e a adrenalina bate. Precisa agir. Agora.

Ela se arrasta para a frente, a chave inglesa ainda nas mãos, e se inclina sobre ele. Ele está de lado. Os olhos estão tremendo, e o estômago dela fica embrulhado quando percebe que ele não está morto. Os olhos de Kyle encontram os dela e ela vê a confusão neles e depois o horror.

— Desculpe — sussurra ela, ajoelhando-se ao lado dele. — Eu não tive escolha. — Ele estende a mão como se fosse agarrá-la, mas seus olhos se reviram, o braço cai no chão.

Quando tem certeza de que ele está morto, Alice pega a chave inglesa e esgueira-se pela casa até o jardim para escondê-la. Ela tira as luvas de lã e as mistura na cesta de chapéus e cachecóis embaixo da escada.

Agora, a parte que ela mais temia.

Ela faz barulho suficiente para alertar a intrometida Maureen, que mora ao lado, e para que pareça uma tentativa de arrombamento, então passa com cuidado por cima do corpo de Kyle no tapete e se posiciona próximo à borda do armário de madeira e bate a parte de trás da cabeça três vezes nele, como ela tinha pesquisado. O suficiente para fazer um ferimento razoavelmente superficial parecer pior do que realmente é.

Na terceira tentativa, tudo fica preto.

51

Tasha

Ainda estou sentada no banco, olhando em choque para o celular quando o nome de Alice aparece na tela. Falei com Ellen faz 15 minutos, mas não consigo me mexer. Penso em todas as conversas que tive com Alice sobre o DNA. Todas as vezes que ela poderia ter me dado uma explicação, mas nunca fez isso.

Lembro-me dela me contando como havia absorvido sua irmã gêmea. "Eu basicamente comi minha irmã gêmea", disse. Fiquei fascinada e enojada, e aliviada por ela não ter nascido gêmea. E, quando perguntei à minha mãe sobre isso, ela não fazia ideia. Então Alice nunca contou a ela.

Ela guardou deliberadamente para si a informação de que é uma quimera. Fingiu estar tão confusa quanto o resto de nós quando a polícia encontrou o DNA familiar, mas ela saberia muito bem por que estava lá. Alice nos fez pensar que era da Holly quando, o tempo todo, sabia que não era. Por quê?

Penso nas cartas de "Holly" e na mulher no congresso que, aparentemente, falou com Alice. Isso foi mesmo verdade? Ou foi só um estratagema para nos fazer acreditar que "Holly" estava por aí em algum lugar? Ou para fazer a polícia perseguir um fantasma? Ela mentiu sobre Connor. Sobre o que mais mentiu?

Por que ela queria que todos acreditassem que Holly tinha voltado?

Eu atendo à ligação de Alice.

— Oi, Tash. Onde você está? Nós descemos para o café da manhã e você não estava aqui.

— Eu... dei uma saída.

— Certo. — Sinto uma frieza debaixo do tom alegre e me pergunto se Ellen Bright já ligou para ela para contar sobre a nossa conversa.

— Você sabia sobre o seu DNA? — consigo dizer.

Uma pausa.

— Onde você está? Eu vou te encontrar.

Dou instruções a ela e fico esperando. Vejo a idosa se levantar, andando irregularmente com a bengala, e ser substituída por uma mulher com o filho pequeno. Quando Alice está atravessando o Hampstead Heath em minha direção, com um gorro de pompom, um casaco acolchoado de grife e galochas Burberry, estou sozinha no banco. Os dedos dos meus pés estão congelando, assim como meu rosto, mas não consigo me mexer.

Ela se senta ao meu lado, segurando dois cafés, e fico tão grata que me esqueço de desconfiar dela quando pego o café e o uso para aquecer as mãos.

— O que está acontecendo, Tash? — Ela toma um gole de café e me avalia com os olhos verdes frios.

— Por que você mentiria? Por que simplesmente não disse à polícia que o outro DNA pertencia a você?

Ela solta um suspiro profundo, formando uma nuvem de vapor diante de seu rosto.

— Sinceramente, não pensei nisso quando a polícia disse que tinha encontrado esse outro DNA. Acho que esqueci. Eu tinha outras coisas em mente.

Eu a observo. Ela parece tão calma, sentada ali. Tão serena. Alice sempre afirmou que não precisa mentir.

— Eu não acredito, Alice. Você não teria esquecido. Por que queria que todos nós pensássemos que a Holly tinha voltado? Você saberia que o DNA não pertencia a ela.

— Minha cabeça anda péssima. Descobri tudo isso há séculos. — Ela toma um gole de café, mas é uma desculpa esfarrapada e ela sabe disso. — Eu estava tomando muitos remédios. Queria acreditar que pertencia à Holly.

Ela tem resposta para tudo. Lembro que a minha mãe sempre dizia isso sobre ela. *Sua irmã tem resposta para tudo.*

— Só tem um motivo pra alguém não contar à polícia que era uma quimera nesse cenário — digo —, que é se a pessoa quisesse que a polícia perseguisse um fantasma. Para colocar outra pessoa na cena do crime.

Ela não responde. Em vez disso, enfia a mão no bolso e tira um maço amassado de cigarros. Eu olho com surpresa quando ela acende um na minha frente. A mão enluvada treme levemente. Não a vejo fumar há anos. Isso me traz uma lembrança.

— A mamãe disse que te viu perto da lagoa na noite seguinte à morte de Zoë e você disse a ela que tinha saído para fumar. O que você foi fazer de verdade?

— Eu só fui dar uma volta. Meu Deus.

Ela toma um gole de café e o coloca ao lado enquanto continua fumando.

Penso na chave de pneu do Aaron, que foi descoberta de repente na garagem da Zoë. Será que a Alice a colocou lá? Foi isso que ela foi fazer naquela noite, quando a mamãe a viu? Os campos nos fundos da nossa casa cortavam até onde Zoë morava.

— Então não teve nada a ver com tentar incriminar a Zoë?

Sua expressão muda e ela se vira para mim, com um olhar duro.

— O que você está tentando dizer? Você lembra que eu também fui atacada, não é?

— Esse ferimento pode ter sido autoinfligido.

Ela ri.

— Sério? Será mesmo? Não sei como eu conseguiria me machucar tanto.

Eu a encaro, minha mente trabalhando sem parar. Ela parece tão calma. Tirando a mão trêmula. Ela apaga o cigarro e pega o café, passa os dedos em volta do copo.

E, então, eu penso: essa é Alice. *Minha irmã.* Ela amava o Kyle. Não poderia ter orquestrado tudo isso. Ficou arrasada com a morte dele. Não é uma atriz tão boa assim. Mas ela queria que todos nós acreditássemos que o sangue no meu tapete pertencia à intrusa. À Holly, na verdade. Por que ela faria isso, chatearia a mamãe daquele jeito e lhe daria falsas esperanças? A menos que fosse para providenciar uma falsa suspeita.

Ela pousa a mão no meu braço.

— Vem, vamos voltar pra casa. Vamos almoçar fora.

Ela se levanta. As bochechas estão coradas pelo frio, uma mecha do cabelo cor de cobre, tão parecido com o meu, balança no rosto por causa do vento gelado. Eu não sei o que fazer. O que pensar. Por que ela ia querer se livrar do Kyle? Lembro-me dela falando na noite passada sobre o aplicativo de saúde e sua reputação. Foi por isso? Para salvar sua reputação? O aplicativo estava prestes a falir por causa dos negócios obscuros do Kyle? Ou porque era falho? De que ela tinha tanto medo?

— O aplicativo não era tão revolucionário quanto o Kyle dizia, era? — Continuo sentada, e Alice começa a parecer impaciente. — Você sabia que tinha problemas irremediáveis?

— O quê? Não seja ridícula. Era tão bom quanto o Kyle disse. Só precisava de mais tempo, só isso. E, se o Kyle estivesse vivo, ele o teria feito funcionar. — Ela sopra nas mãos enluvadas. — Vamos voltar para casa. Está frio.

Eu a ignoro.

— Acho que ele estava envolvido em algo suspeito... — digo. Alice abre a boca para protestar, mas eu continuo mesmo assim. — Sei que você nunca vai admitir. Você iria aos confins da Terra para fazer tudo parecer maravilhoso. Mas o que eu acho é o seguinte. O Kyle se envolveu com esses investidores duvidosos, talvez criminosos, a quem devia dinheiro. Você descobriu. Quando percebeu que o aplicativo de saúde não funcionaria, soube que tudo iria pelos ares. Seu nome, seu nome prestigioso e conceituado, estava ligado ao projeto. Isso desacreditaria tudo o que você havia conquistado até então. Então, sua única solução para o problema era se livrar do Kyle. Você sabia que tinha dois conjuntos de DNA e que ambos seriam coletados, o que faria a polícia acreditar que outra pessoa esteve lá naquela noite, sabia que essa pessoa nunca seria encontrada, mas lançaria dúvidas sobre a investigação. Foi um azar para você que Bonnie tenha nos encontrado, porque você não pôde mais fingir que o DNA era dela. E aí, quando a Zoë morreu, você pensou em tentar jogar a culpa nela. Embora isso tenha sido um pouco desesperado da sua parte, porque o DNA da Zoë não corresponderia ao sangue encontrado na cena do crime. Mas você não se importou com isso, não é? Talvez esperasse que a polícia simplesmente atribuísse a questão à contaminação da cena ou algo assim. — Eu paro, sem fôlego, meu coração batendo rápido.

Ela revira os olhos, mas vejo no rosto dela. Percebo que toquei num ponto sensível.

— Que historinha essa que você inventou, né? — diz ela. — Lógico que não é verdade. E estou muito magoada de você pensar que sou capaz de tudo isso. Não sou uma criminosa. Nem assassina. Tudo bem que talvez o Kyle não fosse tão perfeito quanto tentei fazer parecer. Casar às pressas é se arrepender com calma. — Ela dá uma risada sem alegria. — Não é isso que dizem? Eu não concordei com a forma como ele tratou o Connor. Tentei me redimir. Ele era obstinado, desonesto e, sim, envolvido em um monte de coisa que eu faria de tudo para impedir que se tornasse pública. É isso que você quer que eu diga?

Alice não gosta de fracassar em nada. E também não gostaria de fracassar no casamento, na carreira. Quebrar a cara. Era melhor o Kyle morto do que o mundo saber que ele foi uma decepção. Eu a encaro. O problema é que eu não acredito mais em uma palavra do que ela diz. Balanço a cabeça.

— Sempre pensei que éramos próximas. Mas na verdade não somos, né? Porque você nunca deixa ninguém ver quem você é de verdade. Sempre exibe essa fachada impecável pra todos, até pra sua família, sempre foi assim. Nenhum de nós, eu, mamãe, nem mesmo papai quando estava vivo, conheceu você de verdade. Você nunca confiou em nós, nunca se abriu para nós...

— De que você está falando? Isso é bobagem. Veja como me abri com você no hospital e quando fiquei com você. A verdade, Tash, é que você sempre teve inveja de mim. Pode não querer admitir, mas teve. Eu vi o jeito como olhava para o Kyle. Você o queria tanto que era constrangedor. E queria a minha vida. Eu sei que você usou minhas roupas em Veneza.

Eu me levanto, impulsionada por uma explosão de raiva.

— Para de tentar mudar de assunto. Não fui eu quem menti sobre meu DNA. Por que outro motivo você faria isso?

Ela respira fundo e fecha os olhos. Quando os abre, ela retoma a aparência calma.

— Desculpa. Eu não devia ter dito isso. Nós não podemos brigar, Tasha. Nós somos irmãs e nos amamos. — Ela se aproxima de mim e estende a mão. Há um furinho no polegar da luva vermelha. — Nós passamos por tanta coisa juntas. Se a mamãe soubesse de alguma coisa disso, ela morreria. Ela está tão feliz. Nós encontramos a Holly, a Bonnie, depois de tantos anos. Não estrague tudo. Por favor.

Penso em como afetaria a nossa família se eu contasse minhas suspeitas à minha mãe. Isso a destruiria. Eu não posso fazer isso. Não posso.

— Tudo bem. Mas foi você? — pergunto, abaixando a voz.

As próximas palavras são ditas em tom tão baixo que mal consigo entendê-las.

— Você tem razão. Eu nunca vou admitir.

Penso em Viv protegendo Clarissa por tantos anos, convencendo-se de que tinha entendido errado. Será que consigo passar a vida fazendo o mesmo, ignorando tudo? Mas penso na minha mãe e em Bonnie, em como elas estão felizes, no quanto elas já passaram, já perderam.

Nós faríamos qualquer coisa por aqueles que amamos. Estou começando a entender isso agora mais do que nunca.

Estou diante de uma decisão impossível.

Alice ainda está com a mão estendida, esperando que eu a segure. O tempo parece parar por alguns instantes, um caleidoscópio de memórias passando pela minha mente: nós quando crianças, enroladas debaixo de um cobertor, mergulhando biscoitos de nozes e gengibre no leite e assistindo a *Byker Grove*, Alice me comprando presentes quando ia em excursões escolares, ela me defendendo depois que fui presa na adolescência, indo ver bandas comigo mesmo sem gostar delas, me defendendo se eu brigasse com amigos ou namorados. Minha parceira. Sempre.

Pego a mão dela e a aperto com força.

A expressão dela é de alívio, e lágrimas surgem em seus olhos.

— Obrigada — sussurra ela.

Nós caminhamos em silêncio, esmagando gelo do Heath, ainda de mãos dadas, nossa respiração formando vapor no ar.

Ela é minha irmã. Que escolha eu tenho a não ser ficar calada?

E, se eu continuar dizendo isso para mim mesma, talvez finalmente comece a acreditar.

AGRADECIMENTOS

A outra irmã é meu décimo livro, e estou muito animada! Gostei muito de escrevê-lo, e, por isso, preciso fazer um enorme agradecimento à minha querida amiga Helen Thorburn. Estávamos conversando sobre como, todos os anos, ela e a irmã fazem uma "troca de vida" por uma semana, e isso acendeu a faísca de ideia da qual *A outra irmã* nasceu. (Todo o resto, exceto o conceito de "troca de vida", é totalmente inventado, Helen, eu juro!)

Também quero agradecer a todos da Penguin Michael Joseph, que sempre se superam em cada publicação. Às minhas maravilhosas editoras Maxine Hitchcock (que compartilha do meu amor por bolo antes do almoço!) e Clare Bowron, que são perspicazes, inteligentes, criativas, gentis, solidárias e tornam meus livros muito melhores do que seriam de outra forma. Também ao restante dessa equipe incrível: Emma Plater, Ellie Morley, Olivia Thomas, Vicky Photiou, Beatrix McIntyre, Christina Ellicott, Sophie Marston, Kelly Mason, Hannah Padgham e Laura Garrod. A Lee Motley pelas lindas e impressionantes capas dos livros — acho que a capa de *A outra irmã* é a minha nova favorita! A Stella Newing e à equipe de áudio que fazem um trabalho fantástico nos audiolivros, e a Hazel Orme por suas meticulosas edições de texto, bem como por seu entusiasmo, palavras gentis e de apoio. Sou muito grata a todas vocês.

A Juliet Mushens, que é a agente dos sonhos e com quem tenho a sorte de trabalhar há dez anos! Eu não conseguiria fazer isso sem ela e nenhum agradecimento é o suficiente por ela ter mudado minha vida! (Uma menção especial à mais nova adição, Seth, que já demonstra o fantástico senso de moda da mamãe!) Também sou grata a Liza DeBlock, Kiya Evans, Rachel Neely, Catriona Fida, Alba Arnau Prado, Emma Dawson e o restante da brilhante equipe da Mushens Entertainment.

Aos meus editores estrangeiros, em particular a Eva Schubert e Duygu Maus, da Penguin Verlag, na Alemanha (*A casa dos sonhos* chegou ao primeiro lugar na Alemanha em 2023 e não tenho palavras para agradecer a eles por todo o trabalho árduo para que isso acontecesse!). Também a Sarah Stein, da Harper US, por continuar acreditando em mim e na HarperCollins Canada.

A todos os meus queridos amigos que me apoiaram tanto ao longo dos anos e que continuam comprando e lendo meus livros.

Aos meus amigos autores do West Country, Tim Weaver, Gilly Macmillan, C.L. Taylor, Chris Ewan e Cate Ray, por todas as risadas, apoio, mensagens e almoços. E à adorável L.V. Matthews por nossos encontros regulares, Whatsapps e corridas de palavras.

Aos livreiros e bibliotecários por colocarem meus livros nas mãos dos leitores, e aos blogueiros literários pelas resenhas, revelações de capas e apoio.

Aos leitores que compraram exemplares dos meus livros, pelas mensagens e resenhas gentis. Sou muito grata.

A todos os autores que dedicaram seu tempo de forma tão generosa para ler e citar meus livros.

À minha irmã, dra. Samantha Holly, que é tão brilhante e talentosa quanto Alice (mas é só isso que elas têm de parecido — tirando o fato de que nós duas falamos tão rápido quando estamos juntas que ninguém mais que esteja ouvindo consegue nos entender!), por responder a todas as perguntas sobre bioquímica, por ser uma das minhas primeiras leitoras, por ser sempre tão entusiasmada. E por ser minha parceira. Sempre.

E, por último, mas não menos importante, um enorme agradecimento ao meu marido, Ty, e aos meus filhos, Claudia e Isaac, à minha mãe, meu pai, minha irmã, minhas sobrinhas, meus sogros e minha família agregada. Tenho muita sorte por estar cercada por uma família tão amorosa, maravilhosa e extensa. Este livro é para vocês.

Direção editorial
Daniele Cajueiro

Editora responsável
Mariana Rolier

Produção editorial
Adriana Torres
Mariana Lucena
Mariana Oliveira

Revisão de tradução
Larissa Bontempi

Revisão
Carolina Leocadio
Theo Dominique

Projeto gráfico de miolo
Larissa Fernandez
Leticia Fernandez

Diagramação
Alfredo Loureiro

Este livro foi impresso em 2025, pela Vozes, para a Trama.
O papel do miolo é Ivory Slim 65g/m² e o da capa é cartão 250g/m².